W0087442

ROSETTA
LOY
SCHOKOLADE
BEI HANSELMANN

ROSETTA LOY

SCHOKOLADE BEI HANSELMANN

ROMAN

Aus dem Italienischen von
Maja Pflug

Piper
München Zürich

Die Originalausgabe erschien 1995 unter dem Titel
»Cioccolata da Hanselmann«
bei Rizzoli (R.C.S. Libri & Grandi Opere S.p.A.)
in Mailand.

ISBN 3-492-03862-X
3. Auflage 1996
© Rosetta Loy 1995
Deutsche Ausgabe:
© R. Piper GmbH & Co. KG, München 1996
Gesetzt aus der Garamond-Antiqua
Satz: Uwe Steffen, München
Druck und Bindung: Graph. Großbetrieb Pößneck, Pößneck
Printed in Germany

Erster Teil

I

Arturo war ein Freund von Papa. Auch Mama gefiel er sehr, aber letztendlich mochte sie sowieso immer die gleichen Dinge wie ihr Mann. Die beiden kleinen Mädchen fanden ihn komisch, und am Abend, wenn er zum Essen kam, beobachteten sie ihn heimlich, von dem Klavier verborgen, das quer in einer Ecke des Eßzimmers stand. Wenn die Mama, nachdem sie das Licht ausgemacht hatte, das Kinderzimmer verließ, schlüpften sie aus dem Bett, öffneten die Tür, die auf diesen toten Winkel hinausging, und hingen abwechselnd mit den Augen an dem schmalen Spalt, der zwischen dem Klavier und der Wand blieb: Da waren die drei, in der entgegengesetzten Ecke, neben dem Radio, und die Nußbaumtäfelung an den Wänden schien die Stimmen einzufangen, damit ja kein Hauch davon verlorenging. Papa saß immer in einer Art Liegestuhl aus geblümtem Reliefsamt und hielt mit einer Hand sein Fußgelenk, während von der anderen, die auf der Armlehne lag, die bläuliche Spirale des Zigarettenrauchs aufstieg. Arturo dagegen war immer in Bewegung, er stand auf, setzte sich wieder, vergrub die Hände in den Taschen; und ab und zu schnitt er die seltsamsten Grimassen, um die Wirkung dessen, was er sagte, zu unterstreichen. Dann lachte die Mama, die auf einem harten kleinen Sessel mit niedriger Rückenlehne saß, und schüttelte ungläubig ihren blonden Kopf.

Arturo war ein Kollege von Papa. Beide unterrichteten, der eine Biologie, der andere Mathematik, etwas Ähnliches, sagte die Mama, aber auch sehr Verschiedenes. Arturo hatte viel mehr mit Tieren, mit Ozeanen und mit dem Himmel zu tun. Jedesmal, wenn er zum Abendessen kam, brachte er ein verschnürtes Päckchen mit, das die unterschiedlichsten Dinge enthalten konnte: Wenn die Mädchen es voll Ungeduld auswickelten, fanden sie manchmal eine Tafel Schokolade, manchmal aber auch eine Wäscheklammer oder ein Plätzchen, nur eines. Was wäre es denn sonst für eine Überraschung? sagte er und fixierte sie mit seinen dunklen, tiefliegenden Augen, man verstand nicht recht, ob ironisch oder ernst, während ihm die zerrauften Haare vom Kopf abstanden.

Er war jünger als Papa und trug keine Krawatte, seine Pullover waren von extravaganter Farbe, rot, erbsengrün, gelb. Wer weiß, wo er sie kauft, sagte Mama, und Papa war ein wenig eifersüchtig, denn wenn Arturo da war, wurde sie fröhlicher. Manchmal gingen sie alle drei zusammen aus, und vom Fenster aus sahen die Mädchen sie in die Trambahn steigen oder Arm in Arm in Richtung Piazza del Popolo davonmarschieren, die Mama in der Mitte. »Schade, daß du Enrico geheiratet hast«, hatte er eines Tages zu ihr gesagt, »du wärest eine ganz außerordentliche *allumeuse* geworden.« Mama war rot geworden, und auf ihrem Gesicht war ein herausfordernder Ausdruck erschienen, doch als die Mädchen gefragt hatten, was »allumeuse« bedeute, hatte sie rasch geantwortet: »Eine, die die Herzen entzündet.« »Viel mehr als nur die Herzen«, hatte Arturo protestiert; er lachte, und die unregelmäßigen großen Zähne gaben ihm das burschikose Aussehen eines Jungen. Da war die Röte heftig bis zu Mamas Schläfen gestiegen.

An der Universität verliebten sich alle Studentinnen in ihn, sagte Papa, deshalb gelingt es ihm nicht, Karriere zu machen. Sie kosten ihn einen Haufen Zeit. Oft saßen sie sonntags zusammen auf dem langen Hocker vor dem Klavier, und während Arturo spielte, blätterte Papa ihm die Seiten um. Andere Male gingen sie beide allein in ein Konzert oder auch in die Oper, wie an dem Sonntag, als die junge Simionato in Thomas' *Mignon* gesungen hatte. Die Mama schloß sich ihnen nicht an, sie hielt es nicht aus, lange stillzusitzen, ohne auch nur das Knie bewegen oder sich die Nase putzen zu können. Die seltenen Male, die sie mitgegangen war, hatte sie sofort husten müssen.

Und außerdem fielen ihr in der Oper die Augen zu, sie wurde todmüde.

Die Musik ist das einzige, was uns trennt, sagte Papa, aber du wirst schon sehen, früher oder später bringe ich dich noch dazu, sie auch zu lieben. Manchmal ging die Mama sonntags, nachdem Papa mit Arturo fortgegangen war, mit den Kindern zum Marionettentheater auf den Pincio. Arlecchino und Pulcinella, die sich nach Strich und Faden verprügelten und die Holzköpfe einrannten, oder die hochmütige Prinzessin mit den gelben Wollzöpfen, die den König, ihren Vater, anflehte, sie nicht dem Bettler zur Frau zu geben. Die Mädchen lachten und klatschten, die Mama setzte sich unterdessen auf eine Bank und wartete auf sie, den Blick verloren auf das Dächermeer jenseits der Balustrade des Pincio gerichtet. Anders als die anderen Mütter, schwermütig, Ausländerin. Und wenn der Vorhang fiel und Pulcinella herauskam, eine Blechbüchse schwenkend, die an eine Schnur gebunden war, liefen die Mädchen zu ihr, um sich etwas Kleingeld geben zu lassen, ungeduldig, weil es schien, als öffnete sie die Handtasche nicht rasch genug.

Manchmal setzte Arturo sich allein ans Klavier und spielte für sie die Schweizer Nationalhymne. Die Hände mit den kräftigen Fingern schlugen gravitätisch die Tasten an, während das schmale olivfarbene Gesicht einen feierlichen Ausdruck annahm; doch plötzlich begann er dann, die Tastatur auf und ab zu klimpern, als spielte er eine Polka, und sein breiter, jungenhafter Mund verzog sich zu einer entweihenden Grimasse, mit einem Blick, der in ihrem lustigen Lachen zu versinken schien. Als bestünde das Glück darin, soweit zu kommen, ihr diesen Ton zu entreißen, der wie ein kleiner Fanfarenstoß aus ihrem Hals kam. Aber es konnte auch geschehen, daß er ihr ein altes französisches Chanson vorspielte, dessen Text lautete: »*Isabelle, si le Roi savait ça, à la robe de dentelle, tu n'aurais jamais plus droit, Isabelle, si le Roi savait ça…*«, und dann wurde die Ironie auf seinem Gesicht zu einem immer feineren Schleier, während der Blick ihren Mund streifte, ihren Hals, den weichen Körper im Kleid hinabglitt, um dann wieder ihre Augen zu suchen, als wolle er sie befragen.

Bei ihm war es immer schwierig zu wissen, ob er es ernst meinte oder nicht, er hatte ein langes, eckiges Gesicht, das mit großer Leichtigkeit seinen Ausdruck veränderte und den zu großen Mund vergessen ließ. Wenn er gutgelaunt war, ahmte er für die Mädchen die Stimmen von Dick und Doof nach, und es wirkte, als kämen die Wörter aus seinem Bauch. Aber dann hatte er es gleich wieder satt, Kinder, jetzt reicht es, sagte er, ich bin doch nicht der Hofnarr. Und plötzlich schüchterte er sie ein, als hätte sich ein unvorhergesehener Abstand zwischen sie geschoben und die Mädchen wären mit einemmal winzigklein geworden, fast unsichtbar in seinen Augen.

Am Sonntag blieb er schließlich immer zum Abendessen, auch wenn er wußte, daß er keine Überraschungen erleben würde. Es war Aldinas freier Nachmittag, und um vier Uhr, wenn sie in den am Kragen mit einem unbestimmbaren Pelztierchen verzierten schwarzen Mantel geschlüpft war und die Haustür hinter sich zuzog, stand das Abendessen schon fertig in der Küche, mit dem Hühnerrücken, der blutleer zwischen den Fettaugen aus der Brühe ragte.

Die Mama beschränkte sich darauf, Ölbrötchen zu kaufen. Aber jeden Sonntag war es, als sähe Arturo zum erstenmal die Suppenschüssel mit den Cappellini vor sich oder nähme den Hühnerschenkel mit den großporigen Hautfetzen von der Platte; und er verschlang alles mit demselben gleichgültigen Heißhunger, die Smaragdfeigen ebenso wie die Rubinkirschen der Cremoneser Sauce, die zusammen mit den Topasbirnen in seinem großen Mund verschwanden. Wenn er gut aufgelegt war, lachten die Mädchen von der Suppe bis zur Nachspeise, und die Mama vergaß, ihm beizubringen, wie man sich bei Tisch benimmt, sie kasperten die ganze Zeit mit ihm herum. Doch am Grund seiner Augen war etwas Ungreifbares, eine Abwesenheit, ein dunkler Punkt, an dem es kein Zurück gab, der jeden Schwung zu Eis erstarren lassen konnte. Dann saß er stumm vor dem Suppenteller und drehte sorgfältig die Cappellini im Löffel um die Gabel, als führte er eine rituelle Handlung aus, die größte Aufmerksamkeit erforderte. Mama und Papa überließen ihn seinen Gedanken, und die Sätze gingen zwischen ihnen hin und her, gehaltlos, stumpf.

Andere Male, aber selten, wirkte ein falsches Wort oder eine scheinbar völlig banale Bemerkung wie ein plötzlicher Tritt auf die Bremse. Von einem Augenblick zum anderen schlug Arturos Laune um. Aber es gab keinerlei vorbeugende Strategie. Es geschah und Schluß. Die Mädchen blieben mit dem Bissen im Mund sitzen und konnten nicht mehr schlucken; dann blickten Arturos pechschwarze, tiefliegende Augen zur anderen Seite, und in der plötzlichen Stille schien es, als hörte man das Geräusch seiner Zähne.

Im Winter hatten Lorenza und Marta die Windpocken bekommen: Von einer Woche zur nächsten war Arturo ausgeblieben. Es war, als hätte er sich in Luft aufgelöst zwischen den Trambahnen und Lieferautos, den Dreiradwagen, die einen guten Teil des Tages die Via Flaminia verstopften. Als die Mädchen ihn zum letztenmal gesehen hatten, saß Arturo mit Papa am Radio. Sie diskutierten, und plötzlich hatte Arturo die Stimme erhoben. Papa hatte versucht, einen gemäßigten, ruhigen Ton beizubehalten. Durch den Spalt zwischen Klavier und Wand sahen die Mädchen, wie er in der gewohnten Haltung seinen Knöchel umschloß, aber sein Körper sah aus wie erstarrt, und die

Weste bildete viele kleine Falten, dort, wo eigentlich der Bauch hätte sein müssen. Papa hat keinen Bauch, hat nie einen gehabt, mager wie er ist. Arturo war aufgesprungen, dann hatte er sich wieder hingesetzt und eine Zigarette aus dem ledernen Etui genommen, aber seine Hände zitterten, es gelang ihm nicht, sie anzuzünden. Und plötzlich hatten die wie Marmor glänzenden Augen zum Klavier hingeblickt. Vielleicht hatten sie oberhalb des Instruments die Tür angelehnt gesehen. Vielleicht sogar die Mädchen, die ihre Nase durch den Spalt steckten. Mama brachte frischen Kaffee, stellte das Tablett auf den Tisch und begann gleich darauf, die überquellenden Aschenbecher auszuleeren. Gib einen Augenblick Ruhe, sagte Papa zu ihr, komm, setz dich. Die Stimme war verändert, aber Mama wirkte, als könne sie nicht innehalten, und verschwand, Spuren von Schuppen auf den Schultern ihres dunklen Wollkleides; die Mädchen sahen sie nicht mehr. Arturo rief sie, dieser Name, Isabella, brach ihm fast die Stimme. Doch plötzlich ging er auf das Klavier zu, die Augen durchbohren Marta und Lorenza in ihrem kärglichen Unterschlupf wie Feuerzungen. Sie laufen davon, ins Bett, und ziehen sich die Decke bis über den Mund. Mama kommt herein, ihre Gestalt hebt sich dunkel vom Licht des Flurs ab, ihre blonden Locken sehen aus wie ein leicht schwefelfarbener Heiligenschein: »Also wollt ihr jetzt schlafen, ja oder nein?« Die Mädchen kneifen die Augen zu, sie geht geradewegs zu der angelehnt gebliebenen

Tür hinter dem Klavier und dreht mehrmals den Schlüssel um, dann geht sie, den Schlüssel in der geballten Faust, davon.

Nach diesem Abend hatten die Mädchen noch gelegentlich am Balkongitter gehangen in der Hoffnung, ihn mit seinem schlaksigen Gang und der über dem erbsengrünen Pullover geöffneten Jacke daherkommen zu sehen; dann hatte Papa gesagt, es sei zwecklos: *Arturo ist weg.* Mama hatte wieder den Tastenschoner aus Filz über die Klaviatur gelegt, und ab und zu kamen andere Kollegen von Papa, und Mama blieb ein paar Minuten ruhig bei ihnen sitzen, dann fand sie immer eine Ausrede, um aufzustehen und etwas anderes zu tun. Enricos Kollegen folgten ihr mit dem Blick, eng umschloß das Wollkleid ihre runden Hüften, diese langen Beine, füllig an den Waden und schmal und nervös an den Fesseln.

*U*ngefähr zu jener Zeit hatte Isabella begonnen, sich für Musik zu begeistern. Vielleicht aus Liebe zu Enrico. Oder um ein Versprechen zu halten. Oder auch aus anderen Gründen; Enrico wunderte sich, wenn er sie neben sich sitzen sah, während sie regungslos einer Symphonie von Beethoven lauschte, das Profil gehalten von dem schmalen Hals und das etwas lange Kinn zum Orchester emporgereckt. Sie verfolgt die heftigen Bewegungen der Geigen, als sei sie verloren, rund kommen die Knie unter der Seide des Kleides hervor, die großen weißen Hände mit den leicht splitternden Fingernägeln umklammern das Programm. Wo ist sie, wohin geht sie mit ihrem Kopf, während sie den Tönen die geheimsten Gedanken, die Emotion uneingestehbarer Wünsche anvertraut?

Aber Enrico hat gewonnen, es ist ihm gelungen zu erreichen, daß sie auch die Musik liebt. Er fragt sich nicht, um welchen Preis. Und bevor sie ausgehen, um sich Gieseking oder Backhaus anzuhören, erklärt er ihr den Aufbau eines Konzerts und die Bedeutung der Sätze, aus denen es besteht. Er summt ein Motiv, die Finger zeichnen einen imaginären Takt in die Luft, während sie mit kurzsichtigen Augen, die sich vor Aufmerksamkeit zwischen den Wimpern verengen, zuhört wie jemand, der nichts verpassen will von dem, was ihm erklärt wird. Einzelheiten, die sie bis zu diesem Moment gleichgültig und kalt ließen; die gleiche Kälte und Gleichgültigkeit hat sie auch immer der Mathematik gegenüber gezeigt. Mathematik und Musik, das weiß Isabella, sind durch Rhythmen und Formeln miteinander verbunden, durch geometrische Kompositionen und abstrakte Schönheit, ein geistiges Sichvereinen und Sichlösen, ohne den Umweg über das Herz zu nehmen. Das Herz ist niederträchtig, es zieht einen hinab zwischen Triebe und Träume.

Später, bei der Rückkehr von jenen Sonaten und Symphonien, während Enrico sich noch darüber unterhalten will und lebhaft und leidenschaftlich wird bei der Erinnerung, scheint sie dagegen plötzlich jedes Interesse verloren zu haben. Die Kinder, sagt sie, die Hausaufgaben. Und die Programme jener Konzerte schichtet sie in schöner Ordnung, wie in Erwartung, auf dem Klavier auf.

*I*n die Oper geht Enrico nicht mehr. Zwei Plätze im Parkett sind zu teuer, hat er erklärt, und ihm ist nicht danach, Isabella auf die Ränge mitzunehmen, wo man zusammengepfercht sitzt im schlechten Geruch der anderen, auf Plätzen ganz oben, von denen aus man schließlich doch fast nichts sieht. Isabella, sagt er immer, ist wie die Prinzessin aus dem Märchen, die einstweilen Gänse hüten muß, während sie darauf wartet, als Frau des Königs erkannt zu werden. Nur daß er keine Krone mehr hat, andere haben sie an seiner Stelle genommen. Kein König für Isabella, die im Garten Seiner Majestät mit einer goldenen Kugel spielte. Die Mama lacht, während sie mit den Händen das Programm zerknüllt, in dem die Aufführungen der Opernsaison im Teatro Reale stehen; und wenn das Programm schließlich ganz zerknittert ist, fällt ihr ein, daß sie es sehr gut als Zettel für Notizen hätte verwenden können. Isabella, die Schöne, die ihre goldene Kugel verloren hat und jeden Tag gezwungen ist, Einnahmen und Ausgaben gegeneinander aufzurechnen, die Lire, die im Portemonnaie kommen und gehen.

Und wenn Enrico den *Elisir d'amore* oder den *Ballo in maschera* hören will, legt er geduldig eine Platte nach der anderen auf, setzt sich in den geblümten Samtliegestuhl und lauscht versunken, während sie in der Wohnung hin und her geht. Manchmal, wenn aus dem Eßzimmer laut schmerzerfüllte Stimmen voller Liebesleid dringen, schneidet sie gerade mit der Nagelschere ein Photo aus einer Illustrierten aus. Das zwanzigste, das dreißigste, sie weiß es schon gar nicht mehr; und sofort reißen die fieberheißen Hände der älteren Tochter es ihr aus den Fingern, um es in das Album zu kleben, das geöffnet zwischen den zerwühlten Laken liegt. Auf den vom Leim klebrigen Blättern springen hier und da berühmte Tennisspieler herum, zwischen Tieren im Zoo und Damen mit üppigem Busen; andere, schmale, wie die Herzogin von Windsor, steigen leichtfüßig den Kokosläufer eines Überseedampfers herab, während die nebeneinander sitzenden Dionne-Schwestern, Fünflinge, aussehen wie aufgereihte Puppen. Die Hand preßt das Photo aufs Blatt, damit es gut festklebt, und unterdessen rutscht das in die Leiste gelegte Thermometer zwischen den mageren Schenkeln heraus und verschwindet unter den Decken. Zerbricht. Da verliert die Mama die Geduld, sie hat es satt, Bilder aus Zeitschriften auszuschneiden, die kleinen giftigen Quecksilberkügelchen im Bett zu verfolgen. Während diese Stimme, dieser flehende Gesang, diese drohenden Einsätze des Orchesters durch die Wohnung toben.

Doktor Vannutelli kommt und klopft mit zwei Fingern den knochigen Rücken der Kleinen ab, legt sein kaltes, haariges Ohr auf ihre glühende Haut. Das Kind muß in die Berge, sagt er jedesmal, wenigstens zwei Monate in die Berge... Er ist ein alter Gebirgsjäger, hat auf dem Piz Buin und in den Dolomiten gekämpft, glaubt an die heilenden Kräfte der Höhenluft und an die jungfräulichen Winde, die von den Gletschern herunterwehen. Nicht so die Mama, die aus dem Land der Uhren und des Käses kommt, wie die Portiersfrau sagt, wo die Reinheit der unberührten Gipfel zusammen mit dem Rucksack den Alptraum ihrer Kindheit darstellten. »Die Kleine hat eine lymphatische Konstitution«, widerspricht sie, »vielleicht würde das Meer ihr guttun...« – »Ach was, lymphatische Konstitution, schauen Sie her.« Der dicke Finger von Doktor Vannutelli zieht Lorenzas Unterlid, ihre vom Fieber trockene Lippe herunter. »Das nennt man Eisenmangel, zuwenig rote Blutkörperchen. Kurzgebratenes Fleisch, innen noch blutig, und viel gute Luft... Wie auch immer, nächste Woche darf sie aufstehen.«

Aber in der darauffolgenden Woche hat Lorenza Ohrenschmerzen und blickt, im großen Ehebett zusammengerollt, auf den geschliffenen Schrankspiegel, in dem sich ein Sonnenstrahl in den Farben des

Regenbogens bricht. Ein frisches, helles Frühlingslicht dringt durch das angelehnte Fenster herein
(oh, diese schweizerische Manie der frischen Luft!
schimpft Papa jedesmal, wenn er an einem offenen
Fenster vorbeikommt), und wenn ein Windhauch den
Vorhang hebt, blitzt es im Spiegel auf wie Diamanten.
Die Mama kommt und geht, mit Schuhen, die auf dem
Parkett knarren. Sie wechselt ihr die Packung auf dem
Ohr. Hält einen Brief in der Hand. »Von wem ist er?«
fragt das Kind. »Von Arturo.« – »Also bleibt er lange
fort?« – »Weiß man nicht.« – »Und die Universität,
die vielen Studentinnen, die in ihn verliebt sind?«
(Was die Liebe angeht, ist sie sehr empfindsam, und
im Kino weint sie, wenn die Bilder einer unglückli-
chen Liebe vorbeiflimmern.) »Er unterrichtet nicht
mehr an der Universität«, antwortet die Mama beiläu-
fig, »und die Mädchen werden sich trösten.« Sie läuft
mit dem Brief in der Hand herum, als handelte es sich
um ein Taschentuch, dann läßt sie ihn auf der Kommode liegen, um etwas anderes zu tun. Lorenza betrachtet das weiße Blatt, über das die sonnig-blaue
Luft streicht, und denkt an die Zeit, als die drei zusammen ausgingen und sie ihnen mit Marta vom Balkon aus nachwinkte, eifersüchtig auf die Mama mit
ihrem lavendelfarbenen Schal zwischen Papa und Arturo. Der Brief gleicht jetzt einem Schmetterling, der
bei jedem Windhauch flattert, die Mama kommt zu
ihr, um die Packung mit einer heißeren auszuwechseln, die Kleine wendet den Kopf ab. »Es brennt«, sagt

sie mürrisch, und die Mama pustet darauf, mit herz-
förmig gespitzten Lippen. Einmal hat Lorenza gehört, wie sie und Arturo französisch sprachen und die
Mama ständig den Kopf schüttelte, als werfe sie ihm
irgend etwas vor, und plötzlich war sie rot geworden,
und die Augenlider waren von jenem Flattern erfaßt
worden, das die Kleine so gut an ihr kennt.

II

War sie schön? Was für eine schöne Mama du hast! rief eine Verkäuferin ab und zu, während sie etwas einwickelte, was die Mama eben gekauft hatte, und lächelte das Kind dabei an, als müßte es ihrer Bewunderung selbstverständlich beipflichten. Aber Lorenza fand die Mama zu dick; und außerdem gefielen ihr die spitzen Lippen nicht, die sie vor dem Spiegel leuchtend rot anmalte, wobei sich die kurzsichtigen Augen zusammenzogen in der Bemühung, die Farbe nicht zu verschmieren. Früher, ja, da hatte sie sie wunderschön und in allen Teilen ihres Körpers vollkommen gefunden; aber jetzt nicht mehr. Und während das Auto schwankend, daß es einem schlecht wurde, die Kurven zum Maloja hinauffuhr, hatte sich der Blick kritisch auf der leicht schnabelartig gebogenen Nase niedergelassen: kein bißchen schön.

Es regnete, und die Reifen rutschten, der Motor keuchte und heulte auf. Es war schon dunkel, und das Wasser floß in Strömen aus der engen Klamm, Lorenza stieß in Abständen lange und angstvolle Seufzer aus, aber die Mama, die neben ihr saß, tat, als merkte sie es nicht, die behandschuhte Hand an dem Griff, den sie bei jeder Kurve fester umklammerte. Den Mund zu einer Art Grimasse zusammengepreßt, die Lorenza haßt, dem Schlitz einer Spardose ähnlich in dem weiß gepuderten Gesicht. Daraufhin hatte sie begonnen, die Falten ihres Kleides zu streicheln, und bei jedem Rütteln des Autos, wenn ihre Körper, auch ohne es zu wollen, aneinanderrutschten, tauchten die Finger tief in die Kälte der Seide ein. Eine Hand, die um ein wenig Trost bat; aber die Mama schien sie gar nicht zu bemerken, achtete nur auf die Straße, und die kleinen blonden Wellen glänzten, leicht bewegt von der unebenen Fahrt. Und als Lorenza sich einen Seufzer hatte entschlüpfen lassen, der lauter war als die anderen, hatte sie, grausam, weiter hinausgeblickt, das helle Vogelprofil dem Dunkel zugewandt.

Chesa Silvascina war plötzlich aufgetaucht, während das Auto auf dem kiesbestreuten Vorplatz zum Stehen kam: zwei Stockwerke aus Holz auf einem Fundament aus großen hellen Steinen; und in der weiten Lichtung, deren Grenzen sich in der Ferne zwischen den Bäumen verloren, stand es im letzten Widerschein des Tageslichts, mit beleuchteten Fenstern, die sich wie goldene Vierecke von dem regendunklen Holz abhoben. Unter dem lauten Trommeln des Regens auf den Schirm bezahlte die Mama den Fahrer; dann tropfte derselbe Schirm im Hausflur auf den Teppich, bis sich rund um seine Spitze eine kleine Pfütze gebildet hatte. Es war warm, endlich!

Die Mama ließ den Blick schweifen, als wolle sie überprüfen, wieviel noch übrigblieb von einem zugleich geliebten und verhaßten Ort, doch sogleich hatten sich Stimmen, die aus jedem Winkel des Hauses zu kommen schienen, schrill im Treppenhaus geballt, die Lichter waren angegangen, verschiedene Schritte waren heruntergepoltert. Aufrecht in ihrem vom Regen fleckigen Mantel nahm die Mama langsam den Hut ab, während Lorenza vom kräftigen Händedruck zweier Mädchen und eines Jungen beinahe umgerissen wurde, indes die Namen zwischen ihnen hin und her flogen.

Frau Arnitz war als letzte dazugekommen, aus dem Raum, den auch die Kleine später als den »Living« zu bezeichnen lernte, und die Mama war rot geworden, den Hut in der Hand, von dem sie nicht wußte, wo sie ihn ablegen sollte. Der Kuß, den sie tauschten, war rasch und flüchtig gewesen, und Frau Arnitz hatte die Hände des Kindes ergriffen und betastet, als müsse sie ihre Beschaffenheit prüfen: *Aber unmöglich, wie dünn sie ist!* Einer der wenigen deutschen Sätze, die Lorenza sie in jenen Monaten sagen hören sollte. Klein, dick, mit krausen, halb blonden und halb grauen Haaren, butterweicher, auf den Wangen noch fester Haut, war sie also die Großmutter, die Papa »die Semiramis« nannte. Sie roch nach Wald, nach Erdbeeren.

»Red keine Dummheiten«, hatte die Mama einmal im Schlafzimmer gesagt, »das ist ›Arpège‹, von Lan-

vin.« Sie hatte sich auf einer gelben Chaiselongue ausgestreckt und blickte untröstlich aus dem Fenster auf
den unbewegten, dunklen Himmel. »Sie hat noch nie
ein anderes Parfüm benutzt.« Sie war völlig erschöpft.
Lorenza dagegen hatte ihre Fröhlichkeit wiedergefunden und lief durch das Zimmer, mit den Fingern
die Wände streifend, die mit hellem Stoff mit Rankenmuster bespannt waren; und bei dem leichten Druck
der Hand war eine in der Bespannung kaum erkenn-
bare Tür aufgesprungen, zum Bad, das fast genauso
groß war wie das Zimmer. Lorenza hatte am Griff
über der Wanne gedreht, und aus dem Hahn in Form
eines Löwenmauls war das Wasser spritzend in die
lange, tiefe Wanne gerauscht. »Und die zwei Mädchen, hast du die gesehen?« hatte sie gerufen, um das
Geräusch des Wassers zu übertönen, »glaubst du, daß
sie manchmal mit mir spielen werden, obwohl sie älter sind als ich?« – »Schrei nicht von einem Zimmer
ins andere, komm her.« Die Mama kniff die Augen zusammen, als wolle sie sie schärfer sehen. »Komm her«,
hatte sie wiederholt, die Beine, die im Halbdunkel in
den Seidenstrümpfen glänzten wie Honig, auf der
Chaiselongue ausgestreckt. Lorenza hatte sich neben
sie gesetzt, und die Mama hatte sie umarmt. Zum erstenmal an jenem Tag hatte sie die einhüllende Wärme
ihres Körpers gespürt. Zu spät, zu spät; plump und
träge war sie in ihren Armen geblieben.

Vivia, Marisetta. Bei Tisch, stolz wie Wildkatzen, gleichgültig gegenüber gewöhnlichen Sterblichen, sprachen sie mit dem Jungen eine rasche, fast unverständliche Sprache, die aus Anspielungen und erfunden wirkenden Wörtern bestand, ohne sich darum zu kümmern, wenn sie die Großmutter unterbrachen; und wenn es nötig war, faßten sie mit dem Finger in den Teller oder lachten, wobei sie zur Schau stellten, was sie gerade kauten, während das Dienstmädchen mit der Platte in der Hand wartend stehenblieb.

Eddy war der Gegenstand ihres Interesses und ihrer Heiterkeit. Die Brille zeichnete zwei lächerliche kleine Kreise in sein breites Gesicht, und er stellte sich absichtlich dumm. Doch ab und zu war es, als blitzten die leicht schielenden Augen hinter den Brillengläsern auf, und die Finger warfen voll Kraft eines der Brotkügelchen, die er vor sich aufgereiht hatte. Das Kügelchen landete auf dem Teller oder im Glas eines der beiden Mädchen, und dann lachte er lautlos, die Lippen weich über den dichten, kleinen weißen Zähnen. Ein himmlisch schöner Mund.

Anstatt sich aufzuregen oder ihnen Vorwürfe zu machen, amüsierte sich Frau Arnitz darüber und klopfte nur leicht mit dem Löffel an ihr Glas, wenn der Lärm zu laut wurde. Sie hatte sich zum Abendessen umgezogen, und das breite Revers aus schwarzem Samt betonte das Weißrosa ihres Gesichts, in dem die mit Lidschatten geschminkten kleinen, fast wimpernlosen Augen, blau wie ein »Muttergottesmantel«, leuchteten wie Stecknadelköpfe. Aber die Haare, die schien sie vergessen zu haben, dicht und stumpf standen sie in alle Richtungen, kaum zusammengehalten von ein paar Haarnadeln. Und anstatt sie Großmutter oder Frau Arnitz zu nennen, redeten die Mädchen sie mit einem unverständlichen *Mamigna* an.

Abseits vor ihren Tellern, im Licht der aus zwei riesigen Hirschgeweihen bestehenden Lampe, stürzten Lorenza und die Mama ins Nichts; und auf die blassen Versuche der Großmutter, ein Gespräch in Gang zu bringen, antwortete die Mama einsilbig, während sie langsam und vorsichtig weiteraß, als könnten die Speisen vergiftet sein.

Margot war an jenem Abend nicht da, und bei Tisch wurde lange von einem mehrtägigen Ausflug zum Roseggletscher gesprochen, den sie unternommen hatte. »Wenn sie gewußt hätte, daß du nur einen Abend bleibst«, sagte Frau Arnitz, »hätte sie bestimmt darauf verzichtet. Sie wartete schon seit Wochen auf dich.« – »Mir tut es auch leid«, hatte die Mama erwidert, aber es war, als sagte sie es nur aus Höflichkeit und als ließe die verfehlte Begegnung sie gleichgültig.

Als Margots Name fiel, hatte Eddy aufgehört, sich für Vivia und Marisetta zu interessieren. »Ein phantastischer Ausflug, ins Val Roseg«, hatte er gesagt, »wenn ich nicht wieder diesen verdammten Husten hätte, wäre ich auch mitgegangen«, und sein Silberblick hatte sich auf das Kind und die Mama am Ende des Tisches geheftet, ohne daß man recht wußte, wen der beiden er denn ansah.

Margot, die einzige Tochter aus Großmutters zweiter Ehe, sollte Lorenza erst zwei Tage später kennenlernen, als die Mama schon abgefahren war, mit dem Filzhut auf den blonden Locken und einem letzten Kuß, dem Lorenza nachlief, während das Auto sich auf dem Kies in Bewegung setzte, die Hand ans Fenster geklammert, da sie die große, weiße der Mutter nicht loslassen wollte.

Von dem Mäuerchen neben dem Schwimmbecken aus hatte Lorenza sie aus dem Wasser kommen und den nassen Kopf schütteln sehen, wie es ein Hund machen würde, balancierend auf dem mit breiten grauen Steinen gepflasterten Beckenrand. Kraftvoll rieb sie das Handtuch auf dem Rücken hin und her, während die Kleine, in einen dicken Pullover eingemummt, ihr zusah und dabei in das letzte, vom Frühstück noch übrige Stück Butterbrot biß. »Du bist Tante Margot, stimmt's?« hatte sie gefragt und die Brotkrümel auf die Balustrade fallen lassen. »Ja, aber nenn mich ruhig einfach Margot.« – »Margot, Margerita…«, hatte Lorenza geträllert: denn sie schien den Glanz einer Margerite zu haben in der diffusen Helligkeit des Morgens, da die Sonne noch hinter den Bergen versteckt war. Als hätte sie in ihren Gedanken gelesen, hatte Margot das Handtuch auf den Boden gleiten lassen, der wollene blaue Badeanzug umschloß einen Körper mit schmaler Taille und kräftigen Hüften. Nichts war dick an jenem Körper, sondern nur voll, stark wie bei dem eines Jungen. »Margerita bedeutet auch Edelstein«, hatte sie gesagt, »*ne proicias margaritas ante porcos...*«, und ihr Mund hatte sich zu einem nervösen Lachen verzogen, die Lippen blau vor Kälte.

Eddy war in sie verliebt. Als er an jenem Morgen in seinen Bademantel gehüllt ankam und Margot schon fort war, hatte er einen untröstlichen Blick auf das eiskalte Wasser geworfen und sich neben Lorenza auf das Mäuerchen gesetzt. »*Margot me prend pour un con tout le temps*«, hatte er gesagt und in der Sonne mit den haarigen Beinen gebaumelt. »Was?« hatte Lorenza gefragt. »Nichts...«

Alle hielten seine Liebe für selbstverständlich; sogar Gregorio, der Gärtner, blieb morgens, wenn er den Kies harkte, mit dem Rechen in der Hand stehen und wartete darauf, daß Margot früher oder später eine liebevolle Geste machen würde, um so viel Ergebenheit zu belohnen.

Doch ebenso selbstverständlich war, daß Margot seine Liebe nicht besonders schätzte, sondern gelegentlich sogar Zeichen der Unduldsamkeit äußerte.

Ich hab's satt, satt! sagte sie plötzlich. Das Gebiet, in dem sie sich als Herrscherin aufspielen konnte, beschränkte sich nicht auf diesen dicken Jungen mit Brille, sondern umfaßte, außer den verschiedenen Verehrern, die jeden Tag nach Chesa Silvascina heraufstiegen, auch Vivia und Marisetta. Bereit, ihr jeden Wunsch von den Augen abzulesen, sich für jeden Vorschlag zu begeistern, der von ihr kam, als sähen sie die Welt durch ihre Augen und als würde diese nur dadurch »phantastisch, im Ernst«. *Au ja, los...* war eine ihrer Lieblingsantworten, wenn Margot einen Ausflug oder ein Tennismatch vorschlug. Oder auch nur einen Spaziergang zum See.

In Wirklichkeit gab es drei Seen, getrennt durch weite Wiesen, auf denen hier und dort alte Bauernhäuser mit großen hölzernen Scheunen standen. Doch für sie alle war »der See« nur einer, der eine, der sich bis zum Maloja hinzog, bald blau, bald eisenfarben, ein See, der sich ins Unendliche zu erstrecken und fast nach den Bergen zu greifen, sich im Licht der Dämmerung im Himmel zu verlieren schien. In der Mitte tauchte eine kleine lärchen- und tannenbestandene Insel auf, dorthin war Alberto früher mit dem Segelboot gefahren und hatte in der kleinen Sandbucht geankert. Aber jetzt war das Boot schon seit Jahren verkauft, und zur Insel fuhr niemand mehr, auch wenn immer noch von ihr gesprochen wurde wie von einem vertrauten Ort. Ein Ort, wohin man im Winter, wenn der See zufror und sich mit Schnee be-

deckte, in Mondnächten gehen und ein Feuer an-
zünden konnte.

Jeden Morgen ging Frau Arnitz hinunter, um rund
um das Haus die Beete zu inspizieren, wo Blumen
der verschiedensten Farben durcheinanderwucher-
ten, noch feucht von der Nacht. Frau Arnitz sprach
mit sich selbst, kommentierte, ihre kurzen, dicken
Arme kamen aus den Puffärmeln des Dirndls hervor,
und die Hände griffen zwischen die Blumen, um sie
von einem Insekt zu befreien, das sie als Bedrohung
empfand. Das Dirndl ist das Kleid, das sie zu Ehren
einer unbestimmten bayerischen Vorfahrin in Chesa
Silvascina zu bevorzugen scheint, zusammen mit dem
großen Strohhut, der das Weißrosa ihrer Haut vor der
Sonne schützt. Die Akeleien, die Blüten des blauen
Eisenhuts und die großen, zartblauen der Distel sind
zusammen mit den Petunien frühmorgens ihr erster
Gedanke, als könnte sie durch die Leichtigkeit ihrer
Blütenblätter die Poesie des Kosmos verfolgen, die
Leuchtspur berühren, die Auroras Wagen zurückgelassen hat, als er jenseits des Margna verschwunden
ist. Auf die Kleine, die mühsam ihre Ovomaltine aus-
getrunken hat, wirft sie nur einen raschen, kritischen
Blick. Nicht bös gemeint, sondern im Sinn einer Ein-
schätzung, denn sofort bringt die Enkelin sie mit
ihren Beinen wie Stöckchen und den Schulterblättern,

die sich unter dem Pullover abzeichnen, zurück auf die Erde und zu den praktischen Dingen des Lebens. Sie fragt sie immer, ob sie gut geschlafen hat, ob sie noch Hunger hat und ob sie genug gegessen hat. Sie ist freundlich, auch wenn ganz klar ist, daß die Kleine nicht mehr zählt als Nelly, die Tochter von Gregorio. Lorenza antwortet stets mit ja und schaut zu, wie der Schatten des Huts das Blau der Pupillen verdunkelt, Augen, klein und kalt wie Kiesel. *In ihrer Jugend hat sie ganz schön über die Stränge geschlagen*, sagt Marisetta; aber Lorenza kann sich nicht vorstellen, wie die Großmutter über die Stränge geschlagen haben kann mit diesem Aussehen einer braven Gärtnerin, und um ihr zu gefallen, fragt sie sie nach den Namen der Blumen. »Eisenhut«, sagt die Großmutter, »Alpenrosen«, und mit der Schere schneidet sie hier und da ohne ersichtlichen Grund etwas ab, auf etwas verrückte Weise, als wollte sie bestimmten Blumen den Vorrang geben auf Kosten anderer, die womöglich auch wunderschön waren.

Auf der Konsole im Wohnzimmer sind die Photos ihres einzigen Sohnes, Alberto, aufgereiht, der in Afrika an einer geheimnisvollen Infektion gestorben ist. Viele: Alberto als Kind, Alberto auf dem Bernina, Alberto im Internat in Montreux. Alberto auf dem Segelboot. Ein Junge mit glatten Haaren und durchdringend blickenden Augen, vielleicht von der Farbe des »Muttergottesmantels« wie die ihren. Aber das schönste Photo steht im Eingang, groß und scharf, mit dunklen Schatten, die sich auf dem majestätischen, schneebedeckten Corvatsch abzeichnen. Alberto steht aufrecht da, in Hemdsärmeln, nur eine Strickweste schützt ihn vor der Kälte eines Tages, an dem hier und da Wolkenfetzen den makellos weißen Hang beflecken. Die himmelwärts gewandten Spitzen der hinter ihm im Schnee aufgepflanzten Skier kreuzen sich, und Alberto runzelt ein klein wenig die Stirn, um der Sonne zu trotzen, die ihm voll ins Gesicht scheint, der Mund leicht geöffnet, das Haar aus der Stirn geweht vom Wind.

Marisetta ist alles, was von ihm bleibt, geboren, kurz bevor Alberto nach Afrika aufbrach. Und im Kongo, als er im Gefolge eines Schlangenjägers den Fluß entlangfuhr, hatte er sich dann die geheimnisvolle Infektion geholt, die nach und nach seine Leber zerfressen sollte. Er hatte später dorthin zurückkehren wollen und war dort gestorben, in einem Dorf aus Stroh und Schlamm. Aber Marisetta, sagt die Großmutter, hat so wenig von Alberto, sie ist faul, träge. Manchmal streichelt sie sie gedankenverloren, so als suchten die Finger auf ihrem Gesicht die Spuren jenes lebhaften, unruhigen Sohnes, der immer auf der Suche nach neuen aufregenden Erfahrungen war. Marisetta lächelt, sie hat ein rundes, ruhiges Gesicht, auf dem über Nacht Pickel zum Vorschein kommen und nichts an ihrer guten Laune ändern. Von ihrer Mama weiß sie, daß ihr Vater gewalttätig war und zuviel trank und daß eben wegen des Alkohols seine Leber nicht durchgehalten hatte. Aber bei der Schweizer Großmutter, sagt sie, bei *Mamigna*, verbessert sie sich sofort (alle müssen sie so nennen, Großmutter ist vielleicht zu vulgär), bei *Mamigna* ist sie gern, und jeden Sommer kommt sie, nachdem vorher ein kleiner Reisekoffer mit Messingbeschlägen eingetroffen ist, um in Chesa Silvascina die Ferien zu verbringen. Manchmal ist, wenn sie wieder nach Mailand abreist, wo ihre Mama mit dem neuen Mann wohnt, in Chesa Silvascina schon der erste Schnee gefallen.

*A*ber jetzt ist es schon fast ein Jahr her, seit wieder ein Krieg ausgebrochen ist, mein Gott, es kommt mir vor, als wäre der des Kaisers erst gestern zu Ende gegangen, sagt Frau Arnitz. Er wird nicht lange dauern, hoffentlich, Deutschland ist zu stark, es zerschlägt ein Heer nach dem anderen. Aber Marisetta, fügt sie hinzu, täte auf jeden Fall gut daran, die Schweiz nicht zu verlassen. Der Kleinen dagegen sagt sie nicht, daß es gut für sie wäre, in Chesa Silvascina in Sicherheit zu bleiben. Nach diesem ersten Versuch an dem Abend ihrer Ankunft hat sie nie mehr ihre Hände genommen und ihr nie mehr forschend in die Augen gesehen. Das Ergebnis war sicher negativ: zu

dunkel, reizlos. Und außerdem sieht sie auf be-
eindruckende Weise diesem *Nichts*, ihrem Vater, ähnlich. Sie wird sie pflichtgemäß mit Milch, Butter und
Honig aufpäppeln, bis sie genügend zugenommen
hat; und dann fort, zurück nach Hause.

Auch Vivia, Marisettas unzertrennliche Freundin,
interessiert sie nicht. Sie ist nur ein schönes Exemplar,
das gut zum Garten und zum Haus paßt, nicht mehr
und nicht weniger als ihre buschige Perserkatze mit
den runden Augen, die wie Glasknöpfe tief im Fell sitzen. Die Wahrheit ist, daß sie gern junge Leute um
sich hat. Wenn Marisetta ihr abends gute Nacht sagt,
scheint sie nie müde zu werden, sie an sich zu
drücken, während Marisetta schon die schlaftrunke-
nen Augen zufallen. Auch Vivia umarmt sie, allerdings mit weniger Hingabe; sogar Eddy bietet sie die
Wange zum Kuß und fährt ihm mit der Hand durchs
Haar, als wolle sie seine Lippen länger auf ihrem Gesicht festhalten. Und während sie das Zimmer verlassen, folgt sie ihnen noch mit dem Blick, lauscht
ihren Schritten die Treppe hinauf, ihren Stimmen und
ihrem Lachen. Den zuschlagenden Türen.

Bei Margot wagt sie es nicht, ihre Lieblingstochter
mag keine überschwenglichen Gefühlsbezeigungen,
und sie seufzt und lacht darüber. Der Kleinen sagt sie
anders »gute Nacht«; vielleicht, weil sie einfach nicht
zunehmen will und immer ja sagt, ohne ihr in die
Augen zu schauen. An manchen Abenden, wenn Lorenza im Schlafanzug herunterkommt, um das Buch

zu suchen, das sie vergessen hat, ist Mamigna über das grüne Tuch auf dem Tisch gebeugt, die Brille tief auf der Nase und die krausen Haare, die Schatten auf die großen Farbflecken des Puzzles werfen, in Unordnung. Zwischen Daumen und Zeigefinger hält sie immer ein kleines, unverzichtbares Teilchen, das gleich an der richtigen Stelle eingepaßt werden wird; und ohne den Blick zu heben, sagt sie zu ihr, sie solle keinen Lärm machen, die Treppe leise hinaufgehen.

*D*iese *alte Vampirin*, ist Lula, dem Dienstmädchen, einmal herausgerutscht, als sie völlig erschöpft davon war, dauernd von einem Stockwerk ins andere zu rennen wegen dieser Mädchen, die sogar läuten, um sich ein Glas Wasser bringen zu lassen oder den Pullover, den sie im Schlafzimmer vergessen haben. Aber wenn sie sich beklagt, daß ihr die Beine weh tun von dem vielen Treppensteigen, antwortet Frau Arnitz ihr: Was willst du, sie sind eben jung... Als müßte das Wort »jung« Faulheit, Arroganz und Unachtsamkeit rechtfertigen.

Lorenzas Hoffnungen, mit Marisetta und Vivia Freundschaft zu schließen, sind längst verflogen, sie spielt immer nur mit Nelly, und vielleicht ist das lustiger. Dennoch denkt sie abends im Bett unausgesetzt an die beiden und an die Zeit, wenn auch sie groß sein und mit langen, auf die Schultern fallenden Haaren die Treppe in Chesa Silvascina herunterkommen wird, in einem Taftrock, der bei jedem Schritt raschelt; und jedesmal, wenn sie das Geräusch der Reifen auf dem Kies hört, lehnt sie sich im Dunkeln zum Fenster hinaus, um zuzusehen, wie Margot in den Bentley steigt, Eddy um das Auto herumgeht, um die Tür zu öffnen. Wenn es regnet, hält er den Schirm hoch über sie, damit sie nicht naß wird, danach setzt er sich hinters Steuer, und wer weiß, wo sie hinfahren. Nach Silvaplana, nach St. Moritz, wo die großen, hellerleuchteten Hotels sind und die Verehrer sich um Margot drängen, um sie zum Tanzen aufzufordern.

Als müßte sie Margot ihre Zauberformel entreißen, um ihr eines Tages in allem zu gleichen: in der Art, sich zu kleiden, zu gehen, zu lachen, die Haare nach hinten zu werfen auf diese herausfordernde und scheinbar so natürliche Art, die bewirkt, daß sich immer alle Blicke auf sie richten. Etwas, das auch lästig sein und plötzliche Stummheit und Eifersucht auslösen kann. Es gibt Augenblicke, in denen Vivia und Marisetta sie beinahe zu hassen scheinen. Doch wenn Margot auch nur für einen Tag fortgeht, so warten beide, nachdem sie über Eddy hergefallen sind und ihn gehörig gehänselt haben oder im Schwimmbad herumgetobt und die Perserkatze der Großmutter gequält haben, auf nichts als auf ihre Rückkehr, hängen in den Zimmern herum, und ihr sonst stolzer Schritt wird zum lustlosen Trott vom Haus zur Wiese und von der Wiese zum Haus.

»Du bist immer so still«, sagt sie, »es ist ein Fehler, immer still zu sein.« Große Wolken überschatten den Tag, und die graue Luft läßt ihre Haut auf den hohen, breiten Wangenknochen blasser erscheinen, gleitet über die Stirn, wo der tiefe Haaransatz die Rundheit des Gesichts betont. Wem sieht sie ähnlich? Der Großmutter gewiß nicht, und auch nicht Mama. Die dichten dunklen Wimpern sind das, worum Lorenza sie am meisten beneidet. Sie will, daß Lorenza ihr erzählt, was sie macht, wenn sie in Rom ist, daß sie ihr von Marta und ihren gemeinsamen Spielen erzählt; sie ist zu ihr gekommen und hat sich neben sie gesetzt, und die Augen, von einem Braun, das in Honig getaucht zu sein scheint, sehen sie ermunternd und verführerisch an. Lorenza würde gern darauf eingehen und unbefangen mit ihr plaudern, wie sie es so oft bei Marisetta und Vivia gesehen hat. Von der Schwester reden und von dem Klavier. Statt dessen antwortet sie wortkarg, verzieht das Gesicht zu einer Grimasse der Gleichgültigkeit. Doch auch wenn Margot ihr diesen Besuch in ihrem Zimmer vielleicht nur deshalb abstattet, weil die Kleine immer sich selbst überlassen ist, gibt sie doch nicht auf und erzählt Lorenza jetzt von der Mama. Sie nennt sie Isabella. Spricht davon, wie sie, als sie klein war, die große Schwester anbetete, auch wenn sie sich nur im

Sommer sahen, wenn Isabella aus dem Internat zurückkam. Leider war dann auch immer Alberto da, der alles verdarb, fügt sie sofort hinzu. Wenn sie nach Chesa Silvascina kam, hatte sie nur Augen für ihn, sonst kümmerte sie sich um niemanden mehr. Alberto, immer nur Alberto. Es war, als zögen die beiden eine Mauer um sich, um alle anderen auszuschließen. Und wenn Alberto etwas verkehrt machte, war Isabella sofort bereit, ihn zu verteidigen, immer, auch wenn ganz klar war, daß er unrecht hatte. Auch wenn er trank und herumschrie. »Oh, wie ich ihn haßte!« sagt sie. Aber später, als Alberto gestorben war und nur die Kiste mit den Büchern und Arzneiflaschen und all den Landkarten, auf denen mit Rotstift die Wege eingezeichnet waren, aus Afrika zurückkam, oh, da war es schrecklich gewesen... Mamigna konnte sich nicht damit abfinden, und Isabella ertrug sie nicht, ihre Szenen, ihr Weinen... Die Meinungsverschiedenheiten zwischen den beiden haben damals begonnen, sagt sie, Isabella war sehr religiös geworden und ging jeden Morgen in die Kirche, Mamigna befürchtete sogar, sie wolle ins Kloster gehen.

»Ins Kloster, die Mama?« hat Lorenza erstaunt gefragt. »Das war nur eine Idee von Mamigna, ich glaube nicht, daß Isabella je daran gedacht hat.« Oft begleitete sie sie in die Kirche, sagt sie noch, sie ging gerne mit ihr aus, und danach aßen sie zusammen ein Hörnchen bei Müller, es war wunderbar... Isabella hat ihr auch das Vaterunser und das Ave Maria beigebracht, sogar die Stoßgebete, die man aufsagt, damit den Toten die Zeit im Fegefeuer verkürzt wird: hundert Tage Ablaß, dreihundert. Ein Jahr!... Und jetzt lacht Margot und spielt mit Lorenzas Fingern.

Sie hat das Photo vom Nachttisch genommen, auf dem Isabella und Enrico Arm in Arm eine baumbestandene Allee hinuntergehen und Isabella glücklich ist, einen tief ins Gesicht gezogenen Hut mit Krempe trägt, ein kniekurzes Kleid und Enrico sie dicht an seiner Seite hält. »Gott, wie schön sie noch ist!« sagt sie; doch dann klingt die Stimme auf einmal verbittert, Margot wirft auf die herausfordernde Weise, die ihren Verehrern so gut gefällt, die Haare zurück: »Ist es möglich, daß sie nicht einen Tag auf mich warten konnte? Daß sie nicht noch eine Nacht bleiben konnte?« Und plötzlich erzählt sie, wie die Schwester angefangen hatte, alles, was sie machte, zu kritisieren. Nichts war ihr recht, nicht, wie sie sich kleidete, nicht, wie sie sprach, nicht die Freunde, die sie hatte, und auch nicht, was sie las. »Und was hatte sie jetzt so Wichtiges zu tun?...« Sie hat sich über die Kleine gebeugt, als müsse sie die Antwort in deren Augen lesen, ihre haben einen dunklen Rand um die Iris, dieser Rand macht sie leuchtender, begrenzt sie aber auch, als müßte sich jeder Gedanke in dem kleinen honigfarbenen Kreis verdichten: »Welchen Grund sollte sie haben, um immer noch auf mich eifersüchtig zu sein?...« Um jenem Blick auszuweichen, betrachtet Lorenza eingehend die Metallknöpfe an Margots Kleid, einem Dirndl, das auch diese wie ihre Mutter in Chesa Silvascina am liebsten zu tragen scheint, und zuckt zur Antwort nur mit den Schultern, die Augen auf die dunkel bronzierten Metallplättchen gerichtet, denen ein Edelweiß aufgeprägt ist. »Eifersüchtig?« fragt sie kaum hörbar. »Ja, eifersüchtig. Das kommt vor unter Geschwistern, weißt du, das lehrt uns ja auch die Geschichte von Kain und Abel...« Die Farbe der Augen wird dunkler zwischen den Wimpern; es mag an dem Tag liegen, an dem Regen, der unterdessen an der Fensterscheibe herunterläuft, der Blick hat etwas Starres und zugleich Hartes, es ist der Blick dessen, der beschlossen hat, den Gegner herauszufordern, da er sich seines Sieges gewiß ist. Lorenza widersteht, auch wenn ihr Herz klopft. »Was für eine Dummheit«, erwidert sie leise, »ich bin überhaupt nicht eifersüchtig auf Marta...«

Lorenza weiß, daß ihre Mama ihre Familie nicht ausstehen kann, sie macht zwischen den einzelnen keinen Unterschied. Sie weiß auch, daß die Mama immer gedacht hat, sie seien schuld daran, daß Alberto schließlich in Afrika gestorben ist. Margot trifft vielleicht keine Schuld, sie war ja noch ein Kind; oder vielleicht doch, ja, auch sie. Um welche Schuld es sich handelt, weiß Lorenza nicht, aber »Schuld« hat die Mama einmal gesagt. Auch Papa mag die Familie seiner Frau nicht, lauter Snobs, sagt er immer, ohne jede Kultur. Als Mama ihn heiraten wollte, hatte die Großmutter über ihn gesagt, er sei *nicht nur aus dem Süden, sondern auch einer, der nichts ist...* Oft hat Papa über dieses »Nichts« gescherzt. Als ob sie, die Semiramis, »etwas« wäre, fügt er jedesmal hinzu, die Tochter eines Weinhändlers aus dem Veltlin, der Geld gemacht hat mit den armen Steinhauern aus Como...

An jenem Nachmittag hatte Margot, sowie Marisettas Stimme durchs Treppenhaus hallte, das Zimmer verlassen, als hätte sie nur auf einen Vorwand gewartet, um zu gehen. Sie hatte sich umgedreht und war verschwunden, mit einer ihrer so raschen und selbstverständlichen Bewegungen, die ein Ende anzeigten, dem Schritt, der trotz der Kompaktheit des Körpers so leicht wirkte, daß es schien, als schwebe sie.

Weder Lorenza noch sie konnten wissen, was eines Tages in Chesa Silvascina geschehen würde, wie das Licht, das auf die Gegenstände fällt, diese verwandeln und den Seidenbezug einer Chaiselongue von einem Augenblick zum anderen fahl werden lassen kann wie ein Schweißtuch. Die graue Ruhe eines Nachmittags in eine Klanghölle verwandeln kann. Wie dünn die Membran ist, die eine Sichtweise von einer ähnlichen trennt; und wie das Zimmer mit dem Fenster zum Margna sich eines Tages in den Ort verwandeln könnte, wo die Gesten und die Wörter zu *jenen* Gesten und *jenen* Wörtern werden. Einem Ort, der dazu bestimmt war, sich in der Erinnerung abzukapseln wie eine Kristallkugel, in der das Kind, das auf dem Bett sitzt, ein dünner, schmächtiger Kobold ist und Margot eine Art Diva, die hier und da im Zimmer auftaucht wie auf Bildern aus einem alten Film (sie würde Lorenzas Zimmer nie mehr betreten, trotz der glühenden Hoffnung der Kleinen, nie mehr).

Sie erscheint am Fenster, ihr Profil vor dem Grau der Wolken, der Hals, der aus dem gekräuselten Ausschnitt der weißen Baumwollbluse kommt. Das *Dirndl* steht ihr nicht, es gleicht einem Puppenkleid, und sie hat nichts von einer Puppe. Das einförmige Licht gleitet über ihre Haare, und die Stirn darunter hat die Blässe, die auf Sonnenbräune folgt, leicht totenartig. Der Mund, die Wangenknochen wirken härter, werden erbarmungslos herausgearbeitet von jenem gipsernen Widerschein, nur die Augen unter den feingezeichneten Brauen sammeln alle Verführung in den leuchtenden Pupillen, entschlossen, auch die Kleine in den Kreis hineinzuziehen, deren Mittelpunkt sie ist; und sie weiß nicht, daß das Kind ihr schon längst auf den Leim gegangen ist. Während sie sagt: *welchen Grund hätte sie, noch eifersüchtig auf mich zu sein*, klingt ihre Stimme frisch und endgültig, wie ein Vogelruf, und verletzt Lorenza, weil es scheint, als würden sie und ihre Mama des kleinlichen Neids bezichtigt. Der Regen draußen macht die Äste der Lärchen schwer und vermischt sich mit dem tiefhängenden Nebel, während Margots heller Hals, der zu voll ist für ein neunzehnjähriges Mädchen, sich leicht zur Seite neigt, als sie die Frage stellt, die sie sich eigentlich schon beantwortet hat. Die kleinen, leichten Hände mit den feinen Fingern, die sie bestimmt von ihrem aristokratischen Vater hat, dem *Viveur* (Mama und die Großmutter haben große, weiße, leicht geschwollene Hände), halten noch die Photographie, auf der Isabella und Enrico Arm in Arm eine baumbestandene Allee entlanggehen, lächelnd zwischen den üppigen Platanen in dem Augenblick, in dem der Photograph »halt!« gesagt hat und einen Schritt zurückgetreten ist, um sie aufzunehmen. Doch kaum hallt jenes »Margot…« durchs Treppenhaus, wird die Photographie uninteressant, sie stellt sie rasch wieder hin, während die lebhaften Farben ihres affektierten Kleides schon hinter der Tür verschwinden.

Jenseits der Straße und der Wiese, am Waldrand, stand das Chalet mit der Veranda, wo Gregorio das Holz aufschichtete. Dort trafen sich die Eichhörnchen auf Futtersuche, und Nelly stellte ihnen jeden Abend ein Schüsselchen mit Haselnüssen hin. Aber es ist auch Margots Lieblingsort, zusammen mit Vivia und Marisetta brät sie dort in dem einen großen Raum gern Würste und blutige Steaks am Kamin. Manchmal werden auch Nelly und Lorenza eingeladen, an dem Spiel teilzunehmen, dann gibt es ein großes Fest, und sie gehen mit Tellern und Gläsern hin und her; und damit es echter aussieht, stibitzen sie Lula das Schürzchen. Aber meistens schicken die Mädchen sie weg, und Nelly und Lorenza hören ihr Gelächter, Eddy, der Mundharmonika spielt, während sich rundum der Gestank des verbrannten Fleischs ausbreitet. Ein lautes Gepolter von Schritten auf Holz, wer weiß, was sie anstellen; wenn die Kleinen sich die Nase an der Fensterscheibe plattdrücken, sehen sie das Feuer im Kamin und den gedämpften Kerzenschein und sind voll Neid. Aber immer ziehen Marisetta oder Vivia die Vorhänge zu, und sie sehen nichts mehr, plötzlich sind sie allein, während die Dunkelheit über die Bäume hereinbricht und die trockenen Äste unter den Füßen knacken. Das Rascheln eines verängstigten Tiers im Wald. Dann laufen sie mit klopfendem Herzen auf das Haus zu, und erst, wenn sie im Eingang sind, atmen sie tief und erleichtert auf.

Aber sogleich fragt Frau Arnitz, woher sie so abgehetzt kommen. Am Morgen, wenn sie mit ihren Blumen fertig ist, setzt sie sich immer ins Wohnzimmer, wo die Bücher stehen, das Radio, ihr endloses Puzzle. Selten und ungern verläßt sie den durch ihr Gewicht leicht aus der Form geratenen Sessel und überwacht die Bewegungen im Haus durch die angelehnte Tür. Wenn sie Schritte hört, fragt sie sofort, wer da ist. Vielleicht leidet sie darunter, nicht zu wissen, was Marisetta, Vivia und Margot in jenem Augenblick tun. Oder Eddy, der Sohn des Mannes, der ihre große Liebe war. Wo sind sie hingegangen?

Sie sagen nie etwas. Daher ruft sie Lorenza, während Nelly schon beim Klang ihrer Stimme davonläuft, und die Kleine muß ihr erzählen, was sie von ihnen gesehen oder erfahren hat, während die Großmutter sie mit ihren lapislazuliblauen Augen anblickt. Lorenza bleibt verlegen stehen, da es ihr vorkommt, als spioniere sie, aber gleichzeitig fühlt sie sich wichtig und würde ihr gern alle Informationen geben, die sie möchte. Sogar welche erfinden. Sie weiß, daß sie dankbar sein muß, weil die Großmutter sie aufgenommen hat und durchfüttert und ihr, wie Papa gesagt hat, *die Gelegenheit bietet, diese lästigen Fiebergeschichten auszukurieren, die sie daran hindern, so groß und stark und fröhlich zu werden wie Marta.* Vielleicht erwartet die Großmutter, daß sie sich zum Dank nützlich macht; also erzählt sie, was sie gesehen hat, und auch, was sie nicht gesehen hat, tritt vor Befangenheit von einem Fuß auf den anderen und macht den schönen türkischen Teppich schmutzig.

An kälteren Tagen wird im Wohnzimmer der Kamin angezündet, aber weder Lorenza noch die Mädchen dürfen sich daran aufwärmen, weil Frau Arnitz will, daß sie sich an die Kälte gewöhnen. Wie sollen sie es sonst aushalten, wenn sie in ausgeschnittenen Kleidern auf Bälle gehen, jene Bälle in alten Salons, die kein Heizkörper erwärmen kann. Lorenza glaubt nicht, daß sie je auf derartige Feste gehen wird, und wenn die Großmutter nicht hinsieht, hält sie die

Hände ans Feuer, während die Augen die Photos von Alberto auf dem Sims betrachten, eine Folge, die vom Kind mit Baskenmütze bis zum Jüngling mit nacktem Oberkörper auf dem Bug eines Schiffes reicht. An seine Schulter gelehnt, lächelt eine junge Frau, ihr Badeanzug läßt den Bauch frei. Sicherlich ein sehr gewagter Badeanzug. Auch er, Alberto, ein *Viveur*?

Nelly hat ihr gesagt, der zweite Mann von Frau Arnitz sei ein *Viveur* gewesen, und die Gnädige habe ihn hinausgeworfen. »Ein was?« hat Lorenza gefragt. »Ein *Viveur*!« wiederholt Nelly. Sie ist fast zwei Jahre älter als Lorenza, kann aber nicht erklären, was »*Viveur*« bedeutet, und erzählt, daß er sich danach eine neue Frau gesucht hat und eines schönen Tages nach Amerika gegangen ist und nichts mehr von sich hat hören lassen, nicht einmal an Margot, seine Tochter, hat er sich erinnert. Wenn er nach Chesa Silvascina kam, sagt sie noch, brachte er immer Frauen mit, wenn die Gnädige verreiste, und dann brannte der Kamin die ganze Nacht. »Was für Frauen?« hat Lorenza gefragt. »Frauen eben«, beharrt Nelly. Daraufhin lacht Lorenza etwas verächtlich, denn das, was Nelly ihr da erzählt, scheint ihr sehr dumm. Nelly läßt nicht locker, sagt, es waren Frauen, die nackt auf Kuchenplatten tanzten. An dieser Stelle muß Lorenza noch mehr lachen und fuchtelt wild herum wie eine tanzende Marionette.

Aber ihre Zeit läuft bald ab, Papa hat ihr geschrieben, daß er kommen und sie abholen wird, und anfragen lassen, ob jemand sie nach Chiavenna bringen kann. Eddy wird sie hinfahren, hat die Großmutter gesagt, mit dem Bentley. Der Bentley steht inzwischen immer in der Garage unter Gregorios Wohnung und wird fast nie benutzt, weil es kaum noch Benzingutscheine gibt.

Es ist ein strahlend heller Nachmittag, eine Sonne, die schon den September ankündigt, dringt durch alle Ritzen und verfolgt die Schatten, verheißt einen herrlichen Sonnenuntergang. Am Ende der Wiese reiben die Lärchen ihre ausladenden, stachligen Zweige aneinander, und Lorenza sitzt auf einem mit Stoff bespannten Klappstuhl, den Kopf über ihr Buch gebeugt. Aber die Abenteuer von *Bibi, dem Mädchen aus dem Norden* sind ihr zu fern, finden keine Entsprechung in ihrer geringen und begrenzten Erfahrung, und die Einsamkeit verliert sich im Himmel, der blau ist wie Karton. Rasch fliegen ein paar weiß ausgefranste kleine Wolken vorüber. Die Luft prickelt, aber das Gras ist noch lau, und die Bienen lassen die Blüten des blauen Eisenhuts leise schwanken. *Sie* sind dort, nicht weit weg, die Körper beugen sich über das Wasser des Schwimmbeckens, in dem einsam einige Insekten herumschwimmen und von der leichten

Strömung fortgerissen werden. Niemand badet mehr; Eddy photographiert die Mädchen, er würde dauernd alles photographieren, nein, sagen sie, jetzt reicht es, und die Hände erheben sich wie Tauben, um das Gesicht zu schützen. Dann hat Margot sich neben dem Tischchen, auf dem Lula die große bauchige Teekanne abgestellt hat, auf die Wiese gesetzt. Sie hat eine Herrenjacke um die Schultern gehängt, vielleicht Eddys Jacke, vielleicht auch die des Verehrers, der gerade aus einer himmelblau gemusterten Tasse trinkt. Lorenza ist wütend auf sie, weil sie diesen Satz über die Mama gesagt hat, weil es wirkt, als sei ihre Art zu lachen und sich zu ärgern das einzig Wichtige auf der Welt. Oder auch zu weinen, wie damals, als sie nicht wollte, daß das Murmeltier getötet würde. Sie wollte es pflegen und schrie und weinte, es gab nur noch sie und ihr Murmeltier, das schon mehr tot als lebendig war; und Gregorio hatte recht, daß er es mit dem Spaten erledigen wollte.

Der Verehrer hat pomadeglänzendes Haar (bestimmt bindet er abends ein weitmaschiges Baumwollnetz darum) und leicht geblähte Backen, als hätte er immer ein Bonbon im Mund. Angeblich ist er sehr gescheit, und seine Doktorarbeit liegt schon fix und fertig auf dem Prüfungstisch und bringt die Professoren zum Staunen. Seine Lippen sind rosig und bedecken sich mit Speichel, wenn er spricht, die Hand mit den langen Fingern und den erhabenen Adern fährt rasch darüber, um sie zu trocknen, er gefällt Frau

Arnitz, die seine Eleganz lobt und sein gewandtes Auftreten, ein *Gentleman*, sagt sie und gießt ihm Tee nach. Auch Margot scheint ihn nicht zu verachten, und auf der Wiese sitzend, schlingt sie die Arme um die bloßen Knie, das Gesicht beim Zuhören erhoben. Margot ist *die Lieblingstochter*, dazu bestimmt, die Pläne der Mutter, die Großes mit ihr vorhat, auf jede Weise zu unterstützen. Die Lippen des jungen Mannes legen sich feucht und ein wenig geschwollen auf den Tassenrand, Pétain, sagt er zwischen einem Schluck und dem nächsten, Pétain wußte genau, was ihn erwartete, wir werden ja sehen, was für eine Verfassung er jetzt zustande bringt, mit den Deutschen im Rücken... Margots Brauen ziehen sich zusammen vor Aufmerksamkeit; doch sogleich beugt Eddy sich zu ihr und murmelt etwas, was die anderen nicht hören sollen, während die Kodak, die ihm um den Hals baumelt, ihr Gesicht streift. Eddy ist zu jung, sagt Frau Arnitz immer, und außerdem von schwacher Gesundheit. Eddy ist dick, plump, aber Margots Augen starren auf seinen Mund, als müßte gleich eine kleine Engelsprozession herauskommen. Er lacht, und vielleicht flüstert er ihr jetzt leise eine ironische Bemerkung über diesen altklugen Verehrer zu, denn Margot schubst ihn unfreundlich beiseite: »Hör auf«, sagt sie, »laß mich zuhören.« Sie will kein Wort verlieren von dem, was der Verehrer über die Rede von Bundespräsident Pilet-Golaz am 25. Juni sagt, eine Rede, die Mamigna ganz besonders gefallen hatte. »Es war eine nationale Schande«, sagt er, »es war eine Nazi-Rede, die den deutschen Sieg faktisch akzeptierte...« Obgleich er aus dem Kanton Zürich stammt, spricht er ein beinahe vollkommenes Italienisch, nur die Kadenz ist langsamer, das »r« tiefer. »Aber es ist doch so, es ist, als hätten sie schon gewonnen«, sagt Frau Arnitz. »Das stimmt nicht«, erwidert er, »das englische Heer ist noch fast intakt, und die englische Marine ist die stärkste der Welt; und hinter England steht Amerika, steht Roosevelt.« – »Aber wenn doch sogar schon die Italiener in den englischen Teil von Somalia einmarschiert sind!« unterbricht ihn Frau Arnitz. »Oh, die Italiener... die sind genau das, was man auf Deutsch *Schnorrer* nennt!«

Frau Arnitz hält noch die Teekanne in der erhobenen Hand. Eine Teekanne aus dänischem Porzellan, ebenso wie die Tassen: Sie liebt alles, was aus dem Norden kommt, kaum etwas, das aus dem Süden kommt; aber diese zu brutale Anspielung auf das Land ihrer Herkunft hat sie beleidigt. »Somalia«, sie betont ernst Silbe für Silbe, »steht den Italienern von Rechts wegen zu.« – »Von Rechts wegen?... Alle reden von Rechten, aber wir haben sogar vergessen, daß es ein Recht auf Asyl gibt, und an der Grenze schicken wir ständig Flüchtlinge zurück. Dieses ›J‹, das gefordert worden ist, um die Juden zu kennzeichnen, ist grauenhaft.«

Asylrecht, immerzu dieses Asylrecht... Frau Arnitz sieht zu, wie sich die Milch wie eine kleine Wolke in der Teetasse ausbreitet, aber wer wird ihre Rechte verteidigen, wenn es Hitler einfällt, sie sich zurückzuholen, die Juden? Wer denn? Stalin etwa? Mussolini? Oder vielleicht General Guisan... Sie würde wirklich gerne mal sehen, was er mit all seinem guten Willen gegen die Panzerdivisionen machen wollte, der General Guisan...

»Was soll's«, Margot ist aufgestanden, »uns bedroht niemand.« Das Licht, das durch die Lärchenzweige dringt, fällt auf das »Journal de Genève« und auf die »Nationalzeitung«, ein leichter Wind bewegt die Seiten einer aufgeschlagen im Gras liegengebliebenen Zeitschrift, der Schatten kommt und geht über Hitler und Mussolini, die sich die Hand reichen, die braunen und graugrünen Uniformen, die auf dem Papier nur ein helleres und ein dunkleres, fast schwarzes Grau sind. »Bitte, Liebes«, ruft Frau Arnitz der Kleinen zu, die auf dem Klappstuhl sitzt, »geh und sag Lula, sie soll die Torte bringen.« Sie möchte vor dem bevorzugten Verehrer nicht mit Margot diskutieren, sie will diese idyllische Nachmittagspause nicht stören: Tee, junge Leute, Familie. Margot und der Verehrer mit den rosigen Lippen blicken sich an. »Mir ist kalt«, sagt sie, »ich hole mir eine Strickjacke«, und der strahlende Nachmittag scheint nun auf der goldenen Haut ihres Gesichts zu zerfließen, während sich mit einem Schauder die hellen Härchen auf ihren Armen aufrichten. Sie hat sich erhoben, streckt sich und gähnt, mit der zu weiten und zu langen Jacke gleicht sie einem Clown, wie sie dort auf der Wiese steht und lächelt, als wolle sie sich entschuldigen für das Strecken und Gähnen. »Begleitest du mich?« fragt sie den Verehrer, der noch ihrer Mutter gegenübersitzt: Sie hat die Jacke, die nicht ihr gehört, auf einen Stuhl geworfen und scheint plötzlich eine Entscheidung getroffen zu haben. Das genügt, um General Guisan, Englisch-Somalia und den Nußkuchen vergessen zu machen, den die Köchin gerade aus dem Ofen geholt hat. Sogar Frau Arnitz und Eddy sind nun klein und unbedeutend auf der Wiese, während die beiden auf das Haus zugehen, hell zwischen den nachmittäglichen Schatten. Im Vorbeigehen streifen sie die Kleine, die gerade ins Haus tritt, um Lula zu rufen, scheinen sie gar nicht zu sehen, während ein leicht öliger Brillantinehauch hinter ihren Schritten verweht.

Wir sind eine Familie von Liberalen, sagt Frau Arnitz immer und erinnert gern an den Großvater, der im August des Jahres 1849, als die Österreicher nach Mailand zurückkehrten, ins Tessin auswanderte; sie bedauert, daß sie jetzt nicht weiter mit dem jungen Mann diskutieren kann, der Volkswirtschaft studiert und bestimmt einmal Minister oder etwas Ähnliches wird. Aber nun haben alle genug von ernsten Gesprächen, und nur Lorenza hat sich vor die Großmutter hingesetzt in der Erwartung, daß das Messer in den mit Puderzucker bestäubten Kuchen einsinkt. Auch Eddy hat sich zu Vivia und Marisetta gesellt, um eine Partie Rommé mit ihnen zu spielen; aber vorher hat er noch ein letztes Photo gemacht, und die Kodak hat ihr Auge geöffnet und wieder geschlossen, um Frau Arnitz mit dem Kind einzufangen. Lula, auf der Wiese stehend, das Schürzchen um die Taille gebunden. Die Lichter und Schatten jenes denkwürdigen Nachmittags. Einen der seltenen ohne eine einzige Wolke in jenem regnerischen August des Jahres 1940.

Am nächsten Tag war das Wetter wieder umgeschlagen, und Marisetta hatte sich mit Fieber ins Bett gelegt. Am Abend regnete es immer noch, und als Nelly und Lorenza hinausgingen, um den Eichhörnchen die Nüsse zu bringen, stand ein großer tropfender Regenschirm vor dem Chalet. Es war schon spät, und kein Licht drang aus den zwei kleinen Fenstern, die Mädchen hatten die angelehnte Tür aufgestoßen, und kaum hatten sich die Augen an die Dunkelheit gewöhnt, waren die schmutzigen Teller auf dem Boden aufgetaucht, die Apfelschalen, die überall verstreuten Kekskrümel und Zigarettenkippen. Eine noch halb volle Flasche Wein stand neben den Kissen, die auf dem Boden vor dem Kamin aufgetürmt waren, und die Glut leuchtete schwach im Dunkeln. Wer hatte das Chalet so zugerichtet? Marisetta hatte den ganzen Tag im Bett verbracht, und Vivia und Margot waren gleich nach dem Essen fortgegangen, weil sie mit Eddy in St. Moritz ins Kino wollten. Wer war es dann gewesen? Die Mädchen rannten durch den Regen auf der

Suche nach Gregorio, aber Gregorio war nicht da, und schließlich traten sie atemlos ins Haus, während das Wasser an ihren Gummimäntelchen herablief.

Frau Arnitz las im Wohnzimmer, und das Licht der Lampe fiel auf ihre stumpfen krausen Haare. Noch ganz außer Atem hatte Lorenza ihr erzählt, daß jemand, vielleicht Diebe, ins Chalet eingedrungen war und alles durcheinandergeworfen hatte. Frau Arnitz hatte die Brille abgenommen und gesagt: »Erkläre dich deutlicher.« Sie zeigte weder Verwunderung noch Erschrecken, und ihre Augen durchbohrten das Kind wie zwei mörderische kleine Dolche. Daraufhin beschrieb Lorenza, was sie gesehen hatte, während sich das Gesicht der Großmutter veränderte, jene weißrosa Färbung verlor, die sie so sorgsam hütete. Lorenza schluckte vor Aufregung den Speichel hinunter, und durch die geöffnete Tür konnte sie sehen, wie Nelly den Hals reckte, um besser zu hören, die Zöpfe wie zwei nasse Schwänze. Vielleicht waren es keine Diebe, hatte sie sich berichtigt, sondern Zigeuner, die sich vor dem Regen dorthin geflüchtet hatten.

»Red keine Dummheiten, hier gibt es keine Zigeuner«, die Großmutter sah sie an, um zu verstehen, wie weit sie ehrlich war und wieviel sie dazuerfand. Dann hatte Lorenza ihr von den Kissen auf dem Boden erzählt, als ob jemand darauf geschlafen hätte. »Geh und ruf Lula«, hatte die Großmutter gesagt; und kaum war Lula gekommen, hatte die Großmutter ihr befohlen, hinüberzugehen und das Chalet aufzuräumen. »Jetzt ist es zu spät, es ist ja schon dunkel«, hatte das Dienstmädchen protestiert. »Sag Gregorio, er soll dich begleiten.« Sie war wütend, und auf ihrem Gesicht leuchteten lauter kleine rote Äderchen. Kaum waren sie aus dem Wohnzimmer draußen, hatte Lula sich mit Lorenza angelegt, was schnüffelte sie da herum, warum kümmerte sie sich nicht um ihre eigenen Sachen und ließ die anderen in Ruhe. Aber sie hatte gleich wieder geschwiegen, weil Frau Arnitz auf der Schwelle erschien und, die Brille noch auf der Nase, mit lauter Stimme durchs Treppenhaus nach Vivia rief.

»*E*s ist alles Margots Schuld.« Vivia weinte, und die glänzenden dunklen Haare hingen ihr wie ein Schleier übers Gesicht. Die einzige Unschuldige schien Marisetta zu sein, die den ganzen Tag im Bett geblieben war und nun versuchte, ihre Freundin zu trösten, ihr ihr Taschentuch lieh. »Ich will weg«, sagte Vivia, »mir reicht's, ich will nach Hause, diesmal habe ich nichts damit zu tun, frag Eddy…« Aber Eddy war unauffindbar, sein Regenmantel hing noch im Eingang an der Garderobe, und niemand wußte, wo er in diesem Regen hingegangen war, während Margot, vor kurzem zurückgekehrt, auf dem Tischchen im Bad saß und sich die Fingernägel schnitt, gleichgültig gegenüber all der Aufregung.

Am Abend, als der Gong zu Tisch gerufen hatte, war Eddys Platz leergeblieben. Vivia hatte noch gerötete Augen und zog immer wieder mit der Nase hoch. »Stell dich doch nicht so an«, hatte Margot gesagt. Sie sah blühend aus, und das runde Kinn trat unter der Lampe aus Hirschgeweih zusammen mit den Wangenknochen hervor, sie wirkte besonders angeregt und redete zwischen einem Bissen und dem nächsten; aber sie war weniger hungrig als vielmehr durstig und ließ sich dauernd große Gläser voll Wasser einschenken, die sie auf einen Zug leertrank. Nur die Hände, die das Brot auf der Tischdecke zerbröselten wie unruhige Mäusepfötchen, verrieten ihre Aufregung.

Frau Arnitz war nicht heruntergekommen, im Wohnzimmer brannte kein Licht, und durch die geöffnete Tür sah man noch die letzten Flammen im Kamin flackern. Lorenza wagte nichts zu fragen, hielt den Kopf gesenkt und aß gewissenhaft alles auf, was Lula ihr auf den Teller legte. »Jetzt mach nicht so ein Gesicht«, hatte Margot plötzlich gesagt, »es ist ja nichts passiert, und du bist sowieso nicht schuld.« Sie hatte ihr über den Tisch zugelächelt und ihr noch ein Stück Kuchen hinübergereicht.

Eddy war gekommen, als sie schon die Servietten zusammenfalteten, er war von Kopf bis Fuß durchnäßt, und die Haare tropften über den Augen. »Ist noch ein bißchen Strudel für mich übrig?« hatte er gefragt, ohne Brille, zwinkernd, das unstete Auge wie ein wild flatternder Flügel in der Blässe des Gesichts. »Geh dich umziehen«, hatte Margot gesagt, »sonst kriegst du eine Lungenentzündung.« Dann hatte sie in ihrem raschen, unverständlichen Jargon noch etwas hinzugefügt, was Mamigna und ihren Wutanfall betraf.

Eine Wut, die sich später über Margot entladen hatte. Hinter der geschlossenen Tür hörte man ihre leise, zögernde Stimme, eine Stimme, die langsam verlöschte, während die der Mutter anschwoll, durchdringend, bitter und kläglich zugleich. Fast weinerlich. Weinte Mamigna wirklich, oder tat sie nur so? »Von wegen«, sagte Marisetta, die eilig in ihr Bett zurückgekehrt war, »die weiß doch überhaupt nicht, was Tränen sind. Warum läßt sie die beiden nicht einfach in Ruhe?« Die Stimmen hatten noch lange weitergeredet, mit Höhen und Tiefen, und noch beim Zähneputzen hatte Lorenza lautes Türenschlagen gehört und Eddy, der die Treppe hinaufrannte zu dem Stockwerk, wo die Zimmer der Mädchen lagen. Im Spiegel über dem Waschbecken sah sie ihren zu großen Flanellschlafanzug, der unförmig um ihren anmutslosen Körper hing, die Zahnpasta, die langsam mit dem Speichel das Kinn hinunterrann: Etwas war über ihren Kopf hinweggebraust, hoch hinaufgeflogen, ohne daß sie es im geringsten wahrgenommen hätte, und nun drang noch ein langgezogenes Kreischen zu ihr, wie der Schrei einer Fledermaus. Etwas, das alle betraf, außer ihr und Nelly. Und da packte

sie, wie Vivia, auf einmal heftig der Wunsch, fort-
zugehen, nach Hause zurückzukehren. Sie machte
sich nichts mehr aus dem Zimmer mit der hellen Lei-
nentapete mit Rankenmuster, aus der gelbseidenen
Chaiselongue, auf der sie sich wie eine Prinzessin ausstreckte, oder der Badewanne, in der sie selig
planschte, den Wasserhahn auf- und zudrehte, um das
Wasser aus dem Löwenmaul spritzen zu sehen. Sie
wollte nach Hause, sofort; und hätte sie sich nicht vor
der Dunkelheit gefürchtet, wäre sie im Regen hinausgelaufen, um ein Telephon zu suchen und die
Mama anzurufen.

*P*apa, Marta, Mama. Aber Marta ist nicht dabei,
sie ist zu Hause geblieben bei Aldina, sagt Papa.
Marta ist noch zu klein für eine so lange Reise, fügt
Mama hinzu; und Lorenza ist es recht, daß sie nicht
dabei ist, so hat sie die Eltern ganz für sich. Schon vom
Bentley aus hat sie gesehen, wie sie an einem Tischchen vor dem Café warteten, hat den oben, nah am
Hals, leicht gewölbten Rücken der Mama gesehen
und den schief auf den Locken sitzenden Hut. Sie hat
ihre mit schmalen blauen Bändern geschnürten
Schuhe gesehen, diese Schuhe, die etwas Magisches
haben, weil die Mama sie nur anzieht, um in Züge ein-
und auszusteigen. Um in Dampfschwaden auf dem
Bahnsteig hinter dem Gepäckträger mit den Koffern

herzugehen auf ihren Absätzen, die wie Hämmerchen auf das Pflaster klopfen.

Eddy hat sie begrüßt, indem er den Kopf aus dem Autofenster streckte, während Lorenza heraussprang, noch bevor er die Bremse zog. Papa hat sich sofort erhoben: Er ist groß, mit kahlen Schläfen, und die Kleine vergöttert seinen mageren Körper, wenn sie ihn umarmt. Eine nur scheinbare Zerbrechlichkeit, denn wenn es darum geht, einen Koffer zu heben, so wie jetzt, macht das niemand leichter als er. Lorenza hat Lust, in seinen Armen zu weinen vor Freude, aber sie weiß, daß Papa erschrecken würde, Tränen mag er nicht, sie beunruhigen ihn. Also küßt sie ihn auf die Nase, saugt ein bißchen daran, genauso, wie er es immer bei ihr macht. Mama achtet als gute Schweizerin darauf, vor Eddy ein zurückhaltenderes Benehmen zu wahren, und streicht der Kleinen die Haare zurecht, die bei dem ungestümen Sprung aus dem Auto durcheinandergeraten sind. Die Luft ist grau und schwer, kein Wind regt sich, es wird allmählich dunkel, und Papa hat Eddy einen Wermut angeboten, Lorenza hat eine Limonade genommen, die sie mit dem Strohhalm trinkt. Sie sprechen über den Krieg, der in Italien erst vor wenigen Monaten begonnen hat: Das, sagt Eddy, ist vielleicht die letzte Fahrt, die er mit dem Bentley macht, weil es nach dem Vormarsch der italienischen Truppen in Afrika immer schwieriger wird, Benzin zu bekommen. Mama hat sich anerkennend über Lorenzas Aussehen geäußert, ihre gesunde Gesichtsfarbe.

Sie wirkt wie ausgewechselt, hat sie gesagt; und Papa wollte sofort mit ihr in die Apotheke gehen, um auf der Waage festzustellen, wieviel sie zugenommen hat. Mama hat Eddy gefragt, ob sie noch lange in Chesa Silvascina bleiben würden. Eddy weiß es nicht, nach dem, was geschehen ist, dem Krieg und allem anderen, weiß er es nicht. »Aber ihr habt doch trotzdem überall eure Ruhe, wovor fürchtet ihr euch?« hat Mama gefragt. »Man weiß es nie, mit all diesen Flüchtlingen, die von überall her kommen... Mamigna macht sich Sorgen und hat keine Lust auf Lugano.« Bei diesem *Mamigna* hat Papa ironisch gelächelt, das übergeschlagene Bein wippt ungeduldig: »Isabella«, hat er sie unterbrochen, »ich glaube, wir müssen gehen, sonst verpassen wir den Zug...« Eddy und Mama haben sich geküßt, und während sie ihre Wange seinem Mund näherte, schien auf einmal eine Ähnlichkeit zwischen ihnen zu bestehen. Im Schnitt der Augen, in der blassen, nur leicht gewölbten Stirn. Oder vielleicht ist es der Hauttyp, sehr hell und zu Rötungen neigend. Papa hat den Koffer auf einen Karren laden lassen, und Eddy hat Lorenza die Hand gedrückt, so fest wie am ersten Abend, als sie in Chesa Silvascina angekommen war. Lorenza hat zugeschaut, wie er wieder in den Bentley gestiegen ist und gewendet hat, um zurückzufahren, der Nacken mit den weit hinauf ausrasierten Haaren, der sich deutlich im Finstern abzeichnete. Und plötzlich, während das Auto zwischen den Bergen in der Dunkelheit verschwand, überkam sie eine heftige Sehnsucht, ein Gefühl von Verlorenheit. Alles, was sie in den zwei Monaten in Chesa Silvascina entsetzt und empört hatte, was sie fasziniert und erstaunt hatte, *ihre* Stimmen und *ihre* Art zu reden, sogar der Neid und die Einsamkeit verdichteten sich unversehens zu einem erstickenden Gefühl, fast zur Panik. Etwas, das ihr gehörte, ihr gehört hatte, und das nun wieder nur *ihnen* gehörte.

III

*E*r stand wieder auf dem Treppenabsatz und wartete, die Jacke über dem erbsengrünen Pullover,
die Hände in den Taschen. Kaum hatte sie ihn durch
den Spion in der Dienstbotentür erkannt, war Lorenza in den Flur gelaufen, um ihn das bißchen Fleisch
bewundern zu lassen, das sie durch Mamignas Butter-
brote und Strudel und Nußtorte angesetzt hatte.

Aber Mama ist ihr zuvorgekommen. Arturo riecht
nach Tabak und sieht nur Isabella, Isabella mit der
Hand noch auf der Türklinke und den vor Freude geweiteten kurzsichtigen Augen. Und während sie sich
umarmen, lehnt sie den Kopf an seine Schulter, als
wollte sie lachen und weinen zugleich: Sie ist fast genauso groß wie Arturo, doch plötzlich wirkt sie klein,
schutzlos, als wären die starken Kurven ihres Körpers
zu Gummi geworden in der Berührung mit seinem
Körper. Instinktiv entfernt Lorenza sich: Das Uni-
versum Mama-Arturo-Papa steht Kopf, sie liegt am
Boden, von Erkenntnis getroffen wie der heilige Paulus. Das Kind, das durch den Türspalt hinter dem Klavier spähte, hat einer anderen Platz gemacht, der die

in Chesa Silvascina verbrachten Monate neue Horizonte eröffnet haben; und jetzt fühlt sie sich an einen fernen, unbestimmten Punkt des Firmaments verbannt. Einen Punkt ohne jede Bedeutung. Das bißchen Fleisch, das sie dank langer, mühsamer Verdauungsprozesse angesetzt hat, während die kalte Luft auf ihren Wangen prickelte, hat keinerlei Sinn mehr. Das kleine Mädchen, das Arturo »meine vier Knöchelchen« nannte, hat aufgehört zu leuchten, zählt nicht mehr. Nur die große, blonde Mama (sie ist zu dick, zu dick), die rückhaltlos ihre Liebe zeigt, nur sie ist vorhanden, erhitzt von jener Umarmung, die sich langsam löst, während jedes Wort, auch das belangloseste, sich an den Blicken der beiden entzündet.

Wieder sitzen sie zusammen bei Tisch, und Arturo scherzt mit den Mädchen; oder versucht es zumindest, so wie früher, mit seinem etwas vorlauten Jungenmund. Aber Lorenza widersteht ihm, kaut langsam und ausdauernd und blickt auf Papa in der Erwartung, daß er als Racheengel mit gezücktem Schwert eingreife. Ungeduldig wartet sie, bis er das Fleisch zerschnitten hat, das er mit der Gabel festhält, dann legt sich die blasse Hand um das Weinglas, er zerbricht ein Grissino und spricht davon, was in Arturos Abwesenheit passiert ist, was für eine Schande es ist, daß Tullio Levi-Civita aus der Redaktion des

»Zentralblatts« ausgeschlossen wurde. Und jetzt, sagt er, ist die Zeitschrift von der »Mathematical Review« verdrängt worden, die in den Vereinigten Staaten gedruckt wird, sie haben keine Chance mehr. Anstatt Arturo mit dem Schwert zu durchbohren, erzählt er ihm ausführlich, welche Leere in der Fakultät durch die Ausgrenzung von Professoren wie Ascoli, Bemporad, Enriques entstanden ist, Messer und Gabel liegen bewegungslos auf dem Teller, die Scheibe Fleisch ist fast unberührt, ohne daß die Gesten, die tief hinter der Brille verborgenen Pupillen ein Zeichen der Beunruhigung darüber verraten, wie die beiden sich ansehen. Darüber, daß das Herz der Kleinen voll Zorn gegen den Tisch klopft. Was die Zoologische Abteilung angeht, sagt er noch, so hat der Institutsdirektor, Zavattari, nicht nur die gute Idee gehabt, das Manifest von Pende zu unterzeichnen, sondern seit kurzem setzt er sich auch noch wärmstens für die Rassenlehre in Genetik und Biologie ein...!

»Genug«, hat ihn Arturo unterbrochen, »quälen wir Isabella nicht länger.« Isabella kaut langsam, ein winziges Stückchen Salat zwischen den Zähnen. »Es stimmt«, sagt sie, »es war eine Qual, monatelang ging es immer so weiter.« Die Finger sammeln die Krümel auf der Tischdecke und verstreuen sie dann wieder. »Aber meinetwegen hättet ihr euch nicht so aufzuregen brauchen«, Arturo streckt die Hand aus, als wolle er jene unruhigen Finger anhalten, »mir ist es gutgegangen, ich konnte in Paris in Ruhe arbeiten, das war mir seit Jahren nicht mehr gelungen... Und wunderbare Musik habe ich auch gehört.« Herrgott, seine Liebe zu Isabella ist jetzt so offensichtlich, die Hand hat ihre Finger fast erreicht, dann hält sie plötzlich inne. Dunkel, nervös. Ist es denn möglich, daß er nichts merkt?

Aldina geht zwischen Küche und Eßzimmer hin und her, Marta starrt die Mama hingerissen an, jedes Wort, das aus ihrem Mund kommt, ist für Marta vollkommen wie ein Kreis, aus dem das »r« herausspringt wie ein Zicklein, um zu den langen, nadelfeinen »s« zu kommen. Lorenza dagegen wartet nur darauf, daß Papa das Schwert niedersausen läßt und zack, mit einem scharfen Schlag, den Faden durchtrennt, den die beiden über das Weiß der Tischdecke hinweg zwischen sich gespannt haben. Einer Tischdecke, die Isabella selbst auflegen wollte und auf die sie dann die Teller mit Goldrand und die Kelchgläser gestellt hat wie bei festlichen Anlässen. »Mehr als einmal hatte ich auch das Glück, Milstein zu hören«, sagt Arturo jetzt, »er hat Violinsonaten von Bach gespielt, einfach unvergeßlich.« Achtung, Arturo, jetzt gibt es eine Überraschung für dich: Isabella lächelt, das winzige Stückchen Salat, von dem sie nichts weiß, ruiniert die ganze Vollkommenheit. Doch Aldina hat begonnen, die Teller auszuwechseln, und läßt laut das Besteck auf das Porzellan fallen, es klingt, als machte sie es mit Absicht, und dann schimpft sie, weil Marta ihr Fleisch nicht aufgegessen hat. Isabella bleibt ungerührt, was kümmern sie Aldina, Marta, die Vulgarität des Essens? »Hat er auch die Partita *en ré mineur* gespielt?« fragt sie (oh, ihr hassenswertes Französisch!). Arturo sieht sie verblüfft an, sie lacht und breitet die offenen Handflächen aus, als hielte sie ihm ein für die anderen unsichtbares Geschenk hin, die Augen durchsichtig wie Meerwasser, ohne jede Zurückhaltung.

Aber endlich ist der Froschkönig aus seiner Starre erwacht und springt auf den Tisch, um die Überraschung zu verderben. »Seit du weg bist«, sagt er, »mußte Isabella sich notgedrungen mit der Musik anfreunden«, und seine Hand greift nach der seiner Frau; ein wenig von der Fleischsauce ist ihm aufs Kinn gespritzt. »Ach wirklich? Das ist ja wunderbar!...« Arturo zeigt sich ungläubig, vielleicht tut er auch nur so, aber gewiß liegt in diesem Erstaunen nicht die Freude, die sie sich erwartete. »Ich hab's immer wieder versucht, und schließlich ist es mir geglückt.« In Enricos Stimme schleicht sich kaum wahrnehmbar ein triumphierender Ton ein, während sich die Finger um die seiner Frau schließen. »So schwierig war es dann auch wieder nicht...«, protestiert sie. »Wer weiß, ob du jetzt endlich unsere maßlose Begeisterung für Bach verstehst«, Arturos Blick streift ihre weißen Finger, die Enricos Druck nicht erwidern, »eine Leidenschaft, die manchmal an Schwachsinn grenzt, wie für die langsame Variation der Chaconne, die fast wie ein Choral klingt.« »Die Chaconne, im zweiten Satz?...« »Aber nein, die Chaconne kommt als letztes, nach der

Gigue!« unterbricht Enrico sie. »Ach ja, stimmt...«
Die Augenlider flattern kaum wahrnehmbar, so wie
wenn etwas sie in Verlegenheit bringt, aber schon
übertönt Enrico ihre Stimme. »Ich mag allerdings immer noch den Anfang der Allemande am liebsten«,
sagt er, zu Arturo gewandt, »der so ähnlich klingt wie
der Anfang der Suite in g-Moll für Klavier... Obwohl
ich zugeben muß, daß die drei Noten, die in der Chaconne wiederholt werden, etwas Magisches haben.«
Nun ist sie endgültig aus dem Spiel, und sie und
Arturo haben aufgehört, sich anzusehen, bestimmt
haben sie zuviel gewagt, und der leise Klang der
Mandarinenkerne, die die Mädchen auf den Teller
spucken, mischt sich jetzt mit den Sätzen, die dazu
bestimmt sind, sie auszuschließen. *Kein Präludium...*
sagen sie, *freie Akkorde... absteigend...* wie vergessen
die Finger, die in Enricos Hand geblieben sind. *Das
Thema, vier Takte, bis der Einsatz in D-Dur kommt...*
Die Stimme, die das Motiv intoniert, ist klar, be-
weglich, kaum einen Ton zu hoch. *Und dann diese drei
Noten, die nur oben wiederholt werden, und dann
noch einmal in der tiefen Stimme, wie ein Echo...* Eine
Walnuß knirscht in der Umklammerung des Nuß-
knackers, die Schalensplitter spritzen auf den Teppich; Isabellas Aufmerksamkeit hat sich auf die
Mädchen verlagert, langsam hat sie ihre Hand aus der
ihres Mannes gelöst, um Marta einen Apfel zu
schälen, und das Kreischen der Trambahn in der Kurve
übertönt nun Arturos Stimme und auch die von

Enrico, der aufgestanden ist, um zwischen den Programmen zu stöbern, die so wohlgeordnet auf dem Klavier liegen. »Ich weiß nicht mehr, wer sie das letzte Mal gespielt hat«, sagt er, »das Konzert war absolut enttäuschend…«, und die schräge Herbstsonne fällt auf die Wasserkaraffe, die noch halb vollen Gläser, während die Programmzettel sich durcheinander auf der Mahagoniplatte ausbreiten. Marta schaut unverwandt auf die Finger von Mama, die mit dem Obstmesser rund um den Apfel fahren: Die Schale muß ganz bleiben, wie ein Band. Danach legt Marta sie wieder zusammen und bietet sie Aldina an, als wäre es ein echter Apfel. Und jedesmal tut Aldina so, als fiele sie darauf herein.

Sie haben wieder angefangen, zu dritt auszugehen, und die Mama trägt einen neuen Seidenschal, den Arturo ihr aus Frankreich mitgebracht hat. Aber es ist nicht mehr wie früher, und für diese Gänge verzichtet Enrico auf die Vorlesungen an der Universität, Isabella vergißt, die Hausaufgaben der Mädchen zu überprüfen. Dafür zu sorgen, daß sie baden und sich hinter den Ohren waschen.

Arturo kommt zu Zeiten, die früher undenkbar waren, und Aldina murrt in der Küche, weil sie, auch wenn sie schon geputzt hat, noch einmal Wasser für die Nudeln aufstellen oder ein Omelett zubereiten muß. »Ich soll den da bedienen«, sagt sie, feindselig auf dem noch feuchten Boden herumschlurfend, »dem dürfte ich ja eigentlich nicht mal die Tür aufmachen.« Und sie sieht auch die Mädchen schief an, die sich für die Mama schämen, aber noch mehr für Papa, weil er nichts sagt und zuläßt, daß Aldina *gezwungen ist, den da zu bedienen*. Und wenn Arturo da ist, dürfen sie nicht mehr mit ihm essen, die Kinder sollen manche Gespräche nicht hören, weil sie sie sonst herumerzählen könnten. Die Kinder sollen nur ans Lernen denken und ihre Hausaufgaben für den nächsten Tag machen, und wenn sie fertig sind, können sie ein gutes Buch lesen. Hier sind wunderbare Sachen, sagt Papa, indem er einige Bücher aus dem Regal auf dem Flur zieht, ihr braucht keine Zeit zu vertrödeln.

Zu Hause, wenn Arturo nicht da ist, sprechen Mama und Papa oft über ihn, über »seine Schwierigkeiten«. Arturo möchte nicht nach Frankreich zurück, sagen sie, jetzt, wo auch dort die Faschisten am Ruder sind. Aber in Italien kann er nicht mehr leben. Recht hat er, sagt Papa, wie soll man leben, wenn einem alles verboten ist, nicht nur, zu unterrichten und zu forschen, sondern auch, ein Telephon oder ein Radio zu besitzen, ins Kino zu gehen oder ein Café zu betreten. Sogar, mit der Trambahn zu fahren oder einen Aufzug zu benutzen... Für einen wie ihn, der keinerlei Zwang ertragen kann, ist jede Einschränkung eine Qual; und außerdem wird die Gefahr, auch noch als Regimegegner eingestuft zu werden, jedesmal größer.

Seine Jacken sind immer abgewetzter, der Regenmantel hat einen Riß bekommen, und Isabella hat ihn geflickt. Schlecht, aber Arturo ist es gleich, ob er eine Jacke trägt, bei der an den Ellbogen das Futter durchscheint, oder einen Regenmantel wie ein Bettler, und er kommt fast jeden Tag, läuft die letzten Schuhsohlen ab, mit wehendem Regenmantel.

Gäbe es da nicht seine Mutter, die sehr krank ist, wäre er längst in den Vereinigten Staaten, sagt Papa. Und vermutlich wäre er dort auch ein echter Wissenschaftler geworden, einer der Großen. Um sie nicht alleinzulassen, ist er nicht emigriert, als es Zeit war. Doch das ältere der Mädchen denkt, daß Arturo nicht nur wegen seiner Mutter, die schließlich gestorben ist, nicht das Schicksal anderer Professoren wie Bemporad oder Enriques geteilt hat; und sie beobachtet heimlich die Blicke zwischen Arturo und Isabella, bleibt still im Flur stehen, um zu erlauschen, was die beiden im Eingang zu tuscheln haben. Diese Neugier ist Sünde, hat der Beichtvater gesagt, die Mama ist die Mama. Sie ist heilig.

Eines Tages hat sie sie in einem Café an der Piazza del Popolo sitzen sehen, einem Café, wo Arturo *früher* immer hinging. Er trug seinen geflickten Regenmantel, und Isabella drehte die Tasse hin und her, während der lavendelfarbene Seidenschal achtlos am Stuhl herunterhing. Arturo hielt einige Papiere in der

Hand und erklärte ihr etwas, sie blickte ständig um sich, als hätte sie Angst. Angst, daß Arturo fortgejagt würde, Angst um sich selbst, daß jemand sie beobachtet? Lorenza kann es nicht verstehen, die Mama wendet ihr den Rücken zu, und durch die Scheibe versucht sie zu erraten, wo die beiden ihre Hände, ihre Knie haben, ob etwas *Verborgenes* zwischen ihnen ist. Die Mama nickt mit dem Kopf, und plötzlich schlägt sie die Hände vors Gesicht, die blonden Locken quellen durch ihre Finger. Der blaue Mantel ist aufgeknöpft, und ihr Busen, weich unter dem Wollstoff des Kleides, streift den Tischrand. »Aber das ist doch Arturo!« hat Marta gesagt. »Hör auf mit dem Blödsinn«, hat Lorenza sie zurechtgewiesen, »man schaut die anderen nicht so an.« Aber Marta hat die Mama erkannt und will hineinlaufen, um sie zu überraschen und zu umarmen. In dem Augenblick ist Aldina mit der Brottüte aus dem Bäckerladen gekommen. »Das geht nicht«, hat Lorenza rasch gesagt und sie am Ärmel fortgezogen. »Es geht nicht, Arturo ist Jude.«

Alles, was danach geschah, spielte sich auf einer Bühne ab, auf der die Mädchen nicht anwesend waren. Erst viele Jahre später, als alles längst vorüber war, versuchte Lorenza, die Schritte, die Gesten, die Worte der beiden nachzuvollziehen, als wäre sie angesteckt worden in dem kurzen Abschnitt, in dem ihr

Leben sie berührt hatte, und als wäre ihr ein Teil von ihnen ins Blut übergegangen.

Als Arturo in jenem Winter wieder fortgegangen war, war es für immer gewesen. Zum letztenmal war Lorenza ihm begegnet, als sie, aus der Schule zurück, im Hausgang auf den Aufzug wartete. Arturo kam zusammen mit der Mama die Treppe herunter, es war kalt, und er trug einen grauen Filzhut hoch über der Stirn, die Mama hatte ihren dreiviertellangen Biberpelzmantel an und die Haare unter einem gestrickten Turban verborgen. Wie bei einer Vorahnung hatte Lorenza auf ihre Schuhe geblickt, um zu sehen, ob es die mit den blauen Bändern waren, die »Reiseschuhe«, aber die Mama trug Galoschen, und die Schuhe waren nicht zu sehen, die Galoschen glitten lautlos über die Marmorstufen, und auch Arturos Schritte schienen keinerlei Geräusch zu machen. Kaum hatte Aldina ihr die Tür geöffnet, war Lorenza zum Tisch gelaufen, um nachzusehen, für wie viele Personen gedeckt war: Papa saß in dem Liegestuhl neben dem Radio, hatte das Jackett mit der Kamelhaarstrickjacke vertauscht und las Zeitung, während Marta, die an diesem Morgen nicht zur Schule gegangen war, auf den Tasten des offengebliebenen Klaviers herumklimperte. Es war nur für drei gedeckt. »Hat Marta schon gegessen?« hatte Lorenza mit einem Kloß im Hals gefragt. »Ich? Nein! Ich muß noch essen…« hatte ihre Schwester protestiert und aufgehört, das Klavier zu bearbeiten, um sie anzusehen, als müßte sie ein Recht verteidigen.

»Heute sind wir nur ich, du und Marta… Mama ist nicht da.« Papa blätterte die Zeitung um und hob nicht einmal den Blick. »Geh dir die Hände waschen, das Essen ist fertig«, fügte er hinzu, während seine Brille im flachen, farblosen Licht des Tages funkelte. Marta hatte mit einem dumpfen Aufprall das Klavier geschlossen; da hatte das Weinen Lorenza gepackt, die Lungen, die Beine, die Arme, während der Ranzen ihr aus der Hand fiel und zu Boden glitt. Zuletzt hatte ihr Schluchzen Papa gezwungen, die Augen von der Zeitung zu heben. Ein herzzerreißendes Schluchzen. Aber Papa mag keine Tränen, Lorenza weiß das. »Was ist denn jetzt los, warum weinst du denn, Dummchen?…« Lorenza hatte sich in seine Arme geworfen. »Mama ist fortgegangen«, hatte sie zwischen einem Schluchzer und dem nächsten gesagt, »sie ist fortgegangen mit Arturo…« Die Tränen durchnässen die Strickjacke, und die Lederknöpfe in Form kleiner Fußbälle drücken schmerzhaft an ihrer Wange. »Aber was redest du da«, Papas Stimme ist aufgebracht, er schiebt die Kleine weg und versucht, die zerknitterte Zeitung wieder glattzustreichen, »sie ist mit ihm auf die Schweizer Botschaft gegangen.« Dann hatte er Mitleid mit ihr gehabt: »Geh, geh und wasch dir die Hände und auch das Gesicht.« Er sieht sie nicht an, in dem schönen, regelmäßig geschnittenen Gesicht steht schmal und blaß die Nase hervor. »Wenn du dich beruhigt hast, reden wir ein bißchen zusammen…«

Aber dann ist Aldina mit den Griesgnocchi hereingekommen, und sie hatten sich an den Tisch gesetzt und die Servietten auseinandergefaltet. Vor dem Fenster verklang der graue, einförmige Tag ohne Hoffnung zwischen der Travertinverkleidung der Palazzi und dem Kreischen der Trambahn, die rasselnd die Via Flaminia hinunterfuhr. »Professor Cohen läßt dich grüßen, er ist abgereist«, hat Papa zu Aldina gesagt. »Ist er weg?« hat Aldina erstaunt gefragt. »Er fährt heute oder morgen.« »Cohen«, hat Marta wiederholt, während Aldina ihr die Serviette um den Hals band, »der Laden, wo Mama mir den Mantel gekauft hat, heißt auch so.« »Jetzt nicht mehr, jetzt heißt er anders«, hat Lorenza sie korrigiert. Die Gnocchi sind heiß, und Marta hat sie auf dem Teller auseinandergeschoben, *Cohen* hat sie wiederholt, als hätte sie das Zauberwort gefunden, das einen Lichtschimmer in den farblosen Tagesplan bringen kann. »Jetzt ist es genug«, hat Aldina gesagt, der Gabel Einhalt gebietend, die die Gnocchi über den ganzen Teller verteilt, »iß, sonst werden sie kalt.« Marta ist ihr Liebling, und sie hat ihr noch ein Stückchen Kruste, auf der die Butter lauter kleine Bläschen gebildet hat, auf den Teller gleiten lassen. »Für den italienischen Staat«, versucht Papa unterdessen zu erklären, »ist Arturo Jude, obwohl nur sein Vater Jude war und er nicht gläubig ist. Aber er gilt trotzdem als Jude, weil seine Mutter halb Französin und halb Rumänin war, also Ausländerin. In Frankreich dagegen, im Frankreich der

Vichy-Regierung, werden die Leute, die nur einen jüdischen Elternteil haben und selbst keine bekennenden Juden sind, nicht als Juden betrachtet. Deshalb könnte Arturo nach Frankreich zurückgehen, um dort zu arbeiten. Er will aber nicht wieder unter Faschisten leben, in Vichy haben ja jetzt auch die Faschisten das Sagen, und heute wollte er einen letzten Versuch unternehmen, um in die Schweiz zu gehen. Mama hat ihn auf die Botschaft begleitet in der Hoffnung, ihm ein Einreisevisum verschaffen zu können. Auch wenn ich glaube, daß nichts zu machen ist.«

Die Mädchen haben nicht verstanden, aber sie haben Hunger, und Aldina ist mit der Schüssel in der Hand stehengeblieben. Auch sie hat wenig verstanden, fragt aber: »Warum?« – »Was, warum?« – »Warum ist das in Vichy so und hier nicht?« – »Woher soll ich das wissen?« hat Papa geantwortet, »geh und frag diesen Schlaumeier von Mussolini…«

IV

Viele Jahre später, als der Krieg längst aus war, ist Lorenza nach Chesa Silvascina zurückgekehrt. Das Haus war verkauft und in eine Pension mit Geranien an den Fenstern umgewandelt worden, und von dem kiesbestreuten Vorplatz, durch den Eingang, wo man früher die Ski abstellte, gelangte man jetzt zur Empfangstheke, hinter der an Haken die Schlüssel hingen. Ältere Schweizer Paare saßen im Garten, wo zusammen mit hell lackierten Tischen einige bunte Sonnenschirme auf dem Rasen aufgestellt waren. Die rote Fahne mit dem weißen Kreuz wehte vom Balkon des Zimmers, das einmal Marisettas Zimmer gewesen war, und im Schwimmbecken plätscherte immer noch das Wasser, sauber und eiskalt. Aber die Platten am Grund des Beckens waren nun mit einer dunklen Moosschicht bedeckt, und die Sträucher rundherum waren gewachsen und hatten einen Teil der Einfassungssteine zerfressen. Grün und grau, in der Luft zitternd, streiften sie die Wasseroberfläche, auf der wie früher ein paar Insekten schwammen und ab und zu zappelten,

während die kaum wahrnehmbare Strömung sie fort-
zog.

Das Haus hatte sie nicht betreten. Die Pensions-
besitzerin, der sie einige Fragen gestellt hatte, sagte
ihr, innen sei nichts verändert worden, man habe
nur ein paar Bäder eingebaut, sie wie Würfel in den
obersten Zimmern abgeteilt, die früher die Dienst-
botenzimmer waren. Streng und lächelnd vermittelte
sie den Eindruck großer Verläßlichkeit, und in dem
Beet am Haus entlang wuchsen die Blumen langstielig
und üppig, und Wassertröpfchen glitzerten auf
den Blütenkelchen. Ihre Gäste schienen sich wohl
zu fühlen, und als sie sagte, die Dame, die zu Besuch
war, habe in dem Haus gewohnt, als es noch ein
Familienhaus war, bekundeten sie höfliches Des-
interesse. Sie sprachen deutsch, und nur einige konnten ein paar Worte Italienisch. Auch das kleine Haus,
in dem unten die Garage für den Bentley gewesen
war und oben Gregorio gewohnt hatte, war immer noch genauso. Jetzt wohnte sie dort, die Besitzerin, und ihr Mann goß die alten Johannisbeersträucher mit einem langen Gartenschlauch aus grünem Plastik. Der Pensionspreis sei nicht teuer, hatte
sie dann mit ihrem sicheren Lächeln gesagt,
aber man müsse sich mehrere Monate vorher an-
melden, denn es gebe nur wenige Zimmer, und die
Nachfrage sei groß. »Das Haus kommt sehr gut an«,
hatte sie mit einer gewissen Befriedigung hinzugefügt, und sie wolle ihr wenigstens den Speisesaal

zeigen. »Ein andermal«, hatte Lorenza ihr dankend geantwortet.

Sie hatte nicht einmal bis zu dem Chalet am Waldrand hinaufgehen wollen. Dort war alles verwildert, und das Holz zerfiel, das einzige, was noch unversehrt war, war das Schüsselchen, das Nelly jeden Abend mit Haselnüssen für die Eichhörnchen gefüllt hatte.

Als erster hatte Gregorio Chesa Silvascina mit seiner Familie verlassen, im Juni 1943. Ein Onkel hatte ihm eine kleine Erbschaft hinterlassen, und Gregorio wollte in Mendrisio eine Konditorei aufmachen. Am Morgen des Umzugs, während der Wagen auf der Straße darauf wartete, daß die letzten Bündel aufgeladen würden, war niemand in Chesa Silvascina, und die Fensterläden waren geschlossen, die Eichhörnchen liefen ungestört die Baumstämme auf und ab und wagten sich mit buschigem Schwanz bis auf die Wiese. Nelly war zum letztenmal einem Reh hinterhergelaufen, das am Waldrand erschien, und das erst einen Monat zuvor eingerichtete Telephon hatte im halbdunklen Flur lange unter der großen Photographie von Alberto auf dem Corvatsch geklingelt. Doch als Gregorio hinaufgelaufen war, um abzunehmen, war niemand mehr dran gewesen. Später hatte man erfahren, daß Marisetta angerufen hatte, um sich zu erkundigen, ob die Großmutter schon von ihrer Kur aus Lenk im Berner Oberland zurückgekehrt war.

An Gregorios Stelle war ein Wächter aus Nidwalden gekommen, der nur Deutsch sprach und in einer Lederschürze den Rasen mähte. An den Fenstern des Häuschens waren Geranien aufgetaucht und darunter, neben der Garage, einige Johannisbeersträucher gepflanzt worden. Im Mai hatte General von Arnim sich in Afrika den englischen Truppen unter Montgomery ergeben, und die Deutschen hatten in der Erwartung einer Invasion, die kurz bevorzustehen schien, an den windigen Stränden des Atlantiks die Kasematten vervielfacht. Die Schweizer Grenze war nach Frankreich hin geschlossen worden, und General Guisan hatte seine Truppen aufmarschieren lassen, um weiteren Flüchtlingen den Zugang zu verwehren. Vor allem Juden; nachdem im November 1942 die deutschen Panzertruppen auch noch die sogenannte *freie Zone von Vichy* besetzt hatten, war den Juden kein Ausweg geblieben außer der Schweiz und dem schmalen Streifen von Hochsavoyen, den die Italiener noch besetzt hielten.

Einige Tage, bevor die amerikanische Achte Flotte zwischen den von der Hitze Siziliens ausgehöhlten Feigenkakteen an Land ging, hatte sich die *gnädige Frau* (so wurde Frau Arnitz nun wieder vom Wächter genannt) wie jedes Jahr in Chesa Silvascina mit den Mädchen getroffen, um den Sommer mit ihnen zu verbringen. Auch Marisettas unzertrennliche Freundin Vivia war aus Lugano nachgekommen, und Eddy hatte, kaum war er frei von universitären Verpflichtungen, den kleinen Zug bestiegen, der sich von Chur durch Wälder und Täler bergauf schlängelte, um sich ihnen anzuschließen.

Der Verehrer mit den pomadisierten Haaren und den rosigen Lippen war an einem heißen Julinachmittag wieder aufgetaucht, energisch die Straße heraufradelnd, die an den windgekräuselten großen Seen entlangführte. Seine Doktorarbeit, auf feinem Papier gedruckt, war von Frau Arnitz, die ihn schon als Botschafter oder Staatsmann sah, sehr bewundert worden. Und an dem Tischchen auf dem Rasen sitzend, war es dem jungen Mann nicht schwergefallen, die Genauigkeit seiner früheren Vorhersagen zu beweisen, indem er selbstzufrieden die Zeitungen, die er auf den Gepäckträger geklemmt aus St. Moritz mitgebracht hatte, auf dem Tischtuch ausbreitete. Niemand wagte ihm mehr zu widersprechen; am allerwenigsten Frau Arnitz. Und während sie ihm den Tee in die unvermeidliche blaugemusterte Tasse goß, stellte sie sich ihn schon im untadeligen Smoking an Margots Seite vor.

Kurz nach seiner Ankunft hatte Eddy mit seiner Lungenentzündung einen Rückfall gehabt, und Margot hatte ihn gepflegt, ja sie war sogar nachts aufgestanden, um ihm eine heiße Milch mit Honig zu machen. In der Stille des Hauses hatte sie sie ihm löffelweise eingeflößt, um seinen Husten zu lindern, flüsternd und das Lachen unterdrückend, damit Mamigna nicht aufwachte, die zwei Zimmer weiter schlief. Gewiß kam der Rückfall von einem jener

Abende, die sie schwitzend und lärmend im Chalet verbrachten, um dann erhitzt in die Feuchtigkeit der Nacht hinauszulaufen. In diesem Sommer hatte der Verehrer, der mit seiner Doktorarbeit über Vilfredo Paretos erste ökonomische Theorien so viel Erfolg gehabt hatte, Margot auch gefragt, ob sie ihn heiraten wolle. Es hatte sogar einen halboffiziellen Besuch seiner Eltern gegeben, die extra aus Zürich anreisten. Frau Arnitz hatte ihr sehr zugeredet, aber Margot hatte eine Bedenkzeit verlangt, die Ehe, hatte sie gesagt, brachte in ihrer Familie kein Glück. Sie wollte es sich überlegen, wollte mindestens sechs Monate Zeit.

D och eines Abends hatte Marisetta die beiden überrascht, als sie sich im Chalet küßten. Es war ein sehr peinlicher Anblick gewesen, der Bräutigam-Anwärter war sichtlich nervös, fast außer sich, und suchte mit speichelfeuchten Lippen immer noch Margots Mund. Der Kamin brannte, und Margot lag auf einem alten Teppich, das Gesicht vom Feuer gerötet. Marisetta hatte überstürzt die Tür wieder geschlossen, doch als sie wieder im Haus war, konnte sie nicht widerstehen und lief zu Mamigna, um ihr zu verkünden, daß die Verlobung nun beschlossene Sache war.

Ein Mißverständnis, ein blödes, verdammtes Mißverständnis. Margot hatte eine Szene gemacht, und

Frau Arnitz hatte ihre ganze Freude über die Ankündigung wieder hinunterschlucken müssen. Am nächsten Tag hatte Eddy wieder Fieber.

Aber jetzt sind die Nachrichten, die aus Italien eintreffen, ganz und gar nicht beruhigend, und Frau Arnitz hat beschlossen, ihrer Schwiegertochter zu schreiben, um sie zu überzeugen, Marisetta den Winter über bei ihr zu lassen: Sie werden alle in Chesa Silvascina bleiben, auch Vivia, und Marisetta wird weiter ihre Sprachkurse in St. Moritz besuchen können, wo sogar Margot in dem ehemaligen Kapellmeister von Preßburg einen außergewöhnlichen Gesangslehrer gefunden hat. Die Hotels sind voll mit Flüchtlingen aller Art, und an Lehrern mangelt es nicht. Was Eddy angeht, sieht die Sache anders aus, sagt sie, Eddy ist Schweizer und kann entscheiden, wie er es für richtig hält. Wenn er dableiben und den Mädchen Gesellschaft leisten will, um so besser.

Doch vielleicht ist Frau Arnitz von diesem zweiten Vorschlag nicht sonderlich begeistert. Eddy ist wieder gesund, steht im Wohnzimmer und blickt hinaus auf die Berge, die nach einem unverhofften sommerlichen Schneefall wie blütenweiße Zacken in den Himmel ragen, es wirkt, als glitte der Schnee abwärts und mischte sich mit den feuchten, leuchtenden Wiesen. Er ist der Sohn jenes Mannes, der für sie heute noch »Leidenschaft« bedeutet, ein Mann, dessentwegen sie vor Begehren gezittert und sich vor Eifersucht gewunden hatte. Jahre, die in der Erinnerung zu einem Labyrinth geschrumpft sind, aus dem sie nie herausfindet; und an den einsamen Abenden vor den bunten Teilchen des Puzzles schreitet sie es wieder und wieder ab auf der Suche nach der Stelle, wo sie weitergegangen ist, ohne zu sehen. Der verpaßten Stelle. Sie war wie verrückt und blind in ihrem Lauf.

Eddy wird noch manchmal vom Husten geschüttelt, die Hose hängt um seinen abgemagerten Körper, und ein lästiger Schnupfen zwingt ihn, sich ständig die Nase zu putzen. Sein Gesicht ist jetzt weniger rund, aber deswegen nicht männlicher, und er besitzt nichts von dem Glanz, den sie in dem anderen sah. Und doch, einige kaum merkliche Zeichen, die Art, die Hände zu bewegen, wenn er etwas beschreibt, der Klang der Stimme, in manchen Momenten. Der Mund, o ja, der allerdings, der himmlisch schöne Mund. Aber wie anders wirkt er in diesem groben, von der runden Brille gezeichneten Gesicht. Bestimmt hat er dieses Gesicht von der Mutter, dieser billigen, kleinen Hure. Eddy dreht sich um, die Brillengläser funkeln in dem kalten Licht eines verdorbenen Sommers: Er weiß genau, was Frau Arnitz von ihm will und was sie dagegen fürchtet, seine Mutter war gar nicht die arme kleine Hure, die sie sich vorstellt, viele Dinge hat er ihr erzählt, andere hat er sie erahnen lassen.

*A*uch Margot hat gewiß verstanden. Aber Margot vermeidet Unterhaltungen, die sie »langweilig« nennt. Margot widersteht; und die Zärtlichkeit ist, wenn sie überhaupt zum Vorschein kommt, wie ein Luftzug, eine kaum wahrnehmbare Wolke. Ihre plötzlichen, frischen Küsse. Ihre Lippen sind voll und stark wie ihr Körper, ihre Augen weichen lachend aus. Und er kann sowieso nicht mit ihr mithalten, ihr folgen bei dem, was ihre große Leidenschaft ist. Die verdammte *Bergmystik*. Er kann sich nicht mit ihr auf Gletschern begeistern beim Knirschen der Kletterhaken, das Taschenmesser, das schweigend in den Apfel schneidet. In langen Zügen trinken auf den Hütten, wie betäubt von der Höhe und der Anstrengung, während die Wärme wie Fieber aufsteigt. Danach ist es schön, einander in die Arme zu sinken, sagt sie, sich zu küssen und zu streicheln, bis man ein Frösteln auf der Haut spürt.

Der Bräutigam-Anwärter mit den rosigen Lippen, ja, der kann mithalten mit seiner Kondition wie Luis Trenker. Aber jetzt muß er nach Zürich zurück, um sich auf die Bewerbung im diplomatischen Dienst vorzubereiten. Eine große Familie, sagt Frau Arnitz, protestantische Aristokratie. Die langen, feingliedrigen Hände des jungen Mannes fahren ordnend durch die brillantineglatten Haare, er wird versuchen, in den

Weihnachtsferien heraufzukommen, und auch in den Osterferien, und dann wird Margot entscheiden, am Anfang des nächsten Sommers könnten sie heiraten. Seine Worte täuschen Gewißheit vor, und mit Entschiedenheit faßt er Margot am Kinn, um sie zu zwingen, ihm in die Augen zu sehen, während seine Zigarette feucht zwischen den Lippen hängt. Margot fixiert ihn herausfordernd, ihr Mund öffnet sich leicht über den glänzenden Zähnen, ein Lächeln, das eine Provokation ist, aber auch, noch, ein Spiel. Herrgott, wie einfach sogar Doppeldeutigkeit für dieses Mädchen sein kann. Der Wunsch, sie zu küssen, wird unwiderstehlich, und er zieht sie heftig an sich.

Wenn ihnen Eddy nicht dauernd auf Schritt und Tritt folgte; jedesmal, wenn sie sich umdrehen, steht er hinter ihnen; und wegen dieser schielenden Augen weiß man nie, wo er hinschaut, was er will *(wie oft im Chalet? wie oft noch in den Hütten, erhitzt vom Wein, oder gar dort oben, in der Stille, die nur die Raben unterbrechen?)*. Margot hat mit einem Ruck ihr Kinn aus der Hand befreit, die Lippen des jungen protestantischen Adelssprößlings schließen sich nervös um die Zigarette. Ein paar Speichelbläschen in den Mundwinkeln.

Wahrscheinlich hätte Margot ja gesagt und wäre eine anziehende Zürcher Dame mit einem mehrstöckigen Haus in der Sonnenbergstraße geworden. Morgens hätte sie den Hund ausgeführt im Wald, der sich den Berg hinaufzieht, wäre die blättergesäumten

Wege entlanggegangen und dann stehengeblieben, um auf die Stadt mit ihren rotgedeckten Dächern hinunterzublicken. Den weiten, glänzenden Bogen des Flusses. Als Liebhaberin jeder Art von Sport hätte sie kleine Trophäen gewonnen, Pokale aus Silber oder Katzengold, auf die ein Datum und der Name des Sportklubs eingraviert werden. Sie wäre zum Abendessen in die Kronenhalle gegangen und hätte nachmittags mit einer Freundin an einem Tischchen des Dolder Tee getrunken und den Blick gelangweilt über die weiten leuchtend grünen Wiesen schweifen lassen.

Chesa Silvascina wäre nie verkauft worden. Jahr um Jahr wäre auf dem Ständer neben dem Eingang der von den Pisten mitgebrachte Schnee geschmolzen und an den Skiern heruntergetropft, und endlich wäre der Tennisplatz angelegt worden, von dem jeden Sommer gesprochen wurde. Die früheren Verehrer wären wiedergekommen, um im Einzel oder im gemischten Doppel mit ihr zu spielen, und die Bälle wären die kreisförmige Straße hinuntergerollt, um schließlich im hohen Gras zu verschwinden. Kinder wären im Schwimmbecken herumgetollt, danach fröstelnd in den Badetüchern, mit denen sie ihnen energisch die Schultern frottiert hätte, und in der Dämmerung hätte ihr Geschrei beim Fangenspielen das Reh verscheucht, das am Waldrand erschienen wäre, um zu äsen. Das Chalet wäre ein bevorzugter Ort geblieben, mit karierten Vorhängen an den Fenstern und unter dem Vordach ordentlich aufgeschichteten Holzscheiten für den Kamin; und aller Wahrscheinlichkeit nach wäre der Bentley durch einen feuerroten Ford mit fröhlichen Kindern hinter den Scheiben ersetzt worden.

Als Lorenza die Großmutter viele Jahre später in dem Altersheim in Genf besucht hatte, war Frau Arnitz fast blind und saß klein und runzlig in einem Korbsessel auf der Veranda, während der Widerschein der untergehenden roten Sonne auf ihr Gesicht fiel und es aussehen ließ wie eine Wunde. Aber Frau Arnitz war nicht mehr in der Lage, es zu bemerken; mit von Arthritis steifen Fingern hatte sie versucht, das Päckchen aufzuschnüren, das Lorenza ihr in den Schoß gelegt hatte. Bei der Erwähnung von Chesa Silvascina war sie gleichgültig geblieben, fast als wäre das für sie nicht nur ein unbekannter, sondern vollkommen uninteressanter Ort, und ihr Mund, dessen Lippen sich unaufhörlich bewegten, als wollten sie sich selbst aufessen, war stumm geblieben. Lorenza hatte ihr geholfen, das Goldband aufzuknoten, und ihr die Schachtel geöffnet, und Frau Arnitz hatte gefragt, ob das Rossana-Bonbons seien. Rossana-Bonbons, hatte sie gesagt, seien die einzigen, die ihr schmeckten. Erst gegen Ende des Besuchs, als das Licht über dem Genfer See in einem einförmigen, von Schatten gezeichneten Grau erloschen war, hatte sie von dem Mann gesprochen, dem sie die Schuld an all ihrem Unglück zuschrieb. *Ein Teufel*, hatte sie gesagt.

Schon in dem Augenblick, in dem sie ihn vor sich gesehen hatte, sei ihr klar geworden, daß er kein beliebiger Gast sein würde. Es fehle ihr nicht an Menschenkenntnis, und sie habe sofort erkannt, daß er etwas anderes, Beunruhigendes an sich hatte. Es ist sonderbar, hatte sie gesagt, wie sich der erste Eindruck zuletzt immer als der beste erweist. Sie betrachte immer die Hände der Menschen, seine waren stark, dunkel, mit Haaren auf dem Handrücken. Er hatte sich als ein Freund von Isabella vorgestellt. Was heißt hier Freund, wahrscheinlich war er ihr Geliebter...

»Du kannst nicht so von Mama sprechen«, hatte Lorenza sie unterbrochen, »das darfst du nicht...« Auch wenn sie einem mageren, zerrupften Vogel glich, in den Sessel gekauert wie in ein Nest, das der Wind heruntergefegt hatte, ihre engstirnige Grausamkeit verletzte Lorenza immer noch. »Das darfst du nicht, sie war deine Tochter.« Sie umklammerte die Bonbonschachtel in ihrem Schoß. »Oh, die Kinder...«, sagte sie. Margot; bestimmt dachte sie an Margot. Auch wenn sie ihren Namen nie ausgesprochen hätte.

Seine Hände waren zerkratzt, und eine war mit dem Taschentuch verbunden. Seine Kleidung

entbehrte nicht einer gewissen Eleganz, Kniebund-
hosen und feste lederne Bergstiefel, aber die dicke
Tweedjacke war schlammverschmiert und teilweise
zerrissen. »Er ist böse ausgerutscht, direkt vor dem
Gartentor«, hatte Margot gesagt, »beinahe hätte er
sich den Schädel eingeschlagen...« Doch Frau Arnitz
hatte sofort Verdacht geschöpft, weil Margot ihn als
einen Freund von Isabella vorgestellt hatte, sie hatte
Isabellas Freunden schon immer mißtraut, Isabella
wählte ihre Freunde immer in den falschen Kreisen.
Doch dann war herausgekommen, daß Doktor Zurhaus ihn geschickt hatte. Doktor Zurhaus war jahrelang ihr Hausarzt gewesen, und sie schätzte ihn sehr.
Noch am selben Abend hatte der Doktor aus Chur
angerufen, um zu fragen, ob Doktor Colin eingetroffen sei. Genau das hatte er gesagt, Doktor Colin.
Ein großer Gelehrter, hatte er hinzugefügt, *eine her-
vorragende Persönlichkeit.*

Colin, also Franzose? hatte Frau Arnitz sofort gefragt. Ja natürlich, Franzose, hatte Doktor Zurhaus
geantwortet, aus der Pikardie. Sie war sofort stolz gewesen, über die Schlacht sprechen zu können, die
Emanuel Philibert in Saint-Quentin gewonnen hatte.
Doch der Gast hatte sein Dorf, Fourmies, schon als
Kind verlassen; und auch wenn er genau Bescheid
wußte über die Schlacht, die 1557 den Spaniern den
Weg nach Paris geebnet hatte, so wußte er doch wenig über die Region, die jedesmal, wenn es einen Krieg
gab, von Bomben heimgesucht wurde.

Die Mädchen hatten sich sogleich begeistert gezeigt über den Neuankömmling. In jenem Winter herrschte in Chesa Silvascina nicht mehr wie früher ein ständiges Kommen und Gehen, und kaum hatten sie gehört, daß der Gast Franzose war, hatten sie ihn, einen Schlager von Josephine Baker trällernd, hinaufbegleitet in das Zimmer mit der gelben Chaiselongue. Ein recht alberner Schlager; dann hatte Frau Arnitz gehört, wie das Wasser in die Wanne rauschte und die Mädchen lachend mit den Handtüchern treppauf und treppab liefen, ohne sich sonderlich darum zu sorgen, wer dieser Mann wirklich war.

Eddy hatte ihm eine seiner Jacken geliehen, damit er zum Abendessen herunterkommen konnte, er hatte fast kein Gepäck, sagte, er warte auf einen Koffer, der irgendwo an einem Bahnhof hängengeblieben war. Die Temperatur war gesunken, und der Himmel wirkte, als sei er mit der Ahle durchbohrt, so voller Sterne war er, und rund um das Haus glitzerte der Pulverschnee mit seinen Eiskristallen. Nach dem Essen wollten die Mädchen ihn noch zum See führen, um ihn den Mond bewundern zu lassen, der rund hinter dem Margna aufstieg und seine gespenstischen Flügel bis zum Maloja hin ausbreitete. Er folgte ihnen, obwohl er sehr müde war, warf sich die Wolldecke über die Schultern, die er im Zimmer gefunden hatte, und alle zusammen wanderten sie über den schneeharten Weg, der am Inn entlangführte. Dem Fluß, der noch eine so große Rolle spielen sollte in ihrer Geschichte und der an jenem Abend rasch und hell wie Milch zwischen den schneegepolsterten Felsen dahinglitt, kaum ein Plätschern am Ufer mit den vereisten Wurzelstöcken.

Doch schon bei Tisch (das mußte sich Frau Arnitz später eingestehen) war ihr Mißtrauen dem neuen Gast gegenüber teilweise geschwunden. Das Licht der Lampe aus Hirschgeweihen beleuchtete ein ungewöhnliches, interessantes Gesicht, und Doktor Colin zeigte große Vertrautheit mit dem Gebrauch der verschiedenen Bestecke. Und obwohl er sichtlich Hunger hatte, bewahrte er das ganze Abendessen hindurch ein distanziertes Verhältnis zu dem, was er auf dem Teller hatte, und umschiffte sehr geschickt und unbefangen alle Klippen im Gespräch. Er hatte erklärt, er sei studierter Mediziner, arbeite jedoch mehr als Forscher denn als Arzt und interessiere sich vor allem für Algen. »Algen?« hatten sich die Mädchen gewundert. »Aber in der Schweiz gibt es kein Meer...« Dafür gebe es aber zahlreiche Seen, hatte er erwidert, die sehr interessant für ihn seien. Auch in den Seen in der Nähe ihres Hauses lebten verschiedene Algenarten, die in einem anderen Klima nicht vorkämen. Doch auf die Frage, was er bei den Algen suche, hatte er ausweichend geantwortet und von einem langen Aufenthalt in Nizza aus diesem Grund erzählt.

Frau Arnitz dagegen hätte gern etwas mehr über seine Freundschaft mit Isabella gewußt, doch an jenem Abend war es ihr unhöflich vorgekommen, weiter nachzufragen. Andererseits erschien alles einfach und klar, während sie ihm zuhörte, und angesichts seiner Kenntnis von Sprachen und Städten fiel es nicht schwer, ihm zu glauben. Die Mädchen vergaßen fast zu essen, während er sprach, weil sie ihm ständig Fragen über Frankreich und Paris stellen mußten. Über die deutschen Soldaten, die die Hotels besetzt hatten und vom Montmartre herunter photographierten und in den Cafés auf den Boulevards saßen. »Auch die Folies-Bergère? Sind die auch voll mit Deutschen?« »Ich weiß nicht, aber ich denke schon, ja, auch die Folies-Bergère...«, und er hatte über die törichte Naivität der Frage gelächelt. Zum erstenmal seit seiner Ankunft; als hätten Marisettas sehnsüchtige, bezauberte Augen einen Krampf gelöst, der sein Gesicht verzerrte. Ein kurzes, gleich wieder verschwundenes Lächeln. Und Marisetta hatte triumphierend in die Runde geblickt.

*E*s war eine gute Zeit für Chesa Silvascina. Im übrigen Europa starben die Menschen und litten auf grausamste Weise, aber dort hinauf drangen die Nachrichten wie gedämpft von all dem Schnee, und der neue Gast schien sogleich sehr darauf bedacht, den richtigen Abstand einzuhalten zwischen dem, was er hinter sich gelassen hatte, und dem, was er an dem mit Silberbesteck und alten Bündner Keramiktellern gedeckten Tisch vorfand. Einem Tisch, wo die Augen, die Münder, die glatten geröteten Wangen der Mädchen daran erinnerten, daß das Leben auch aus Schönheit und Leichtigkeit bestand. Aus Staunen, Freude. Und das wollte Frau Arnitz wahrscheinlich, daß nichts die Ruhe störte, zu der sie nach den turbulenten Jahren ihrer zweiten Ehe gefunden hatte, Jahren voller Illusionen und gnadenloser Hiebe, die sie gezeichnet hatten.

Eddy und die Mädchen hatten sich schon seit dem Sommer mit mehreren Flüchtlingen aus den kriegführenden Ländern angefreundet, jenen reichen Flüchtlingen, die weiter auf dem Corviglia und dem Suvretta skifahren und heiße Schokolade mit Schlagsahne trinken wollten. Berge von Schlagsahne und Reh mit Preiselbeeren. Doch dieser Gast, der gekommen war, als sei er vom Margna heruntergerollt, machte gewiß nicht den Eindruck, als verfügte er über beträchtliche Renditen, und Frau Arnitz wollte ruhig schlafen. Die Anordnungen der Behörden waren eindeutig, und noch am selben Abend hatte sie mit Margot darüber gesprochen. Sie wollte nicht das gleiche Ende nehmen wie dieser arme Grüninger, der Polizeikommandant von Sankt Gallen, der verurteilt worden war, weil er Flüchtlingen geholfen hatte. Aber alle wußten, wie Margot war, sie scherte sich nicht um Mamignas Sorgen und fand immer alles einfach und leicht und ihre Mutter übertrieben, geradezu melodramatisch. Und um sie zu beruhigen, hatte sie ihr versprochen, diesbezüglich an ihren Bräutigam-Anwärter nach Zürich zu schreiben. In Zürich würde er alle Informationen erhalten können, die er wollte.

Aber Margot hatte weder geschrieben noch sich die Mühe gemacht, irgend etwas zu fragen; und den verfehlten Bräutigam sollte sie nie wiedersehen. Vielleicht hatte sie die Wahrheit schon geahnt, vielleicht wußte sie. Isabellas Brief hatte recht wirr geklungen, es war darin von *einem Gefallen, einem großen Gefallen* die Rede gewesen, und Margot hatte schon immer eine dickköpfige, törichte Zuneigung zu ihrer älteren Schwester gehegt. Und während sie den Gast am ersten Abend ebenso wie Vivia und Marisetta noch gesiezt hatte, sprachen ihn schon am nächsten Tag alle drei mit »du« an und verpaßten ihm einen Spitznamen, Franz, nach dem geheimnisvollen Freund aus dem *Grand Meaulnes*. Er schien sehr zufrieden mit dem Zimmer, in das sie ihn einquartiert hatten, und verbrachte den Vormittag auf der gelben Chaiselongue ausgestreckt, Bücher lesend, die er sich im Wohnzimmer holte. Sein Koffer war immer noch nicht angekommen, und er ging jeden Tag zur Poststation hinunter, um nachzufragen, sagte er, dann schrieb er, in sein Zimmer eingeschlossen, lange Briefe, die er sofort einsteckte und die niemand je zu sehen bekam.

Nach einer Woche war Frau Arnitz schon sehr beunruhigt und wollte wissen, wie lange er noch bleibe. Offensichtlich verfügte er weder über Schweizer Franken noch über irgendeine andere Währung außer dem bißchen Kleingeld, das er für Briefmarken brauchte, und abends zog er weiterhin die schwere Tweedjacke an, die Margot ihm von Lula hatte flicken lassen. Aber er war sehr geschickt darin, sich neben Frau Arnitz zu setzen und sie mit seinen Bemerkungen über Bücher oder über die Musik, die im Radio gespielt wurde, zu unterhalten; sie überraschte sich zuweilen dabei, wie sie ihn musterte, wenn er ans Fenster trat und den Mädchen unten zusah, während sie sich fröhlich durcheinanderrufend zum Skifahren fertig machten. Groß und aufrecht stand er da, die Hände in den Taschen, mit dunklen, störrischen Haaren, die ihm lang in den Nacken wuchsen, und sie spürte seine männliche Kraft, etwas, das sie noch immer verwirrte und dem zu widerstehen sie nie gelernt hatte. Ihr gefielen die Form des Kopfes, die Schultern, die Art, wie die Hände in den Taschen den Hosenstoff an den schmalen Hüften ausbeulten. Dann drehte er sich um und setzte sich neben sie, nahm eines der Puzzleteilchen in die Hand und fand blitzschnell die richtige Stelle. Doch auch dies machte er sehr aufmerksam, ohne je überheblich zu wirken; und nur, wenn er merkte, daß Frau Arnitz nicht weiterkam.

Vom ersten Tag an hatten sich die Mädchen in den Kopf gesetzt, ihm das Skifahren beizubringen, doch abgesehen von den kurzen Spaziergängen zur Poststation schien Doktor Colin sich lieber im Haus aufzuhalten, am liebsten in seinem Zimmer mit der gelben Chaiselongue. Zuletzt hatte er sich überreden lassen, hatte einen alten Anorak angezogen, der noch von Alberto stammte, und war ihnen das Tal hinauf gefolgt, das sich zwischen dem Muott'Ota und der Alp Munt erstreckte. Bergauf hielt er sich gut, kam nicht außer Atem, doch als es darum gegangen war abzufahren, war er ständig hingefallen, und Margot hatte sich geduldig immer wieder neben ihn gestellt, um ihm beim Aufstehen zu helfen, wenn er, ein Skistock hier, einer da, im Schnee versank. Und während die anderen vorausfuhren, hatte sie auf ihn gewartet, und sie hatten zusammen über seine Ungeschicklichkeit gescherzt. Doch beim zweiten Mal, als er mitging und die Mädchen bei seinem soundsovielten Sturz in Gelächter ausbrachen, hatte er Margot unfreundlich weggejagt und versucht, allein wieder auf die Füße zu kommen. Anschließend hatte er die Skier ausgezogen und, halb im Schnee versunken, begonnen, die anderen wütend zu beschimpfen; doch vor allem wandte er sich dabei an Margot, schrie sie an, sie sei ein dummes, verwöhntes Gör. Vor Anstrengung rot im Gesicht und über und über voll Schnee, sah er mit den zu Berge stehenden Haaren aus wie eine Vogelscheuche. Margot hatte versucht, ihm zu antworten, aber er hatte sie sofort zum Schweigen gebracht, und ebenso hatte er es mit Eddy gemacht, der Margot zu Hilfe geeilt war. Plötzlich war er wie ausgewechselt, seine Kraft unübersehbar, aber es handelte sich eigentlich nicht um körperliche Kraft, oder jedenfalls nicht nur, sondern vor allem um eine geistige Kraft. Margot hatte beinahe zu weinen angefangen und ihm nachgeschaut, während er davonging und seine Beine bei jedem Schritt tiefer im Schnee versanken, er aber nicht nachgab, hinfiel und immer wieder aufstand, wie gezogen von einer Furie.

Margot hatte ihn schließlich wiedergefunden. Zuerst hatte sie an jenem Vormittag ihrer Wut kurz freien Lauf gelassen, doch dann war sie immer stiller geworden, bis sie irgendwann verkündet hatte, sie wolle umkehren, um ihn zu suchen. Sie hatte Eddy und die Mädchen abfahrtsbereit oben an einem neuen Hang stehengelassen, während die Sonne herunterbrannte und der Margna spitz in den Himmel ragte, die Luft so klar, daß man die Spuren der kleinen kaskadenartigen Lawinen sah. Seit Wochen hatten sie auf so einen Tag gewartet, an dem der Pulverschnee leicht vor den Skiern aufwirbelt und sich die Schatten kaum zartblau abzeichnen. »Was machst du, laß ihn doch«, hatte Eddy ihr hinterhergerufen, »den kann keiner aufhalten, er hat sieben Leben wie die Katzen!...« Doch Margot hatte den Kopf geschüttelt, und Vivia und Marisetta hatten sie hinunterfahren und dann immer kleiner werden sehen, während die Luft an ihrer blauen Hose zerrte.

Sie hatte ihn in einer Hütte auf halbem Weg gefunden, einer dieser Holzkonstruktionen mit rauchendem Kamin. Sofort hatte sie die Skier erkannt, die an dem Ständer vor der Tür lehnten, und plötzlich hatte sie eine Schwäche in den Beinen gespürt, den Fingern gelang es kaum, die Skistöcke neben den seinen abzustellen, und sie verfingen sich in den Schlaufen. Dieses Glücksgefühl war es gewesen, ein inneres Zittern und zugleich Jubeln, das sie plötzlich hatte ermessen lassen, wie nahe ihr der Mann in wenigen Tagen gekommen war. Wieviel Raum er schon in ihr einnahm, sie hätte nie geglaubt, daß sie jemand so viel Raum zugestehen könnte.

»Nenn mich nicht Franz«, hatte er sie sofort angeherrscht, »ich hasse Spitznamen, und noch dazu so einen.« Denn das war das erste Wort, das Margot gesagt hatte, als sie ihn am Tisch sitzen sah, ein *Franz*, das gleichzeitig ein Seufzer der Erleichterung und der Freude gewesen war. Es war ihr ganz natürlich erschienen, ihn so zu nennen und auf ihn zuzugehen. Jetzt war sie wieder erstarrt, die Wangenknochen traten hart hervor in dem sonnengebräunten Gesicht, die vom hell glitzernden Schnee noch geblendeten Augen waren zwischen den Wimpern zusammengekniffen. Wieder kamen ihr die Tränen. *Franz*, oder wie zum Teufel sie ihn sonst nennen sollte, sah sie an: Und plötzlich machte er ihr neben sich auf der Bank Platz, als hätte er nur auf sie gewartet, und nervös versanken seine Hände in dem Stoff, als er den alten Anorak beiseite schob. Einen Augenblick lang war Margot auf der anderen Seite des Tisches stehengeblieben, die

Sonnenbrille auf die Skimütze geschoben, das feste Mädchengesicht mit dem kleinen runden Kinn von der Kälte gerötet. Sie sah alles an ihm, das Gedächtnis speicherte jedes Detail, doch gleichzeitig stand sie wie blind vor der Wirklichkeit jenes Gesichts, sie schien ihr zu entgehen und sich zu verlieren in dem, was sie umgab (der Geruch von gebratenem Fett, die rauhen Bretter der Tischplatte, das leere Glas, in dem vermutlich nur Wasser gewesen war). Dann hatte sie sich neben ihn gesetzt, und ihre Hände hatten sich sofort zu einem Knäuel von Fingern verflochten. Seine trugen Spuren des furchtbaren Sturzes am Murettopaß, Margot konnte die harten, rauhen Narben mit den Fingerspitzen fühlen, während das innere Zittern sich langsam legte.

*I*n jener Hütte, auf jener Bank hatte er ihr dann von dem ersten mißglückten Versuch im Oktober 1943 erzählt, über die Alpen von Hochsavoyen in die Schweiz zu gelangen. Als man ihn an der Grenze zurückgewiesen hatte mit der Bemerkung: *Les réfugiés raciaux ne sont pas des réfugiés politiques* – rassische Flüchtlinge sind keine politischen Flüchtlinge. Und er in der Nacht, um nicht den französischen Grenzern übergeben zu werden, abgehauen war, um den ganzen entsetzlichen Weg wieder zurückzugehen. Er hatte gedacht, er würde sterben. Sterben vor Müdigkeit, am

Grund einer Schlucht oder zerschmettert zwischen Felsen.

Margot hatte zwei Teller Gerstensuppe bestellt, für jeden einen, und streichelte beim Zuhören leise seine Finger. Durch das Fenster sah man den Schnee und die Spitzen der Skier, die sich in das Blau des Himmels bohrten. »Und dann? Erzähl weiter...« Sie hatte die Mütze abgenommen, und die zerzausten Haare ließen sie kaum älter aussehen als ein Kind. »Erzähl weiter«, hatte sie wiederholt. Doch er war stumm geblieben: Plötzlich wurden der Buet, der Col de Vieux und der Diosaz zu einem *Ort, den es nicht gab*, zu einer reinen Erfindung, vor dieser Gerstensuppe, auf der kleine Speckstückchen schwammen, dem Löffel, der sich vom Teller zu dem von der Brühe feuchten, im Zuhören leicht geöffneten Mund bewegte, den eindringlich auf ihn gerichteten Augen, den von der Kälte geröteten Wangen. »Dann bin ich nach Italien zurückgegangen«, hatte er rasch gesagt, »der Pfarrer eines kleinen Dorfs in den französischen Alpen hat mir geholfen, er hat mir die Ausrüstung besorgt, damit ich mich einer Gruppe von Seminaristen anschließen konnte, die über die Alpen ins Piemont zurückkehrte«, er hatte ihr Gesicht in die Hände genommen, um es dem seinen anzunähern, »lauter junge Burschen, die mit Schnee geboren und aufgewachsen waren, während ich zum erstenmal auf Skiern stand...«, jetzt war es, als berührten sich ihre Augen, »und dann willst du, daß ich mich amüsiere mit diesen beiden Holzbrettern an den Füßen?« Er hatte sie an sich gedrückt, und sie hatte die rauhe, kratzende Wolle des Pullovers an ihrer Wange gespürt.

Danach hatte er nicht mehr über sich reden wollen. Auch nicht über den August 1942, als er vor dem Hotel Bompard in Marseille gestanden hatte, während die französische Polizei die Frauen und Kinder heraustrieb, die dort eingesperrt waren, um sie nach Les Milles zu deportieren.

Sie hatten sich im Chalet geliebt, und der Himmel hatte sich kobaltblau rund um den ersten Stern von dem kleinen Viereck des Fensters entfernt, der auf dem Fensterbrett klebende Schnee war grau und stumpf geworden. Vom Begehren überwältigt waren sie heftig übereinander hergefallen, ohne Zärtlichkeit. Danach hatte Margot gezittert wegen der Kälte und der Erschütterung ihres Körpers, Albertos alten Anorak unter dem Kopf zusammengeknüllt. Und als die Stimmen von Marisetta und Vivia durch die glasklare Luft drangen, um dann in einem undeutlichen Murmeln zwischen den Bäumen zu verklingen, hatte sie sich eilig angezogen und sie erreicht, als die beiden gerade, die Skier auf der Schulter, am Haus angekommen waren. Nun fröstelte sie, als hätte sie Fieber.

*F*rau Arnitz hatte keinen Verdacht geschöpft. Alles war so weitergegangen wie an den Tagen zuvor: Die Mädchen traten morgens auf den Balkon hinaus, um nach dem Wetter zu sehen und zu beschließen, wohin sie gehen wollten, und danach stritten sie noch mit Eddy vor dem Barometer, während Frau Arnitz schimpfte, weil Marisetta immer eine Ausrede fand, um nicht nach St. Moritz zu fahren, die Sprachkurse wurden allmählich ein Märchen. Der Gast hatte wieder angefangen, die Tage in sein Zimmer eingeschlossen zu verbringen, und schien vorerst auf das Skifahren verzichten zu wollen. In wenigen Tagen hatte er ein ganzes Regal voll Bücher gelesen, vorwiegend Reisebücher, die Alberto gehört hatten, und den Vormittag verbrachte er am Schreibtisch mit dem Verfassen seiner geheimnisvollen Briefe, die ihm das nötige Geld verschaffen sollten, um Chesa Silvascina zu verlassen und endlich zu der Ärztegruppe der »*Cimade*« zu stoßen.

»›Cimade‹?« Davon hat Frau Arnitz noch nie gehört, und was sie betrifft, könnte er auch jede andere Abkürzung oder Bezeichnung sagen. Die »Cimade«, hatte Margot ihr später erklärt, war eine Organisation, ein protestantisches Komitee für Flüchtlingshilfe. Nichts Mysteriöses. Nur daß Doktor Colin als Arzt aus der Übung zu sein scheint und sich, wenn er um

Rat gefragt wird, darauf beschränkt, ein Aspirin oder Hustenpillen zu empfehlen, während er beim Lösen jedweder mathematischen Aufgabe eine unglaubliche Fertigkeit beweist. Ein fast unheimliches Geschick beim Rebus oder beim Vorhersehen der zahllosen Lösungsmöglichkeiten einer Hypothese. Es ist so beeindruckend, daß Frau Arnitz sogar die Gewohnheit angenommen hat, sich an ihn zu wenden, wenn sie ein Problem mit der Bank oder dem Verwalter hat.

Ob schließlich Vivia oder Marisetta verstanden hatten, was vorging, oder gar darüber unterrichtet waren, hätte Frau Arnitz später nicht mehr sagen können, Margots Einfluß auf die beiden war so groß, daß sie auf jeden Fall unfähig gewesen wären, sie zu verraten oder sich aufzulehnen. Das wahre Hindernis war von Anfang an Eddy gewesen. Eddy besaß zu feine Antennen, um ohne weiteres auf eine falsche Fährte gelenkt zu werden. Und obgleich Margot immer wußte, wie sie ihn am besten von etwas überzeugen konnte, hätte sie diesmal doch besser aufpassen müssen als sonst, um nicht seinen Unmut zu erregen. Aber vielleicht vertraute Margot einfach zu sehr auf die an Idiotie grenzende Ergebenheit, die Eddy ihr gegenüber zeigte.

Frau Arnitz würde nie die lärmenden Frühstücke am Morgen vergessen, wenn die Stimmen der jungen Leute mit Gelächter vermischt bis zu ihr ins Schlafzimmer drangen. Jahrelang hatte sie sich *danach* gefragt, wie es möglich gewesen war, daß nichts ihr

Verhalten, ihre aggressive Fröhlichkeit verändert hatte. Daß es dieselben Mädchen gewesen waren, derselbe plumpe und freundliche Eddy mit der kleinen runden Brille im erstaunten Gesicht, der im Licht der großen Fenster geredet und gelacht hatte, während ihm der Honig von den Fingern tropfte. Nur über ihn, den *Teufel*, hatte sie sich später nicht gewundert. Und jahrelang hatte dieses Bild sie noch verfolgt zusammen mit dem Gedanken, wie leicht es gewesen war, sie zu täuschen.

Nie hatte sie auch nur im geringsten geahnt, was sich vor ihren Augen abspielte. Nie, nie. Nicht den leisesten Verdacht gehegt, auch nur eine Sekunde lang, daß etwas geschehen könnte, und dann geschehen war, wenige Zimmer von dem ihren entfernt. Sie, die sich rühmte, das Leben besser zu kennen als die anderen, hatte ihnen mit Wohlgefallen zugeschaut, während sie am Frühstückstisch saßen und alle durcheinander redeten und die Messer mit den Horngriffen Marmelade auf die frischgerösteten Brotscheiben strichen: Die Münder verschlingen fröhlich Kekse, Nüsse, kleine dunkle Roggenbrötchen, während das vom Schnee vervielfachte Licht die Hand beleuchtet, die gerade Milch in die Tasse gießen will, in dem Kännchen aufblitzt, und der Kaffeeduft sich mit dem des gerösteten Brotes mischt. Der Geruch eines Morgens, an dem es draußen kalt und drinnen warm ist. Herrgott, die Jugend, denkt sie und tritt herein, bereit, Vorwürfe zu machen, weil es zu laut ist, zuviel gegessen wird, das Benehmen zu ungezogen ist. Die Augen wandern umher und bemerken sofort die Nußschalen auf dem Teppich, die Marmeladeflecken auf dem Weiß der Tischdecke. Die in einer Tasse ausgedrückte Zigarette. Die jungen Leute nehmen sie gar nicht wahr und schwatzen weiter in ihrem unverständlichen Jargon; dann lacht eines der Mädchen plötzlich laut auf, den Kopf ein wenig zur Seite geneigt, die Lippen fettig von Butter, die angebissene Brotscheibe in der Hand. Alles so lebendig, so ungeheuerlich, anmaßend lebendig, alle bereit, mit ihrem Milchkaffee und ihrem Honig, der Ovomaltine und dem Kakao in die Ewigkeit einzugehen. Auch jener *Doktor*; als hätte er das Grauen und den Abscheu vergessen, die Augen, die durch die Scheiben der Renaults die Passanten mustern, um den »Juden« aufzuspüren. Seine Zukunft wie ein blindes Loch.

*E*s ist ein entsetzlicher Winter. Tonnen von Bomben werden jede Nacht über Deutschland abgeworfen, und die von Kugeln durchlöcherten Züge stehen verlassen auf den Gleisen; aber die durchdringende, kreischende Stimme des Großen Mörders stößt noch immer durch die Mikrophone halb Europas ihre Drohungen aus. Der gespenstische Zirkus *Deutschland über alles* bricht zusammen zwischen Leichen, die im Kot verwesen, auf den Flüssen schwimmen und am Galgen hängen. In den Öfen verbrennen. Überall in Rumänien, in Bulgarien, in Kroatien wie in Holland, in Belgien wie in Frankreich und in Mähren, in Italien oder in Ungarn machen die Sturmbannführer, ob sie nun Bosshammer oder Lerch oder auch Tauss heißen, weiter systematisch Jagd auf die Juden. Ein Genauigkeitsspiel, das die Menschen Mäusescharen ähnlich werden läßt. Sogar in der Schweiz, wohin man den Blick auch wendet, sieht man nichts als Hakenkreuze und Stacheldraht. Der Kampf in Parlament, um wenigstens einen Anschein dessen, was jahrhundertelang die Liberalität und Toleranz der Schweiz ausgemacht hat, zu retten, ist bitter geworden; und die Flüchtlinge klettern nachts auf die Berge, stürzen in Schluchten, ertrinken in Flüssen auf der Suche nach einer Rettung, die ihnen niemand zu gewähren bereit ist. Andere fallen unter den Schüssen der Wachen, die zwischen den Spanischen Reitern lauern, wie es an der Grenze von Saint-Julien geschehen ist. Wieder andere begehen Selbstmord, um nicht zurückgebracht zu werden. »Sie haben sich mit einem Röhrchen Tabletten vergiftet, das sie dabei hatten«, sagt Marisetta, »ich habe es in der ›Tribune de Genève‹ gelesen.« – »Ja, das ist wahr, ich habe es auch gelesen«, sagt Vivia, »es waren zwei Jüdinnen, ich weiß nicht, ob Polinnen oder sonst was, es war an der Grenze in Fornasette…«

Ein bleierner Horizont, er erinnert Frau Arnitz an einen Film, den sie vor kurzem gesehen hat,

Orizzonte perduto, ein Film, in dem es um ein Land geht, wo man ewig jung bleibt. Doch sowie man die Grenze überschreitet, tötet einen das Alter in einer Sekunde, wie ein Giftgas.

Das Chalet war der ideale Ort, um sich zu treffen. Es lag abseits und durch die Bäume geschützt und besaß einen kräftigen Riegel. Und wenn es nicht möglich war, das Feuer anzuzünden, weil man es von den Fenstern aus hätte sehen können, gab es doch immer einige herumliegende Decken, und Margot brachte auch, sooft sie konnte, ihre Felldecke mit.

Es war immer einer ihrer Lieblingsorte gewesen, schon seit sie Kind war und Mamigna ihren verschiedenen »Verlobten« hinterherlief. Ein Ort, der sich für Vertraulichkeiten und Begegnungen eignete, für Liebeserfahrungen und andere; doch im nachhinein gesehen waren Margots Liebeserfahrungen vor diesem Winter sehr unschuldig gewesen, beschränkt auf ein paar Küsse und Umarmungen. Auch mit Eddy; mehr ein Spiel als sonst etwas, eine vorsichtige, scheue, durch viel Zärtlichkeit erleichterte Erforschung. Margot hütete ihren Körper eifersüchtig, und sogar bei dem jungen Mann, der, wie es schien, dazu bestimmt war, ihr Mann zu werden, sogar bei dem Bräutigam-Anwärter aus Zürich hatte sie immer darauf geachtet, ihn rechtzeitig zu bremsen. Sich im richtigen Augenblick dem zu entziehen, was sie als ein Eindringen in ihren *intangibilis hortus* betrachtete. Vielleicht war das eine Reaktion auf ihre Mutter, auf die Szenen, die sie als Kind erlebt hatte, hastig zurechtgezogene Kleider und Lügen über Lügen. Diese vielen »Verlobten«, denen gegenüber Mamigna sich anzüglich wie ein Mädchen beim ersten Flirt benommen oder mit divahaften Posen die Femme fatale gespielt hatte. Denen sie unter Tränen nachgelaufen war, um sie unter Türenschlagen zurückzuweisen; denen sie aber gewiß nicht den Zugang zu ihrem privaten *hortus* verwehrt hatte.

Ein Gedanke, der Frau Arnitz noch immer sehr beschäftigt. Und obgleich die Zeit und die Unbilden, die sie im Lauf der Jahre mitmachen mußte, ihre Triebe haben erkalten lassen, ist ihr doch zum Ausgleich diese fixe Idee im Kopf geblieben. Es kann nicht sein, daß ihre alte weibliche Intuition in dem ungewöhnlichen, so wärmstens von Doktor Zurhaus empfohlenen Gast nicht einen Antagonisten von bemerkenswertem Zuschnitt erkannt hat. Es gefällt ihr, ihn anzusehen, wenn er ins Wohnzimmer tritt, um ein Buch zu holen oder es wieder an seinen Platz zu stellen, es gefällt ihr, seine Stimme zu hören, wenn er sich ihr gegenüber an das Tischchen setzt, auf dem das Puzzle ausgebreitet liegt, und der Bewegung der rauhen, nervösen Finger zu folgen, während sie ein Teilchen, dessen Platz sie lange und vergeblich gesucht hat, an die richtige Stelle legen. Starke Finger mit flachen Fingerbeeren, bestimmt sensibel für Berührung, die Zigarette lose zwischen Zeigefinger und Mittelfinger, und das Gesicht von zwei senkrechten, überaus anziehenden Falten durchzogen. Nur sie mit ihrer Erfahrung ist in der Lage, so etwas zu schätzen. Nicht die Mädchen, die bereit sind, vor einem Photo von Robert Taylor oder Errol Flynn in Begeisterung auszubrechen. Wie erklärt es sich sonst, daß sie, die so sehnlich jene Züricher Hochzeit wünschte und wütend wurde, wenn Margot und Eddy sich im Chalet einschlossen, sich nun keinerlei Sorgen macht um die Anwesenheit eines so ungewöhnlichen Mannes im Haus. *Racé* im männlichen Sinn, ein echter Mann, wie sie früher gesagt hätte, fast als glaubte sie, daß nur verwöhnte, geschulte Gaumen ihn schätzen könnten. Nicht Münder, die gerade erst zu kauen angefangen haben und unfähig sind, einen Geschmack vom anderen zu unterscheiden.

Und ist Margot nicht ganz Sport und *camaraderie?* Seit sie wieder Gesangsstunden in St. Moritz nimmt, scheint sie nichts anderes mehr im Kopf zu haben, und der ehemalige Kapellmeister, erzählt sie, ist sehr zufrieden mit ihr. Oft spricht sie bei Tisch mit Doktor Colin über Musik; doch während Margot sich leicht begeistert, behält er seine freundlich-distanzierte Miene bei. Gewiß ein *homme à femmes*, der jedoch die Regeln der Gastfreundschaft kennt.

Zwar war Frau Arnitz nie in der Lage gewesen, den Wert der Zärtlichkeit zu verstehen, wie wichtig sie für Margot war und wie sehr sich Eddy unterdessen der Unmöglichkeit angepaßt hatte, von ihr einen echten Liebesbeweis zu erhalten, doch auch Margot hat diese beinahe brüderlichen Küsse, die langen Unterhaltungen, ausgestreckt auf den Kissen vor dem Kamin im Chalet, unterschätzt. Diese leichten, vorsichtigen und sogleich wieder verleugneten Liebkosungen, die die Mutter so sehr beunruhigten. Jetzt, da ein neues Gefühl aufgekommen ist, hat sie weder Zeit noch Lust zu solchen Spielen. Ein *Gefühl* (Margot könnte es nicht anders nennen), das jede Wahrnehmung verschärft und dem sie mit keinerlei rationalen Überlegungen beikommen kann. Zum erstenmal ist die Beziehung frontal, sie hat einen Mann vor sich, mit dem sie alles teilen möchte. Essen, Zeit, Schlaf. Die Liebe im Chalet genügt ihr nicht, danach will sie noch im Dunkeln Arm in Arm mit ihm die Treppe hinaufgehen, in sein Bett schlüpfen und sich an seinen Körper drängen, umarmt einschlafen. Sie will nichts mehr für sich behalten, nichts verteidigen, auch nicht insgeheim. Obwohl sie genau weiß, daß die Mutter beim geringsten Verdacht dessen, was geschieht, ihr einen Krieg erklären wird, in dem das Mitleid der große Abwesende wäre.

Aber Frau Arnitz ist ganz ruhig; so ruhig, daß sie sogar beschließt, mit dem Bentley und dem als Chauffeur verkleideten Wächter am Steuer eine Reise zu machen. Einem befreundeten Diplomaten ist es gelungen, ihr Benzingutscheine zu verschaffen, und sie fährt nach Lausanne und nach Genf, wo man ihr in den Banken mit größter Hochachtung begegnet. Am Abend vorher hat sie auch noch die gute Nachricht bekommen, daß Doktor Colin endlich den heißersehnten Brief erhalten hat und in einigen Tagen ihr Haus verlassen und seinen endgültigen Bestimmungsort aufsuchen wird. Und während am Morgen der Wächter aus Nidwalden, in die bis zum Hals zugeknöpfte dunkelblaue Uniform gezwängt, die beiden starren dunklen Koffer ins Auto lud, haben sich Frau Arnitz und der Gast sehr herzlich verabschiedet. Er hat ihr gedankt mit seinem kaum angedeuteten Lächeln, das schmale, knochige Gesicht bleibt undurchdringlich, sie denkt an einen endgültigen Abschied und gibt ihr Bestes, in den Pelzmantel geschmiegt, den Fuß schon auf dem Trittbrett des Autos. Der über Nacht gefallene Schnee hat eine weiche Schicht über das zugefrorene Schwimmbecken, die Wiesen und die Straße gebreitet, und der Gast verneigt sich ehrerbietig so tief, daß seine eiskalte Nase fast ihre Hand berührt. Margot winkt ihr von der Tür aus zum Abschied; sie ist schon fertig zum Skifahren, und unter dem offenen Anorak sieht man den roten Pullover, auf den zwei Hirschköpfe gestickt sind. Es beginnt wieder zu schneien, und weiße Krümel wirbeln leicht durcheinander, bis sie schließlich auf der glänzenden Autokarosserie liegenbleiben.

Eddy ist dazugekommen, als der ganz in seiner neuen Rolle aufgehende Wächter gerade den Motor anließ. Er ist immer der letzte, und atemlos streckt er sein Gesicht mit dem wunderbaren süßen Mund, der nach Milch zu riechen scheint, ins Auto hinein. Er wünscht ihr gute Reise und fordert sie auf, bald wiederzukommen, so bald wie möglich, während sich seine Hand am heruntergekurbelten Fenster auf ihre legt. Da erfaßt Frau Arnitz plötzlich eine Woge der Sympathie, und sie streichelt ihm rasch die Wange: Sie widersetzt sich zwar einer Liebesgeschichte zwischen ihm und Margot, aber Eddy soll wissen, daß sie ihn deswegen nicht weniger mag. Im Gegenteil, sie mag ihn sogar mehr. Dann glitt das Auto davon, der Wächter lenkte vorsichtig, bedacht, auf dem frischen Schnee nicht ins Rutschen zu kommen, und Eddy beugte sich hinunter, um die Brille aufzuheben, die im Überschwang des letzten Augenblicks auf den Boden geglitten war. Da war sein Blick auf die beiden gefallen, die noch in der Tür standen, um das Rückfenster des Bentley, in dem die Feder auf Mamignas grünem Hütchen wippt, verschwinden zu sehen. Und während er sich wieder aufrichtet und die Brille

aufsetzt, erkennt der Blick gestochen scharf die
Hirsche auf dem Pullover, Margots Haare, die unter
der gehäkelten Mütze herausschlüpfen. Die schwere
Tweedjacke von Doktor Colin und die Hände in den
Taschen, aus denen nur die von der Kälte geröteten
Daumen herausschauen. Einen Moment lang hat er
die beiden wie hypnotisiert angestarrt: das »unaufhaltsame Begehren«, das sich von der Blässe ihrer Gesichter ausbreitet, wie Wasser, in das ein Stein geworfen wurde. Sie selbst scheinen nichts zu merken; doch
plötzlich kreuzt Margot seinen Blick, ganz kurz, und
sofort wird Eddy rot, während sie ihn wütend mu-
stert. Dann macht sie auf dem Absatz kehrt und geht
ins Haus zurück. An der Tür steht nur noch Doktor
Colin, die Hände in den Taschen.

D as sollte der letzte Morgen sein, an dem sie
zusammen Ski fuhren. Noch vor Mittag war
Margot mit der Ausrede, sie friere, nach Hause
zurückgekehrt. Eddy bot ihr an, sie zu begleiten, die
Sichtverhältnisse seien schlecht, und sie könne von
der Piste abkommen. Doch sie hörte ihm gar nicht zu,
war in wenigen Sekunden nur noch eine dunkle Silhouette, die allmählich im Nebel verschwand, die rote
Mütze wie ein Loch in all dem Grau. Lustlos waren
Eddy und die Mädchen den Rest des Tages weiter Ski
gefahren, ohne daß einer von ihnen den Mut hatte zu

sagen, was sie dachten. Und als sie am Nachmittag nach Chesa Silvascina zurückgekehrt waren, lag das Haus still und dunkel da, man hörte nur das Grammophon spielen in dem Zimmer mit der gelben Chaiselongue. Doch niemand hatte gewagt, an Doktor Colins Tür zu klopfen, um nach Margot zu fragen.

Sie war erst zum Abendessen wieder aufgetaucht, anmaßend und selbstsicher wie immer; und ihre Überspanntheit war greifbar, es schien, als könnte man sie auf ihrer Haut berühren, sie einatmen mit dem Atem, der aus ihrem geschwollenen, müde wirkenden Mund kam. Die kleinen warmen Hände suchten ständig die Kühle des Bestecks, und das blaue Strickkleid, das sie immer als zu weiblich verachtet hatte, betonte jetzt die entschlossene Rundung ihres Busens. Eine Herausforderung? Oder nur das erste, was ihr in die Hand gefallen ist, was man überziehen kann wie einen Pullover? Die großen, etwas erstaunten Augen blicken hinaus auf den Schnee, der wieder zu fallen begonnen hat: »Bestimmt haben sie den Maloja und auch den Julier geschlossen«, sagt sie, »Mamigna ist gerade noch rechtzeitig drübergekommen...«, und plötzlich errötet sie unter dem Blick von Vivia und Marisetta wegen der zu offensichtlichen Genugtuung, die jene Worte zum Ausdruck bringen.

Doch ansonsten war sie nur hungrig und wenig zu Gesprächen aufgelegt. Eddy gegenüber verhielt sie sich dann besonders aggressiv, hänselte ihn, weil er über die Worte stolperte, was ihm öfter passierte, wenn er nervös war. Beinahe grausam wurde sie, als sie ihm vorwarf, immer ein Photo von ihr mit sich herumzuschleppen: »Ein gräßliches Photo, außerdem schon mindestens drei Jahre alt«, hatte sie gesagt, »du könntest wenigstens ein besseres auswählen, du tust doch sowieso nichts als photographieren...« – »Mir gefällt es«, hatte er erwidert, ohne sie anzusehen, »das war dein bester Moment, danach bist du immer unerträglicher geworden...« Das Schielen ist durch die Anspannung noch stärker geworden, wie nach einem Erdbeben, einer Niederlage.

D oktor Colin war nicht heruntergekommen. In den wenigen Tagen, die er noch in Chesa Silvascina blieb, sollten Vivia und Marisetta ihn nur selten sehen, meistens bereitete Margot ein Tablett mit dem Abendessen für ihn vor und brachte es ihm aufs Zimmer. Fast lag eine Provokation in dem Knarren des Holzes, wenn sie mit dem Tablett in den Händen die Treppe hinaufstieg. Nicht zu rasch, aber auch nicht so langsam, daß die Suppe oder das Omelett kalt wurde.

V

*D*as Telegramm, mit dem Marisetta sie auf-
forderte, sofort zurückzukommen, hatte Frau
Arnitz in Genf erreicht. Aber die Pässe waren noch
geschlossen und die Telephonleitungen unter Lawinen von Schnee begraben, vergeblich versuchten die
Fernsprechvermittlerinnen, das Telephon unter dem
großen Bild von Alberto zum Läuten zu bringen,
während es unaufhörlich weiterschneite, bis die Lär-
chenäste unter der schweren Last abbrachen. Und
jede Minute mehr begrub die verlorenen Handschuhe
und die zerknitterten Photos tiefer, löschte die Spuren, die sich überschnitten und zwischen den vereisten Büschen am Inn verloren.

Als endlich wieder die Sonne herausgekommen
war und der Bentley durch den unberührten weißen
Schnee die ringförmige Straße hatte herauffahren
können, hatte Frau Arnitz Chesa Silvascina in un-
wirkliches Schweigen gehüllt vorgefunden und Vivia
und Marisetta in ihr Zimmer eingeschlossen, tiefe
Ringe unter den geschwollenen Augen und die beim
Skifahren erworbene schöne Farbe wie weggewa-

schen, aschfahl geworden durch die Anspannung. *Margot ist fort.* Ja, Mamigna soll es sofort wissen, Margot ist fortgegangen mit jenem Mann, dem sie so unvorsichtigerweise wochenlang ihre Gastfreundschaft gewährt hat. Ein Jude, Eddy hat es entdeckt.

Ein Jude? Und wie hat Eddy es gemerkt?... Doch Eddy ist nicht da, Vivia und Marisetta wissen nicht, wohin er gegangen ist, und ziehen die Schultern hoch, um Frau Arnitz' Wut zu entgehen. Widersprechen sich gegenseitig. So kommt sie vorerst zu dem Schluß, daß Eddy den beiden nachgefahren ist, impulsiv, wie er ist; und Vivia und Marisetta sind zu verstört, um ihr zu widersprechen. Auch wenn es eine absurde Hypothese ist, denn die Schubladen in seinem Zimmer sind noch voll, und draußen im Eingang lehnen seine Skier an der Wand, und die Pudelmütze hängt über dem Griff der Skistöcke. Er hat nur seine Felljacke angezogen und niemandem gesagt, wohin er ging.

Nicht einmal euch? Nein, er hat nur etwas vom Postauto gesagt, ja, vielleicht hat er irgendwann davon gesprochen, daß er das Postauto nehmen wollte... Das Postauto, wohin...? Ich weiß es nicht, uns hat er es nicht gesagt, er hat nur vom Postauto gesprochen, ich schwöre es, Lula hat es auch gehört...

Niemand erzählt Frau Arnitz von dem schrecklichen Streit im Zimmer mit der gelben Chaiselongue. Wie Marisetta an einem bestimmten Punkt erschrocken hineingegangen war, weil Margot so laut schrie, und gesehen hatte, daß Doktor Colin Eddy am Pullover gepackt hielt und im Begriff war, ihn gegen die Wand zu schleudern, während Margot ihn schreiend aufzuhalten versuchte. Beim Eintreten war sie auf eine Brille getreten, und auf der gelben Chaiselongue lag ein blutverschmiertes Handtuch, ob von Eddy oder Margot, hatte sie nicht verstanden. Dann hatte Doktor Colin losgelassen, und sie hatte gesehen, daß Eddys Lippe aufgeplatzt war, die Lider flatterten über den geweiteten Augen, die unfähig waren, geradeaus zu blicken. Aber er schien kein bißchen erschrocken; und sowie er frei war und sich bewegen konnte, hatte er Margot beiseite geschoben, die immer noch versuchte, ihm das Blut vom Kinn zu wischen. Er war blaß, Marisetta hatte Eddy noch nie so gesehen, er zitterte vor Wut und hatte der Brille einen Tritt versetzt, daß sie die Treppe hinuntersegelte.

Aber niemand hat den Mut, all dies Frau Arnitz zu erzählen, und Frau Arnitz hat andere Sorgen als Eddys Abwesenheit. Als wäre sie nicht an seine Überspanntheiten gewöhnt, der Junge war ja fähig, einen Zug bis nach Zürich zu nehmen, nur weil er dort zum Abendessen eingeladen war. Daß sie sich jetzt um ihn Gedanken machen soll, ah nein, das nicht!

Der Schlag, den Margot ihr versetzt hat, ist schrecklich, o ja. Schrecklich und grausam, sie kann es einfach nicht akzeptieren und fühlt sich bereit, jedes Mittel anzuwenden, um Margot wieder zur Vernunft zu bringen. Man muß nur wissen, wohin sie gegangen ist; und sie schreit Vivia und Marisetta an, weil sie überzeugt ist, daß die beiden ihr etwas verschweigen. Sie weiß nicht, daß sie sich um so mehr hinter nichtssagenden halben Sätzen verstecken, je lauter sie schreit.

Aber die Schweiz ist nicht Frankreich, es ist nicht so leicht, zu verschwinden und seine Spuren zu verwischen... Sie durchwühlt das Zimmer mit der gelben Chaiselongue, aber der hatte ja nichts, als er ankam, und mit nichts ist er wieder gegangen, die Schubladen sind leer, im Schrank stehen nur noch ein Paar Pantoffeln von Margot (jetzt sind alle Gedanken unerträglich, sie will diese Pantoffeln nicht einmal anfassen; Lula, die ihr bei der Durchsuchung hilft, lächelt hinterhältig, was sie geflissentlich übersieht).

Also wußten es alle, und niemand hat etwas gesagt, niemand hat daran gedacht, sie zu warnen... Doch jetzt gibt es niemanden, der sich nicht für unschuldig erklärt, sie findet nur Staunen und Bestürzung. Margots Zimmer ist noch ganz durcheinander, als hätte sie es im Augenblick des Aufbruchs unheimlich eilig gehabt, Frau Arnitz kramt zwischen den Musikbüchern auf dem Tisch, wenigstens einen Zettel hätte sie hinterlassen können, zwei Zeilen, um sie um Verzeihung zu bitten für diesen niederträchtigen Dolchstich in den Rücken. Sie fühlt sich wie die von Sieben Schmerzen durchbohrte Jungfrau Maria, und bei jedem neuen Indiz für das, was sich wenige Schritte von ihr entfernt in jenen Zimmern abgespielt hat, dringt ihr ein neuer Dorn ins Fleisch. Und als der Bräutigam-Anwärter aus Zürich anruft, stottert sie wirre Sätze, um wenigstens einen winzigen Spalt offenzulassen für jene idyllische Zukunft voll Ehrbarkeit und Wohlstand. Der junge Mann erzählt von seinem Erfolg bei der Bewerbung, er sei unter den ersten drei, sagt er, Frau Arnitz bemüht sich, Freude in ihre Stimme zu legen, Margot, ja, sie kommt bald wieder, sie ist auf einem Ausflug, er weiß ja, wie Margot ist, bei diesem Schnee konnte sie nicht widerstehen...

Ihr erster Gedanke war, erneut Doktor Zurhaus anzurufen, er hat ihr doch diesen verdammten Gast empfohlen. Aber Doktor Zurhaus ist umgezogen, und als es Frau Arnitz nach vielen Versuchen gelungen ist, die neue Adresse herauszufinden, schien er aus allen Wolken zu fallen. Er hatte Doktor Colin vor dem Krieg in Paris kennengelernt, hat er gesagt, ein ausgezeichneter junger Mann und ein großartiger Forscher. Solchen Menschen muß man immer helfen... und in seiner wegen des Alters ein wenig rauhen Stimme lag mehr Tadel für das mangelnde Solidaritätsgefühl von Frau Arnitz als Empörung über das Verhalten ihres Gastes. Er hat auch einen lateinischen Satz zitiert, *mala tempora currunt*, schien ihn aber eher auf die geltenden Schweizer Bestimmungen bezüglich der Flüchtlinge zu beziehen als darauf, was sie am Telephon beklagt. Frau Arnitz hat ihn gehaßt.

Vivia will zu ihren Eltern nach Lugano zurückkehren, und Marisetta bittet darum, sie begleiten zu dürfen. Sie bettelt, man möge sie mitfahren lassen; aber Frau Arnitz will nichts davon hören, sie hat schon genug *cauchemars*, sagt sie, Marisetta hätte ihr gerade noch gefehlt. Sie vertraut niemandem mehr; und nachdem sie in einem ersten Augenblick gedacht hat, sich an die Polizei zu wenden, fürchtet sie sich jetzt vor dem Skandal. Vor einer Untersuchung; die Gesetze sind eindeutig, sie hätte den neuen Gast sofort melden müssen, es handelt sich um Militärgesetze. Vorsichtig hat sie sich informiert, und man hat ihr gesagt, »die illegale Ein- oder Ausreise aus der Schweiz zu begünstigen oder zu diesem Zweck Hilfestellung zu leisten, wird in schwereren Fällen mit Gefängnis bestraft«. Man hat ihr den Gesetzestext gezeigt: *Wer Flüchtlingen ohne die Erlaubnis der zuständigen Polizeibehörden Asyl gewährt, wird gemäß Art. 107 des Militärstrafgesetzbuchs bestraft.* Und wenn es um einen Juden geht, um so mehr, Unwissenheit läßt das Gesetz nicht gelten.

Marisetta hat sich in feindseliges Schweigen gehüllt. Dann hat sie ihre Taktik geändert und eine Leidensmiene aufgesetzt, sich schwermütig und deprimiert gezeigt. Aber Mamigna läßt sich nicht erweichen: Es gibt genug andere Freunde, sagt sie, Marisetta braucht nur das Postauto zu nehmen oder jemanden anzurufen. Das Wetter ist herrlich, strahlende Sonne, und der Schnee könnte nicht besser sein, ihr Mädchen seid einfach nie zufrieden...

Sie hat einen empörten Brief an Isabella geschrieben, Isabella ist an allem schuld. Doch wer weiß, ob und wann dieser Brief ankommen wird. Die Amerikaner und Engländer sind bei Anzio gelandet, und Feldmarschall Kesselring hat an anderes zu denken als daran, daß der Brief von Frau Arnitz seinen Bestimmungsort erreicht. Die wenigen Züge, denen es noch gelingt, über die Grenze zu fahren, werden ununterbrochen mit Maschinengewehren beschossen, und Mussolinis großes Abenteuer »zu Himmel, zu Land und zur See« hat sich längst in einen Elendszug voller Verzweifelter verwandelt.

Dann hat Margot eines Morgens angerufen. Sie ist an einem Bahnhof, sie sagt nicht, wo, aber sie ist zufrieden, und es geht ihr gut. Sie will über alle Bescheid wissen, fragt nach Eddy, wie es ihm geht, ob er noch dort ist. »Eddy? Der hat sich nicht mehr blicken lassen!...« Aber Frau Arnitz merkt auf einmal, daß sie nicht mehr mit Margot sprechen will. An die Stelle des Schmerzes ist ein dumpfes, unheilbares Beleidigtsein getreten, und sie bleibt stumm, während Margots Stimme am anderen Ende der Leitung hell klingt, sorg dich nicht um mich, sagt sie, mir geht es gut, ich bin glücklich. »Aber er ist Jude«, erwidert Frau Arnitz mit einem Knoten im Hals. »Ich weiß, ich hab' es immer gewußt, na und? Ich will ihm helfen.« Mamigna bringt kein Wort heraus, das Selbstmitleid droht sie zu überwältigen, sie, die sonst nur schwerlich die Beherrschung verliert, hat Angst, gleich am Telephon in Tränen auszubrechen. Ah, diese Stimme von Margot, die jetzt Mitleid hat mit ihrem Schweigen und ihr sagt, sie solle sich beruhigen, der Krieg wird bald zu Ende sein, fügt sie hinzu, und alles wird wieder wie früher, sie sei glücklich, wiederholt sie, sie liebe ihn, er sei ein wunderbarer Mann... »Ich wollte, er wäre tot«, murmelt Frau Arnitz, »tot...« An dieser Stelle wurde die Verbindung unterbrochen, Margot hatte aufgelegt.

Nach diesem Anruf hatten sich Frau Arnitz' Sorgen in eine andere Richtung entwickelt. Sollte sie sich mit Eddys Mutter, »dieser billigen kleinen Hure«, mit der sie nie etwas zu tun haben wollte, in Verbindung setzen oder nicht? Doch ihre Zweifel waren einige Tage später von der »kleinen Hure« selbst beendet worden, die voller Angst anrief, weil sie nichts mehr von ihrem Sohn gehört hatte. Gewöhnlich schrieb er ihr einmal pro Woche, und sei es nur eine Postkarte, und jetzt waren drei Wochen vergangen ohne eine Zeile oder ein Telephonat. Doch Frau Arnitz konnte sie nicht beruhigen, sie könne sich Eddys Schweigen auch nicht erklären, hatte sie gesagt, außerdem seien seine Schubladen noch voll, und sogar sein Schlafanzug hinge noch im Badezimmer. Es war ein langes Gespräch gewesen, und an einem bestimmten Punkt klang es fast, als wolle Frau Arnitz ihr Vorwürfe machen wegen der mangelnden Rücksicht des Sohnes ihr gegenüber. Margots Flucht und den undankbaren Gast, der ihre Großzügigkeit so schlecht belohnt hatte, erwähnte sie mit keinem Wort.

Sie hatten in den folgenden Tagen noch mehrfach miteinander telephoniert, und zum Schluß hatte sich Frau Arnitz verärgert gezeigt über so viel Zudringlichkeit. Aber ihre Ruhe war längst dahin, glich eher dem Aschenhäufchen, auf das sie abends im Kamin starrte, ohne den leisesten Wunsch, das neue Puzzle, das sie aus Genf mitgebracht hatte, auf dem Tisch auszubreiten. Das Klima im Haus war bleiern geworden, und die Köchin, die seit vielen Jahren bei ihr arbeitete und Margot als Baby auf dem Arm getragen hatte, konnte am Herd die Tränen nicht zurückhalten, während Lula von einem ungewohnten Eifer besessen zu sein schien, beständig neue Indizien für das Liebesverhältnis Margot/Doktor Colin zu finden.

Marisetta ließ sich nur selten blicken. Kaum kehrte sie vom Skifahren zurück, schloß sie sich in ihrem Zimmer ein, um erst zum Abendessen wieder aufzutauchen, mit müde blickenden Augen, kaum geneigt, Mamigna zu unterhalten; und von jenem berühmten Sprachkurs, den sie in St. Moritz hätte besuchen sollen, war längst keine Rede mehr. So hatte es Frau

Arnitz einige Wochen vor Ostern für das beste gehalten, mit der Enkelin nach Lugano in eines der Hotels am See umzuziehen, die noch nicht beschlagnahmt waren. Eine Art wie eine andere, um sich auf unbestimmte Zeit von Köchin und Dienstmädchen zu befreien, zwei unbequemen Zeugen, die sie auf einen langen und, wie sie hoffte, heilsamen Urlaub nach Hause schickte. Auf diese Weise würde Marisetta ihre Herzensfreundin wiedersehen und sie selbst ein wenig Frieden finden angesichts der ruhigen Wasserfläche des Sees, in dem sich dunstig im tröpfelnden Regen die Berge spiegelten.

*D*enn es regnete ununterbrochen, und die Leute gingen rasch und stießen mit der Schirmspitze an die niedrigen Äste der Bäume. Frau Arnitz sah sie durch die großen Fenster des Speisesaals, während die Kellner sich rund um den Tisch drängten, an dem Marisetta wieder gesprächig geworden war. Daß für alles Lebensmittelkarten nötig waren, machte sich nur bei bestimmten Gerichten und Fischen bemerkbar, die man früher aus dem Baltikum kommen ließ, und der Maître pirouettierte mit der Speisekarte herum, den Krieg verfluchend, der die reichen englischen Touristen vertrieben und nur elende Flüchtlinge zurückgelassen hatte. Marisetta aß mit gutem Appetit, und der Pianist in einer Ecke sah ihr zu, während er *Smoke* *in Your Eyes* spielte. Oder, wenn er gut gelaunt war, *Lambeth Walk*.

In Chesa Silvascina hatte der Wächter das Wasser aus den Leitungen abgelassen, damit sie nicht bei einem letzten Frost platzten, und die Fensterläden geschlossen. Seine Frau hatte die Decken zusammengefaltet, in die Schränke geräumt und mit Naphthalin bestreut; und als, auf Drängen der Polizei von Locarno, zwei Polizisten gekommen waren, um der Eigentümerin einige Fragen zu stellen, hatte der Wächter ihnen nur Frau Arnitz' Adresse in Lugano geben und auf die zwei Koffer zeigen können, die schon ordentlich gepackt waren, samt der Kodak in ihrer Hülle, falls der Junge, dessen Verschwinden die Mutter angezeigt hatte, zurückkommen sollte, um seine Sachen abzuholen. Sonst wisse er nichts und habe auch nie etwas Auffälliges oder anderes bemerkt. *Gar nichts, nie!*... Er breitete die Arme aus wie ein Priester, der seine Gläubigen segnet, um zu versichern, daß alles stets auf die normalste Weise verlaufen war. Nette, freundliche, schöne junge Leute, manchmal ein bißchen laut, naja. *Jugend macht lustig...*, ihm gefiel das leere Haus nicht.

Später hatte er Frau Arnitz angerufen, um ihr von dem Besuch zu erzählen, und hatte ihr mit seiner dröhnenden tiefen Stimme jedes einzelne Wort wiederholt, das er der Polizei gesagt hatte, um sie zu beruhigen, daß er ganz in ihrem Sinne gehandelt hatte. Vor der Abreise hatte die »gnädige Frau« ihm nämlich eingeschärft, mit niemandem über die bedauerliche Angelegenheit des Gastes zu sprechen, der eine Zeitlang in dem Zimmer mit der gelben Chaiselongue gewohnt hatte. Ein unerfreuliches Mißgeschick, das Menschen von einem gewissen Niveau, gewohnt, ständig Freunde aus allen Teilen der Welt zu empfangen, zustoßen konnte. *Mit niemandem, nie.* Und sie hatte ihn im voraus belohnt für eine Diskretion, deren sie sich, wie sie erklärte, ganz sicher war.

Und als dann die Polizei von Lugano Frau Arnitz zu einer Gegenüberstellung mit der Mutter des Verschwundenen bestellte, hatte sie zugeben müssen, daß die »kleine Hure« mit der Zeit gelernt hatte zu reden und sich anzuziehen, und die Begegnung war sehr zivilisiert verlaufen. Aber am Ende war sie gezwungen gewesen zuzugeben, daß es zu Unstimmigkeiten zwischen ihr und ihrer jüngsten Tochter gekommen war und sie nicht wußte, wo Margot sich jetzt aufhielt. Erneut hatte sie ihre Vermutung geäußert, daß Eddy ihr gefolgt sein könnte, eine Hypothese, die sie mit einer gewissen Wärme vertrat, auch weil niemandem, sagte sie, entgangen war, wie sehr Eddy an Margot hing.

Was das übrige anging, hatte Frau Arnitz sich im Recht gefühlt zu lügen, sie war sowieso viel zu großzügig gewesen, auch Eddy gegenüber, und es erschien ihr ungerecht, jetzt an den Haaren in eine Geschichte hineingezogen zu werden, als deren erstes Opfer sie sich fühlte.

Ohne Gewissensbisse, aber nicht ohne eine gewisse Aufregung war sie zum Hotel zurückgekehrt, das groß und leuchtend in der Dämmerung dastand, auf dem Dach die unvermeidliche Fahne mit dem weißen Kreuz, flatternd vor einem Himmel, an dem sich die fahlen Wolken allmählich teilten und lange, helle Streifen durchschimmerten. Marisetta saß, ihre Perserkatze im Schoß, in der fast leeren Bar in einem Sessel und wartete auf sie, während der Pianist *Tea for Two* spielte und den Blick melancholisch über den glitzernden See schweifen ließ. »Endlich«, hatte sie, ihr entgegengehend, gesagt, während die Katze mit einem weichen Sprung auf dem Teppich landete, »ich dachte schon, sie hätten dich festgenommen!« Ohne die Hände von den Tasten zu nehmen, hatte der Pianist sich umgedreht, um sie anzusehen; er lächelte: Dieses Mädchen war eine ständige Überraschung. Aber Frau Arnitz hatte der Scherz nicht gefallen.

Die Bedrohung, der sie zu entgehen gemeint hatte, indem sie Chesa Silvascina abschloß und Lula und die Köchin in Urlaub schickte, tauchte nun in Fleisch und Blut, im Gewand jener ehemaligen Parfümeriebesitzerin, die Eddy geboren hatte, wieder auf. Und nachts, wenn sie sich zwischen den Laken von einer Seite zur anderen drehte, überlief Frau Arnitz jedesmal, wenn Schritte, vom Teppich auf dem

Flur gedämpft, plötzlich vor einer Tür haltmachten, ein Frösteln, fast als hätte sie das Kreischen eines Sägeblatts gehört, das rundherum am Boden sägte. Eine ihrer vielen Ängste plagte sie besonders: daß Margot etwas nicht Wiedergutzumachendes zustoßen könnte.

Manchmal hielt sie es nicht mehr aus und schlüpfte im Morgenrock zu Marisetta ins Zimmer. Sie wollte wissen, sich erzählen lassen, was die Enkelin ihr, wie sie vermutete, weiter verschwieg. Doch Marisetta wollte schlafen und blickte mit geweiteten Pupillen auf den rundlichen, wie ein Pilz in den samtenen Morgenrock gehüllten Körper, sie wußte nichts und konnte sich auch nichts vorstellen, weder wo Eddy abgeblieben war noch wo Margot sich aufhielt. Oder *der andere da, der Jude*; und sie beklagte sich, daß sie müde sei. Dann redete Frau Arnitz schneller und zählte die verschiedenen Hypothesen auf, die die beklemmende Angst hätten abmildern können, und die Pausen zwischen einem Satz und dem nächsten wurden auf schauerliche Weise betont durch vereinzelte Autos, die auf der Seestraße vorüberfuhren und einen Kanaldeckel zum Klappern brachten. Marisetta gähnte und wünschte sich nur, alles zu vergessen. Das blutverschmierte Handtuch und die Schreie, Eddys verzerrtes Gesicht, die Drohungen, die er ausgestoßen hatte, während er seiner Brille diesen unsinnigen Fußtritt versetzte und die Treppe hinunterrannte.

*M*it Beginn der Schneeschmelze brach ein Sturm mit Wind und Regen über Chesa Silvascina und das Dorf herein, der den stillen, unter den Schneepolstern kaum sichtbaren Inn in ein aufschäumendes Gewirr von hin und her geworfenen, splitternden Stämmen verwandelte, von ganzen Sträuchern, die in den Strudeln der Strömung verschwanden. Die Eisschollen, die noch auf der Mitte des Sees schwammen, zerbrachen mit einem dumpfen Geräusch, einem Donnergrollen, das die ganze Nacht dauerte, während der Wind an den Zweigen zerrte, bis sie abbrachen.

Der Wächter, der hinübergegangen war, um nachzusehen, ob der Sturm auch nicht die Fensterstöcke beschädigt hätte, war im Haus eingeschlossen geblieben. Der Strom war ausgefallen, und in kürzester Zeit hatte sich die Straße in einen Wildbach verwandelt, der Steine und Äste mitschleppte, der Sturm hatte mehrere Fensterläden losgerissen, wobei die Scheiben zu Bruch gingen. Dann war mit dem Getöse einer Bombe einer der Kamine heruntergestürzt und in Trümmern auf den Steinplatten am Schwimmbeckenrand liegengeblieben.

So etwas habe er noch nie gesehen, hatte der Wächter zu der »gnädigen Frau« gesagt, sowie die Telephonleitungen wieder instandgesetzt waren, *als ob das ganze Haus in den Händen des Teufels wäre*, hatte er in den Hörer gebrüllt. Aber zum Glück bot Chesa Silvascina, auch wenn die Blumenbeete voll Glasscherben lagen, der neuen Frühlingssonne noch immer seine durch die leeren Fensterhöhlen nur leicht verunstaltete schöne Fassade aus Holz und Stein dar.

Eddys Leiche wurde eine Woche später gefunden, steckengeblieben in der Verengung zwischen dem Silvaplaner See und dem kleineren Champfèrer See. Der Schnee hatte sie lange geschützt, aber beim letzten Anprall hatte die Kraft des Wassers fast alle Kleider fortgerissen. Einige waren nicht wiedergefunden worden, andere, wie die Socken und die Felljacke, lagen weiter oben, unweit der Stelle, wo die Straße den Fluß kreuzte; und in den Jackentaschen hatte man einige vom Wasser aufgeweichte, zu Brei gewordene Photographien entdeckt. Vollkommen unkenntlich.

Die Untersuchung, die daraufhin eingeleitet wurde, war für Frau Arnitz ein Leidensweg gewesen. Auf Bestürzung und Grauen war Angst gefolgt, die von der Gewißheit einer nicht wiedergutzumachenden Schuld begleitet ist. Tagelang hatte sie hartnäckig die Version aufrechterhalten, es müsse sich um ein Unglück handeln. Es könne gar nichts anderes als ein verhängnisvolles Unglück gewesen sein, beharrte sie. Und sie konnte zwar durch nichts widerlegt werden, doch auch die Hypothese des Unglücks fand kaum Rechtfertigungen. Eddy trank das, was junge Leute normalerweise trinken, und an jenem Nachmittag, als er weggegangen war, um nie mehr zurückzukehren, hatte zwar der Schneefall die Dämmerung beschleunigt, aber es war noch um die Stunde »zwischen Hund und Wolf«, wie man so sagt, in der es durchaus möglich ist, die Einzelheiten der Straße zu erkennen, das Glitzern des vereisten Brunnens und die Umrisse der Brücke zwischen den beiden Pfählen der Laternen. Um ins Wasser zu fallen, wäre es nötig gewesen, bis ans Ufer des Inns hinunterzusteigen; warum hätte der Junge das tun sollen? Er ist ausgerutscht, beharrte sie, es war sehr kalt, und die Straße war bestimmt spiegelglatt. Aber zwischen dem Ausrutschen auf der Straße und einem Sturz ins Wasser bestand ja ein Riesenunterschied. Es kann doch sein, daß er plötzlich austreten mußte und absichtlich hinuntergeklettert ist... Aber wenn er ertrunken wäre, hätte er früher oder später irgendwo auftauchen müssen; und nach dem bißchen, was man hatte feststellen können, gab es keine eindeutigen Anzeichen für Tod durch Ertrinken. Er war vielmehr mit großer Wahrscheinlichkeit an einem Herz-Kreislauf-Kollaps gestorben, sozusagen erstickt. Erstickt? Bestimmt hat er einen plötzlichen Atemstillstand gehabt, der arme Junge!... Mein Gott, alle wußten ja, daß er Probleme mit dem Atmen hatte, seine Brustfellentzündung war eine alte Geschichte!

Frau Arnitz war eine Frau, die es gewohnt war zu befehlen, und stützte mit ihrer Autorität nun eine

Version, die sehr viele Punkte im dunkeln ließ. Von Anfang an war sie sehr bereit gewesen, jede Verwicklung in dieses Verschwinden zu leugnen: nie eine Meinungsverschiedenheit zwischen ihr und Eddy, oder zwischen Eddy und den Mädchen. Eine Version, die seinerzeit von Vivia und Marisetta bestätigt wurde. Und nun, als sich die Hypothese einer Untersuchung abzeichnete, hatten die beiden Mädchen die gleichen Aussagen wiederholt wie damals; vor allem Marisetta war sehr überzeugend gewesen, als sie das Klima von *camaraderie* beschrieb, das in Chesa Silvascina geherrscht hatte.

Doch zum Schluß war Frau Arnitz, damit ihre Rechnung aufging, mehrmals gezwungen gewesen, Tausende und Tausende von Franken lockerzumachen, um sie in Lulas Handtasche wandern zu lassen. Und niemand konnte sagen, wann es aufhören würde. Die Köchin hatte zum Glück Margot immer vergöttert, sie hätte sie nie verraten. Ihr gegenüber hatte ein Wort genügt; und Frau Arnitz hegte jetzt Bedenken, ob sie ihr etwa ein Geschenk machen müsse.

Sie hatte sich dann für einen *renard argenté* entschieden, einen jener Fuchspelze mit krallenbewehrten Pfoten und runden Glasaugen, die die Schaufensterpuppen in der Via Besso um den Hals trugen. Die Köchin war in Tränen ausgebrochen, hatte das Geschenk fast nicht annehmen wollen; Lula dagegen meldete sich ständig. Einmal, weil ihr Neffe erkrankt war und Behandlung brauchte, dann wieder, weil ein Tabakladen zum Verkauf stand, mit dem sie alle ihre Probleme würden lösen können. Und in einem Gasthaus in Mendrisio sitzend, betrachtete Frau Arnitz das Gesicht ihres ehemaligen Dienstmädchens, angespannt unter den schweren schwarzen Zöpfen, die in einem Kranz um den Kopf gelegt waren, die Haut faltenlos und von öliger Blässe. Ein Gesicht, das ideal sein mochte für eine Person, die mit Schürzchen und weißen Handschuhen bei Tisch serviert, das Frau Arnitz aber über jenem langhaarigen, olivfarbenen Pelzmantel gewöhnlich und hassenswert erschien. Oder vielleicht war es die Erpressung, die Lula zu einer Grimasse falscher Ergebenheit zwang, während die Hand, fast als gehörte sie nicht zu ihr, den Umschlag mit dem Geld in die Handtasche gleiten ließ, ohne daß sie auch nur einen Blick auf den Inhalt geworfen hätte zum Beweis, wie unbedingt sie dem Wort der »gnädigen Frau« vertraute: So hatten Lula und die Köchin sie in Nachahmung des Wächters aus Nidwalden genannt. Und Frau Arnitz wandte den Blick von dem blassen Gesicht und dem olivfarbenen Pelzmantel ab, als wollte sie sie aus ihrem Bewußtsein tilgen, während sie sich fragte, wie oft sie ihr wohl noch würde gegenübersitzen müssen in dem vollen Gasthaus, wo nur Arbeiter verkehrten und man keine Luft bekam wegen des Rauchs und des Geruchs nach schlechtem Wein.

Seit Marisetta sich entschlossen hatte, sie über den schrecklichen Streit im Zimmer mit der gelben Chaiselongue in Kenntnis zu setzen, hatte Frau Arnitz begriffen, daß dies der schwache Punkt war. Der Riß, der sich zu einem Abgrund solchen Ausmaßes auftun konnte, daß es sie alle mit in die Tiefe reißen würde. Sie, die »kleine Hure«, wünschte ja nichts anderes, als sie festzunageln. Aber genau deshalb durfte niemand den leisesten Verdacht darüber hegen, was an diesem Nachmittag geschehen war. Und wenn Frau Arnitz intelligent genug war, seine Bedeutung zu ermessen, so war Lula es nicht weniger. Zudem wurde *Doktor Colin* allmählich mehr als nur ein Schatten, und seine Gegenwart, ähnlich wie bei durch ein Medium beschworenen Geistern, nahm immer mehr Form und Stimme an. Sogar der Inhaber einer Berghütte hoch oben zwischen den Skipisten erinnerte sich, daß er ihn zusammen mit Margot an einem Tisch hatte sitzen sehen.

Wenn sich wenigstens Margot gemeldet hätte. Sie hätte ihr erklären können, was wirklich geschehen war. Sie hätten gemeinsam darüber sprechen und eine Erklärung finden können, die Lula mit ihren ständigen Geldforderungen zum Schweigen gebracht hätte. Doch nach jenem Anruf hatte Margot nicht einmal mehr eine Postkarte geschickt. Auch nicht an Vivia oder Marisetta, so als hätte sie beschlossen, niemandem mehr zu vertrauen. Zwar hatte jetzt die schöne Jahreszeit begonnen, aber ihre hübschen Frühlingskostüme hingen immer noch auf den Bügeln im Schrank in Chesa Silvascina, samt den ordentlich aufgereihten Schuhen, über die sich ein leichter Staubschleier gelegt hatte; und Frau Arnitz konnte sich nicht vorstellen, wie Margot so ganz ohne Geld zurechtkam, nur mit dem Allernötigsten, das sie in der Eile jener Nacht hatte mitnehmen können. Sie schreckte sogar davor zurück, sich zu erkundigen, nachzufragen, ob sie sich vielleicht bei Bekannten gemeldet hatte. Doch am meisten fürchtete sie, daß es, wenn die Angelegenheit mit Eddy nicht rasch geregelt würde, die Polizei übernehmen würde, sie aufzuspüren.

Am Anfang des Sommers war die Untersuchung, auch dank des diskreten Eingreifens einiger Freunde, abgeschlossen und Eddys Tod als Unglück archiviert worden. Die Mutter hatte, Chesa Silvascina verfluchend, die zwei Koffer abgeholt; und beim Anblick der Skier und der Pudelmütze, die noch auf dem einen Skistock hing, war sie in Tränen ausgebrochen. Vivia war sehr freundlich zu ihr gewesen, zusammen mit Marisetta war sie zu ihr gegangen, um sich zu verabschieden, und hatte ihr in einem Umschlag verschlossen die letzten Photos gebracht, die Eddy auf dem Suvretta geknipst hatte. Eddys Mutter hatte ihr die Kodak schenken wollen, sie hatte darauf bestanden und war dann an Vivias Schulter zusammengesunken. Marisetta gegenüber schien sie dagegen instinktiv eine eisige Abwehr zu empfinden; und als das Mädchen sich ihr genähert hatte, um sie zu umarmen, hatte sie den Kopf abgewandt.

Gleich danach hatte Marisetta in ein Internat nach Neuchâtel gehen wollen, und Frau Arnitz hatte nicht widersprochen. Sie fühlte sich wie geistig gelähmt, es gelang ihr nicht mehr, ihrem Impuls folgend zu entscheiden und zu befehlen, und die Beziehung zu ihrer Enkelin war vorsichtig, beinahe argwöhnisch geworden. Jedesmal schlichen sich falsche, bedeutungsschwere Töne ins Gespräch ein, während die Wahrheit, die sich unterdessen in beider Denken klar abzeichnete, ausgeschlossen blieb.

*M*it dem Fortschreiten der schönen Jahreszeit hatte das Hotel dann ein fröhlicheres Aussehen angenommen. Die von Farben überbordenden Blumenkästen wurden wieder aufgestellt, und der Pianist hatte sein Repertoire erneuert. Frau Arnitz verbrachte viele Stunden auf der Terrasse, die auf den See hinausging, setzte ein konventionelles Lächeln auf, wenn alte Bekannte herantraten, um ein wenig zu plaudern, und betrachtete abends durch die großen offenen Fenster des Speisesaals, wie die Dampfer mit abgedunkelten Scheinwerfern das nächtlich schwarze

Wasser durchschnitten. Sie verfolgte ihre Fahrt von einem Ufer zum anderen, und die Klänge des Klaviers schienen mit ihrem Rhythmus das leichte Schwanken zu begleiten. Seit Marisetta abgefahren war, wandte der Maître seine Aufmerksamkeit lieber anderen Tischen zu, und auch der Pianist hatte aufgehört, sich nach ihrer Seite umzudrehen, hielt den Kopf mit den festklebenden Haaren auf die Tasten gesenkt, um dem unermüdlichen Hin und Her der Hände zu folgen.

Die Straßen waren belebter geworden, und die Vielfalt der Menschen diente Frau Arnitz als Ablenkung. Nachdem die Amerikaner und Engländer in der Normandie gelandet waren, hatten die Behörden »die Zügel viel zu sehr gelockert«, wie sie zu sagen liebte; und Lugano hatte sich von einem Tag zum anderen, so als wäre eine Schachtel aufgegangen, mit allen möglichen Flüchtlingen bevölkert. Man begegnete ihnen überall, in den Cafés und im Kino. In den kulturellen Zirkeln, wo sie Konferenzen abhielten. Ein Gesetz vom 12. Juli 1944 hatte den Juden den Status von *wirklich in ihrem Leben und ihrer Integrität bedrohten Ausländern* zuerkannt, und Frau Arnitz fragte sich, wo Margot jetzt zusammen mit diesem Mann sein mochte, den sie mit so viel Wohlgefallen betrachtet hatte, wenn er in Chesa Silvascina groß und gerade am Fenster stand und seine Hände den Hosenstoff ausbeulten. Vielleicht würde Margot sich ja jetzt melden, und sei es auch nur, um Geld zu verlangen; und jedesmal, wenn Frau Arnitz ins Hotel zurückkehrte, wanderte ihr Blick zum Schlüsselfach in der Hoffung, eine Botschaft von ihr vorzufinden.

Nach Chesa Silvascina wollte sie nicht zurück. Der Gedanke, sich mit der Katze als einziger Gesellschaft in jenen Zimmern wiederzufinden, war ein grauer Gedanke ohne jede Freude. Die kurvige, steinige Straße, die sich zwischen dem Dunkel der Wälder ins Oberengadin hinaufschlängelte, kam ihr jetzt vor wie eine unwegsame, mühselige Strecke von grenzenloser Melancholie. So war die Idee entstanden zu verkaufen. Doch es würde nicht leicht sein; und viele Jahre lang sollte das Photo von Chesa Silvascina mit dem Schwimmbecken und den Holzbalkonen, den Alpenrosen, dem Eisenhut und den Johannisbeersträuchern im Schaukasten eines Immobilienbüros hängen, während der Wächter weiterhin in seiner Lederschürze den Rasen mähte in der vergeblichen Hoffnung auf einen Besuch der »gnädigen Frau«.

Sie hatte die Absicht, nach der größten Sommerhitze nach Genf zu übersiedeln. Dort hatte sie nach ihrer zweiten Heirat einige Jahre gelebt, und dort war Margot geboren. Sie fühlte sich noch nicht zu alt, um ihr Leben zu ändern, und hoffte, einige über die Jahre treu gebliebene Freunde würden sie über die Undankbarkeit ihrer Kinder hinwegtrösten. Morgens nahm sie manchmal, wenn es nicht zu heiß war, den Autobus, und ließ sich zwischen den Dörfern spazierenfahren, die direkt am grünlichen Wasser des Sees lagen. Alle Häuser hatten Blumen an den Fenstern, und auch in den von Hecken gesäumten kleinen Gärten blühte es üppig. Mädchen im Badeanzug sonnten sich auf den hölzernen Stegen, während kaum wahrnehmbare kleine Wellen fast unhörbar zwischen den Pfählen plätscherten. Andere Mädchen, unbeschwert und fröhlich. Andere Badeanzüge, in lebhaften Farben.

VI

Sie war es, Margot! Auf dem Balkon fuchtelten Lorenza und Marta zur Begrüßung mit den Armen. Margot überquerte zwischen Jeeps und Radfahrern die Straße, den weißen Blusenkragen offen über dem Revers der Kostümjacke, das Gesicht lächelnd in der Sonne. An ihrer Seite ging Arturo, so, wie sie ihn immer gesehen hatten, nichts hatte sich geändert, sogar die Jacke schien noch dieselbe zu sein, hing schlaff von seinen Schultern; und von der Straße aus hob er die offene Hand, fast als wollte er sie bremsen, damit sie nicht herunterfielen.

Lorenza und Marta waren in den Flur gerannt, dann aber vor Arturo plötzlich stehengeblieben: Die Vertraulichkeit, mit der sie ihm als kleine Mädchen begegnet waren, schien nicht mehr möglich zu sein, und sie wußten nicht, ob sie ihn umarmen oder mit einem einfachen Händedruck begrüßen sollten. Noch einmal warf Arturo jede Hypothese um und schob die beiden wortlos in Margots Arme, als spielte er selbst nur noch eine nebensächliche Rolle. Hätte seit langem aufgehört, Protagonist zu sein.

Schon tagelang warteten sie auf die beiden, und Isabella hatte die Leinentischdecke aufgelegt und ein Sträußchen Vergißmeinnicht in die Mitte des Tisches gestellt. Und als dann auch Enrico heimgekommen war, hatten sie sich alle zusammen ans Radio gesetzt, und die Fragen hatten sich gekreuzt, fast ohne Raum für die Antworten zu lassen. In zwei Stunden mußten Arturo und Margot wieder den Zug nehmen, sie konnten nicht einmal zum Mittagessen bleiben: Sie fuhren nach Neapel und dann nach Capri. »Es tut mir leid«, sagte Margot zu ihrer Schwester, »aber wir haben nur drei Tage…« – »Es macht nichts, wenigstens haben wir uns gesehen.« Die Luft, die durchs offene Fenster hereindrang, leuchtete rein in den Kelchgläsern, und Isabella schien noch einmal an die Handgriffe zu denken, mit denen sie die Tischdecke über den Tisch gebreitet und die Vergißmeinnicht in die Mitte gestellt hatte; und wie sie danach ein klein wenig den Kopf zur Seite geneigt hatte, um die Wirkung zu überprüfen.

Es gab viel zu erzählen, zuviel, sagte Margot, sie hatten erst vor einer Woche geheiratet, und Arturo mußte nach Triest zurück, wo er beim Kommando der Alliierten als Dolmetscher arbeitete. Das Säckchen mit den Hochzeitsmandeln hatte sie auf dem Radio abgelegt, und Isabella fragte sie jetzt, ob auch Triest sehr zerstört war und was das Leben dort kostete und ob es schon so heiß war wie in Rom. Als wären dies die wichtigsten Dinge, die es zu wissen galt; und ihr

Blick wanderte immer wieder zu Arturos Gesicht, so als müßte sie irgendeine Besonderheit finden, die es anders machte als früher.

Margot saß vor dem Fenster und schwitzte in dem Kostüm, das aus dem Tuch einer Uniform der Royal Navy geschneidert war. Sie hatte zugenommen, doch man spürte unter dem steifen dunkelblauen Stoff noch die trockene Kraft der Schultern. Ihre Augen leuchteten, und die wegen der Nacht im Zug und der Hitze geschwollenen kleinen Hände bewegten sich, um die Wörter zu begleiten, so als genügte ihr der Atem nicht. Zufrieden? Oh, ja, sehr... Nach Monaten der Angst und der Entbehrungen kam ihr das Leben jetzt wunderbar vor. Kaum war der Krieg im Mai zu Ende gewesen, hatte sich Arturo, ohne auch nur einen einzigen Tag länger zu warten, nach Italien *katapultiert* (genau das hatte sie gesagt: *katapultiert*). Er hatte illegal über die Grenze gehen wollen, ohne das bürokratische Verfahren einzuhalten, das für ein Visum im Paß nötig war, und sie war ihm einige Wochen später nachgereist.

Doch Isabella schien mehr an ihrem neuen Leben interessiert zu sein und fragte noch weiter nach Triest, als wollte sie sich genau vorstellen, wo sie lebten, die Pinien und das Blau des Meeres, die Cafés auf den Plätzen. Sie fühle sich gealtert, hatte sie gesagt: Der Hunger, vor allem der unersättliche, unstillbare Hunger von Marta und Lorenza, habe sie dauernd zu Gängen ins Pfandhaus gezwungen, um einen Ring oder ein Armband zu versetzen, und danach habe sie für ein Kilo Zucker, ein Kaninchen oder eine Dose Schmalz noch kilometerweit laufen müssen... Sie lächelte, und ihre schmale Adlernase hob sich von der Blässe ihres Gesichts ab, während um ihre großen blauen Augen leichte fahle Ringe lagen. Sie war aufgestanden, um wenigstens den Wein anzubieten, den sie kaltgestellt hatte, und während die Hände die Gläser von der Tischdecke nahmen, enthüllte der Widerschein all dieser Weiße das Rouge auf den Wangenknochen, den von der Hitze feucht gewordenen Puder. Und das Alter, über das sie zu scherzen schien, wurde auf einmal ein Schatten, der schon die Fangarme nach ihrem schönen Gesicht ausstreckte. »Die Angst, daß Enrico etwas geschehen könnte«, sagte sie noch, »das Aufschrecken bei jedem unerwarteten Klingeln...«, und die wegen der Zigaretten, die sie nun wieder rauchte, leicht heisere Stimme hatte etwas Monotones, Erloschenes. Aber die Töchter hatten sie sofort unterbrochen, weil es langweilig war, immer von den gleichen Dingen zu sprechen, während es so lustig war, Margot zuzuhören.

Und Arturo? Der Mund ist nicht mehr wie früher, es ist schwierig zu sagen, was sich geändert hat, ob es die schmaler gewordenen Lippen sind oder die Zähne, die ihren Glanz verloren haben. In Triest ist er gezwungen, ständig mit einem Jeep von einem Kommando zum anderen zu fahren, während die Sonne herunterknallt und der Staub durch alle Ritzen dringt.

Ohne eine Sekunde Pause, sagt er, den Heiratsurlaub hat er gegen alles und gegen alle durchgesetzt; und jetzt, als sie ihm das Glas hinhält, kann Isabella die Falten um die Augen erkennen, die borstigen, sehr kurz geschnittenen Haare, bei denen die weißen sich vermehrt haben, und ihr Blick verliert sich in jenen Iriden, die so schwarz sind, daß sie sich kaum von den Pupillen unterscheiden. Etwas, das sie früher *die Farbe deiner Seele* nannte und das ihm erlaubte, jede Regung so gut zu verbergen.

Arturo hat ihr das Glas aus der Hand genommen, fast ohne sie zu berühren, ein kurzer Moment, und schon entfernt sich Isabella und setzt sich auf die Sessellehne neben ihre Schwester, die mit der begeisterten Stimme einer Heranwachsenden von ihrer Hochzeit erzählt. Trotz der Hitze und des schweren Wollkostüms scheint von Margot der »Sinn des Lebens« zu kommen. Eine andere, leichte, luftige Zukunft. Jetzt stimmt auch Arturo in die Erzählung seiner jungen Frau mit ein, und gemeinsam beschreiben sie die Zeremonie vor dem Militärkaplan, nur mit den Zeugen und den beiden Offizieren, die im gleichen Büro arbeiten wie Arturo. »Also habt ihr in der Kirche geheiratet?« hat Isabella erstaunt gefragt. »Margot lag viel daran, mir war es gleich«, hat er geantwortet. Erst jetzt scheint Isabella den Ehering an seinem Finger zu bemerken, und ihr Blick hängt wie magisch angezogen an dem schmalen Goldreif. »Und das weiße Kleid? Hat es dir nicht leidgetan, nicht einmal ein weißes Kleid zu tragen?« hat Lorenza gefragt. »Leidgetan? Nein… Dieses Kostüm paßte sehr gut, ich hatte sogar einen Hut auf!« und die honigbraunen Augen haben sich zwischen den Lidern verengt, wie um die Freude zurückzuhalten. Am Ende des Sommers werden sie Triest verlassen müssen, sagt sie noch, vielleicht werden sie in die Vereinigten Staaten gehen, es hängt davon ab, ob Arturo die Lehre an der Universität wiederaufnehmen will oder nicht. »Würdest du dann nach Rom zurückkommen?« hat Isabella gefragt, und der Blick hat Arturos Hand losgelassen, um sich draußen am Himmel zwischen den sonnengelben Mauern zu verlieren. »Nach Rom, niemals«, hat er geantwortet; und seine Stimme klang grausam, obwohl es unmöglich war zu erklären, warum.

Dann hatte Margot die Wohnung sehen wollen. Sie hatte die Jacke ausgezogen, und obwohl dicker geworden, besaß der Körper noch seine ganze Geschmeidigkeit, eine Art Feuer, das von den Schultern ausging und auf die glatten, schmalen Unterarme ausstrahlte bis hin zu den von der Hitze geschwollenen kleinen Händen. Isabella hatte die Fensterläden angelehnt, weil die Sonne unerträglich zu werden begann, und die Schwester dann zusammen mit den Töchtern durch die Zimmer geführt. Arturo und Enrico waren allein im Halbschatten zurückgeblieben, der lau die Samtblumen des Liegestuhls umhüllte; und Enrico hatte von seiner ersten Begegnung mit Frau

Arnitz vor vielen Jahren erzählt. Von dem Skandal, weil die Tochter einen einfachen Dozenten mit noch unsicherer Karriere heiratete, und Arturo hatte gelacht. Dieser dem früheren so ähnliche Klang hatte die Mädchen und Isabella auf ihrem Rundgang durch die Zimmer erreicht wie ein Signal, das die Rückkehr ihrer Tage zur Normalität ankündigte. Ihrer Tage *von früher*.

Doch als Enrico Arturo berichten wollte, was sich während seiner Abwesenheit im Institut zugetragen hatte, von den anderen, die wie er aus rassischen Gründen von der Lehre suspendiert worden waren, da hatte Arturo ihm sofort das Wort abgeschnitten: »Ich weiß schon alles«, hatte er gesagt, »aber ich wußte schon fast alles vorher.« Er hatte sich erhoben und sah durch die halbgeschlossenen Fensterläden das ausgebleichte Sonnendach des Lebensmittelhändlers, die zur Hälfte getilgte bogenförmige Schrift über der Garage. »Ich glaube nicht, daß ich den Anblick von Pende oder dem ›treuen Pupilli‹ ertragen könnte«, hatte er unvermittelt gesagt. Und er hatte erzählt, daß es in Triest beim alliierten Kommando nicht schwierig war, sich genau zu informieren, weil die Amerikaner umfangreiche Dossiers besaßen. Enrico betrachtete Arturos leicht gebeugten Rücken in der zu großen Jacke, und jetzt, da er Margots Mann war, schien ihm, als sehe er ihn mit anderen Augen, nüchterner. »Aber ist es denn möglich, sie einzusehen?« hatte er gefragt, »ich weiß, daß es sehr schwierig ist.« – »Für mich nicht, ich helfe ihnen bei bestimmten Nachforschungen… über Namen wie Buffarini Guidi, Visco, Ussani, Pende stolpere ich dauernd. Aber im Grunde zählten sie gar nichts, sie waren nur die Vorhölle.« Er hatte sein Glas geleert und füllte es erneut, die Hand umklammerte den Flaschenhals. »Stell dir die Folgen der Rassengesetze vor, angewandt bis zuletzt. In allen besetzten Ländern, praktisch in fast ganz Europa.« Doch er hatte sich sogleich unterbrochen, weil Margot und Isabella zurückkamen und Isabella den Klavierdeckel hob und den Filzschoner von den Tasten nahm. »Warum spielst du uns nicht etwas vor?« fragte sie, den Kopf leicht schräg gelegt, während die Lippen dem alten verführerischen Lächeln nachgaben. Nein, er habe keine Lust. Er habe nicht mehr gespielt, sei vollkommen außer Übung, hatte er gesagt. Er war ans Klavier getreten und hatte, mit nur einem Finger, wie ein Anfänger *Rosamunde* auf den Tasten zusammengesucht, so als wollte er nur für einen Augenblick noch einmal den Klang des Instruments hören.

D och zwischen Margot und Enrico war keine Sympathie aufgekommen. Wie es ihm oft geschah bei Menschen, die er kaum kannte, waren Enrico die Sätze nur mühsam über die Lippen gekommen, wenn er sich an sie wandte, beinahe zeremoniell. Margot hatte sich jetzt mit den Armen auf die Rückenlehne des Sessels gestützt, in dem Arturo saß, und ihre Hände streichelten leicht seinen Nacken, während sich ihre melodiöse Stimme zu der von Isabella und den Mädchen gesellte, sie überlagerte. Eine durch den Gesang geschulte Stimme, warm und kaum angestrengt; und ab und zu hatte sich Enricos Blick auf sie gerichtet, fast als fragte er sich, was Arturo, der früher der Ehe gegenüber so mißtrauisch war, dazu gedrängt hatte, dieses Mädchen zu heiraten, das ständig die schönen goldfarbenen Augen aufriß und ein so zwangloses, selbstsicheres Auftreten hatte. Ein Auftreten, das unzweifelhaft ihre »Zugehörigkeit« erkennen ließ, der auch die schwierigen Jahre, die Jahre im *Untergrund*, wie Margot es nannte, nichts hatten anhaben können.

Sie war zu sehr von ihrer Geschichte in Anspruch genommen, um etwas zu merken. Ist nicht alles wunderbar? schien sie zu fragen, während sie mit dem Busen den struppigen Kopf ihres Mannes streifte, die Bluse unter der Achsel vom Schweiß gezeichnet, den Körper glücklich und voll Hingabe an die Rückenlehne des Sessels gelehnt. Arturo zeigte endlich, daß er auch Marta und Lorenza bemerkt hatte, und scherzte jetzt über den Hauch von Lippenstift, den er auf ihren Mündern entdeckte. Eine Schande, eine Schande, sagte er, die Liebe zu der jungen Angetrauten schien ihm den Kopf zu vernebeln. Die starke und sonnengebräunte Hand nahm Lorenzas Gesicht und drückte, bis es ihr weh tat, die Augen musterten mit gespielter Entrüstung den ein wenig zu roten Mund, die glühenden Wangen jenes kleinen Mädchens, das sich für amerikanische Schokolade und Milchpulver der Marke Carnation begeisterte. Die Filme mit Gary Cooper. Lorenza errötete, und ihr Blick versuchte, dem Dunkel jener plötzlich strengen Augen auszuweichen.

Der Krieg ist seit kaum zwei Monaten aus, und wenn auch arm und in geflickten Sachen, mit abgemagerten Gesichtern (sogar ihr, Isabella, sogar ihr sind die Kleider zu weit), so ist doch jeder aufs neue frei, zu lieben und sich eine Zukunft vorzustellen. Alles kann von vorn beginnen auf den knarrenden Sitzen dunkler Kinos, wo riesige Großaufnahmen mit ihrem ungreifbaren Helldunkel den Rauch der Säle durchdringen. Auf den großen Plätzen, wo am Abend zuvor genähte bunte Fahnen wehen zwischen den Lautsprechern, die von den Tribünen herunter die neuen Freiheitslieder krächzen. Jedem steht es frei, sich das Efeu ans Revers zu heften, Hoffnung auf eine Republik, die noch geschaffen werden muß, oder hartnäckig beim Knoten der Savoyer zu bleiben. Seine Begeisterung oder seine Wut auf den Straßen herauszuschreien und die Ehrlosen zu verfolgen. Jeder kann den Faden da wiederaufnehmen, wo er gerissen war, und wer niemals »gewesen« ist wie jenes kleine Mädchen, das sich mit Geranienblättern die Wangen reibt, um sie röter zu machen, kann aus der bunten Palette der Möglichkeiten seinen eigenen Herzkönig auswählen.

Ein Vormittag, der strahlend zu Ende geht, während eine Hochzeitsmandel nach der anderen geknabbert wird, außen glatt und innen hart, und die Jeeps in der Kurve quietschen. Die Glocken der Piazza del Popolo beginnen mit dem Angelusläuten, und Margots Hände lassen von Arturos Kopf ab, sie richtet sich auf und wirft die Haare zurück auf die Art, die ihren Verehrern so gut gefiel. »Gott, wie spät es ist...«, sagt sie, in der Tasche noch eine zerdrückte Blüte des Brautstraußes.

Sie war schwanger, aber das hatte sie nur der Schwester gesagt; und vor dem Weggehen hatten sich die beiden zum Reden ins Schlafzimmer zurückgezogen, wo die geschliffenen Spiegel im Halbschatten aufblitzten, und wollten gar nicht mehr herauskommen. Dank Arturo schien wieder eine große Eintracht zwischen den Schwestern aufgekommen zu sein, und Isabella schenkte Margot ihren bestickten venezianischen Tüllschal. Doch als Margots und Arturos Stimmen im Treppenhaus verklungen waren, hatte Isabella geweint, und Enrico hatte so getan, als sehe er diese Tränen nicht. Lorenza und Marta waren auf den Balkon gelaufen, um ein letztes Mal zu winken, und hatten gesehen, wie die beiden Arm in Arm davongingen wie früher Mama, Papa und Arturo gegangen waren. Bevor sie am Piazzale Flaminio verschwanden, hatte Margot sich umgedreht, die Hand gehoben und zurückgewinkt, während die Lippen etwas sagten, das die Mädchen nicht verstehen konnten. Also hatten sie mit ausladenden Gesten gefragt *was, was*? Und Margot hatte es wiederholt, Silbe für Silbe betonend. Doch sie hatten den Kopf geschüttelt, sie verstanden nicht; dann hatte Arturo seine junge Frau fortgezogen, der Zug nach Neapel würde in Kürze in den Bahnhof einfahren. Und ein Lastwagen, der über die Trambahngeleise polterte, hatte sie plötzlich ihrem Blick entzogen.

Zweiter Teil

I

Auf die Euphorie im Sommer 1945 folgte fast unmittelbar die Bestürzung über eine Szenerie, bei der das *Nachher* sich ständig mit dem *Vorher* mischte, so als holperte die Existenz, der noch so viel Vorläufiges und so viel Elend anhaftete, stoßweise dahin auf den aufgerissenen Straßen voller Krater, eingestürzter Brücken und Trümmer. Damals begann die große Zeit der Mädchen.

Von einer Saison zur nächsten spannten die Knöpfe der Bluse, wölbte sich die Wolle der Pullover über dem Busen, auch die Beine hatten ihre knochige Staksigkeit verloren und sahen nur zu rund unter den Röcken hervor. Die Mädchen hatten gelernt, einen Kamm zu gebrauchen, und trugen in der geschulterten Handtasche stets ihren Lippenstift bei sich, entschlossen, jeden Schrecken zu überwinden, wenn jemand sie auf der Straße anredete. Aber auch die Gefühle waren in Aufruhr, der Wille, schlechte Laune und plötzlich ausbrechende Fröhlichkeit, Stimmen und Wünsche verbunden in einem Magma, das sich ständig ausbreitete, das die Wände zu Haus nicht

mehr aufhalten konnten. Sogar zu den unvorherseh-
barsten Tageszeiten auf dem Klavier zu klimpern
wurde schließlich Teil dieses ungestümen und un-
ersättlichen Monsterkörpers, dessen Merkmale sich
ständig wandelten. Jeder Winkel der Wohnung, jede
Stunde des Tages war jetzt besetzt von seinem poten-
tiellen Wachstum, das sich in die süßen, leuchtenden
Farben der Jugend kleidete, ihre ganze unkontrollier-
bare Skala von Klängen. Isabella fühlte sich fast wie
gelähmt dadurch, machtlos, die fortschreitende Ent-
wicklung aufzuhalten. Und wenn Marta zusammen
mit ihren sehr blauen kurzsichtigen Augen auch eine
gewisse nordische Zurückhaltung geerbt hatte, so war
Lorenza eine wilde Gegenspielerin mit durchdringen-
der Stimme und rascher Gestik.

Die ersten Anzeichen waren einige Zeit später
aufgetaucht, fast unmerklich (doch im nachhinein war es schwierig gewesen, genau festzustellen,
wann); und sogleich hatte Isabella sie abgeschüttelt.
Sie, die es nicht liebte, sich zu beobachten und zu be-
tasten, vor dem Spiegel die Tiefe der Ringe unter den
Augen oder die Zunahme der grauen Haare zu prüfen, hatte versucht, nicht an die Schmerzen zu denken, die plötzlich kamen, wie Speerspitzen in der
Mitte des Rückens, und dann im Lauf der Stunden
verebbten, bis sie vergessen wurden. Schatten, Mo-

mente der Leere, die im Tag versanken wie kleine dunkle Mulden. Vernachlässigbare Zeichen, die den Übergang von einer Epoche zur anderen bedeuteten, vom Licht der Reife zum Helldunkel des »Danach«. Das unaufhaltsame Danach.

In den folgenden Jahren hatten die Reisen in die Schweiz begonnen, nach Genf und nach Zürich, nach Interlaken. Die kurzen Besuche bei Mamigna, der man den wahren Grund jener Wanderschaft von einem Ort zum anderen verschwieg. Eine erkannte Krankheit, mit unanfechtbaren Attesten, auf die der bläuliche Schein der ins Licht gehaltenen Negative fällt, die von den zwischen Anführungszeichen gesetzten Zahlen der Blutuntersuchungen bestätigt werden. Die Hoffnungen jedesmal schwächer; und dann, plötzlich, das Ende.

Endlose Monate. Doch gleich danach erschienen diese selben Monate sehr kurz, ein Einschub, der Übergang von einem Abschnitt zum nächsten, der mit schwarzen Rändern die Zeit kennzeichnete. Alles, was bis zu dem Tag der Beerdigung geschehen war, als Marta und Lorenza zusammen mit dem Vater in der Kirche Santa Maria del Popolo niederknieten, hatte plötzlich begonnen, sich mit schwindelerregender Geschwindigkeit zu entfernen. Sie wußten nicht einmal mehr, ob es eine glückliche oder unglückliche Zeit gewesen war, sie wußten nur, daß es war, als wäre die Straße plötzlich wie leergefegt und als bestünde der Horizont aus einer verschwommenen Reihe von

Punkten: Kuppeln, Kirchtürme, Bäume, Hügel, geschrumpft zu einer ausgeschnittenen Silhouette vor der großen Leere des Himmels.

Die Krise zwischen Lorenza und Marta schien sogleich unvermeidlich. Da sie der Mutter eine Liebe entgegengebracht hatte, die jeden Fehler oder Irrtum verdaute wie ein Straußenmagen, hatte Marta die Schwester schon immer in Schwierigkeiten gebracht. Darin war sie dem Vater ähnlich gewesen. Auch Enrico hatte an seiner Frau Gut und Böse akzeptiert als untrennbare Bestandteile eines Ganzen, das Isabella hieß: Atem, Stimme, Schwermut und Fröhlichkeit, Erwartungen, die die Langeweile eindämmten. Und solange sie an seiner Seite gewesen war, hatte das Gefühl ihn einem Felsen gleich gemacht, unempfindlich für jeden Angriff. Jetzt war er wie ein Tier im Käfig. Eines jener wilden Tiere, die zwischen zwei künstlichen Höhlen hin und her wandern und so tun, als sei der Zoo der Dschungel, auf finstere Weise gleichgültig gegenüber den Besuchern, die sich vor dem Zaun drängen und auf ein Schauspiel warten, das niemals stattfinden wird.

Doch wenn Marta noch tastend ihr Schälchen Milch suchte, so wollte Lorenza die Straßen und Bäume, die *anderen*. Geballte Argumente, unverhoffte Freundschaften, geschlossen unter der Kuppel eines Schirms. Beim Verlassen eines Kinos. Mit entzündeten Augen über einem Buch sitzen und lernen; und danach ein buntes Kleid und ein Paar neue Schuhe anziehen und die Haustür hinter sich zuschlagen. Ohne genaues Ziel auf die noch sonnenwarmen Straßen hinausgehen, diskutieren und mit anderen zusammen lachen. Die neuesten Aufnahmen der New Orleans Jazz Band und Irving Berlins Klavier hören, seine Stimme in *Blue Skies*. Oder die dem Knistern einer Libelle ähnliche von Ella Fitzgerald; und entspannt in einem Sessel liegend, ließ sie den Blick dem Rauch der Zigarette folgen, die sie locker zwischen Zeige- und Mittelfinger hielt (so ist der Blick, die Haltung dessen, der sich sammelt, um morgen durch die Welt zu streifen).

Beinahe Haß auf die Anwesenheit von Marta, die ihren Schmerz durch die Gegend trägt wie ein Vogel seinen Wurm. Manchmal sieht sie sie durch den Türspalt auf dem Ehebett liegen, wie sie darauf wartet, daß im Halbdunkel, zwischen den aufblitzenden Spiegeln, der bittersüße Geschmack der Erinnerungen zu ihr zurückkehrt. Auch die unbedeutendsten Einzelheiten, die scheinbar im Gedächtnis verlorengegangen sind, sucht Marta mit List zurückzuholen, den Blick auf die Farben, die Lichter, die Gegenstände gerichtet, die all die Jahre, Tag für Tag, ihre Liebesgeschichte mit der Mutter gefestigt haben.

Eine Komödie, der Lorenza sich verweigert, es gibt darin keine passende Rolle für sie. Der Vater und Marta haben alles an sich gerissen; und so lehnt sie sich auf, schreit, sie erträgt diese Heuchelei nicht. Sie hatte zu jener Zeit einen Freund, der gerade sein Architekturstudium abschloß und sie auf dem Rücksitz seiner Vespa in Rom herumfuhr. Er zeigte ihr die Fassaden von Bramante, den Innenhof des Palazzo Spada, wo sich der Blick in der perspektivischen Illusion der Borromini-Galerie verlor. Auf dem Aventin gingen sie zusammen auf den von Orangenbäumen gesäumten Wegen spazieren und sprachen und sprachen, während der Kies unter ihren Schuhsohlen knirschte. Und sie hörten auch nicht auf, wenn sie dann an der Brüstung standen, die Ellbogen aufgestützt, den Blick auf einen Horizont gerichtet, der das Szenarium von Ziegeldächern und Kuppeln zu durchbrechen schien, um sich weit auszudehnen in den kahlen Farben der Dämmerung bis hin auf das Umland, wo dürre Zweige und niedrige Hügel flimmerten. Die Finger des Jungen deuten ein wenig schwankend auf die Kirchenfassaden zwischen dem Gelb der Ziegel, sein Hemd ist am Hals geöffnet, sein Mund immer näher, die Wörter, als hätten sie eine Farbe: ockergelb, purpurrot, orange. Grauviolett. Hunde rennen, von der Leine befreit.

Dieses Wunder, noch nicht zwanzig Jahre alt zu sein, Isabella ist seit wenigen Monaten tot, und plötzlich fragt der Junge sie: Warum heiraten wir nicht? Er hat sich verliebt, will sie für immer bei sich haben. Verliebt? Lorenza lacht, schau dir den an, die paar Zärtlichkeiten mehr sind ihm zu Kopf gestiegen. Er will sie heiraten. Bist du verrückt geworden? Nein, er ist nicht verrückt, er liebt sie. Lorenza schließt halb die Augen, um dieses breite Gesicht zu betrachten, wo der Bart immer einen bläulichen Schatten auf den blassen Wangen zurückläßt: Ein Vorderzahn ist abgebrochen. Das ist passiert, als ich einmal aus dem Fenster gefallen bin, hat er gesagt, auf der Flucht vor den Faschisten. Lorenza hat nie darüber nachgedacht, ob dieses Gesicht schön oder häßlich ist, ob der abgebrochene Zahn eine Schuld oder ein Ruhmeszeichen bedeutet. Also, willst du? Sie hat sich umgedreht, als müßte sie die Antwort an einer Parkbank oder einem Baum hinter sich ablesen, der Junge hat voll Leidenschaft das Gesicht an ihrem Hals vergraben: dir meine Stirn, die Wimpern, das kratzige Kinn, dessen Bartstoppeln dem Rasierapparat trotzen. Die Lippen berühren heiß das bißchen Haut, das aus dem Kleid herausschaut, er preßt seinen Körper an ihren. Ein Mann sieht ihnen zu, er ist untersetzt, trägt eine graue Jacke und staubige Schuhe. »Ja gut«, hat sie rasch gesagt, »aber sag du es meinem Vater.«

So würde sie aus der Wohnung herauskommen, die in der Leere des Abends knarrt wie ein Schiff auf der Reede. Es wäre Schluß mit all der Trauer, dem leisen Weinen von Marta. Der unerträglichen Verbrüderung mit dem Schmerz des Vaters.

Doch um Ordnung zu schaffen, hätte Lorenza ein ruhiges Gewissen haben müssen, erst dann hätte sie zurückblicken und einige Züge zugunsten anderer auslöschen, das Bild wiederfinden können, auf dem Isabella mit ihren feinen, spärlichen blonden Locken und ihrem Vogelprofil auf dem Kissen liegt. Das Augenlid leicht wie ein Blatt in der tiefliegenden Augenhöhle, fahle Schatten auf den fieberfeuchten Wangen. Eine Schönheit, die die Krankheit angegriffen hat, ohne sie zerstören zu können.

Das Glück jener Geste wiederfinden, wenn die Mutter sich den Schal um den Hals warf oder das Klavier aufklappte, um auf den Tasten eine Melodie zu suchen, während die Stimme eine Musik summte, die sie wer weiß wo, wer weiß wann gehört hatte. Die Bedeutung jener Momente tiefen, vollkommenen Schweigens erfassen, die sie über einige Abschnitte ihres Lebens gebreitet hatte, als wäre es ein Schachbrett und sie, Isabella, Königin oder Läufer, unfähig zu dem überraschenden Sprung des Pferdes. Jetzt war das Schachbrett verunstaltet, es gab keinerlei Ordung mehr zwischen den Feldern, es gab keine Läufer oder Königinnen mehr und auch keine Könige, in die Ecken rochiert, hinter sich eine Ebene für Überraschungsangriffe, während die Frage, *was ist mit ihr geschehen*, sich darstellte wie ein Raum, der viele Gefahren birgt, wenn man sich hineinwagt ohne entsprechendes Gepäck.

Es gab keine mit gelben oder lavendelfarbenen Seidenbändern zusammengebundenen Briefe (Lavendel war ihre Lieblingsfarbe), keine geheimen Schachteln. Die Photos von Enrico und den Töchtern hatte sie immer in die leinengebunden Alben geklebt und in Schönschrift das Jahr und den Ort daruntergeschrieben, wo sie geknipst worden waren. Die anderen ließ sie auf einem Haufen in der obersten Schublade der Kommode liegen, neben den Taschentüchern und den Handschuhen. Unordentliche Isabella; Photos von Alberto, ähnlich denen, die in Chesa Silvascina auf dem Kaminsims aufgereiht waren, und noch andere von Albertos Hochzeit in der Villa d'Este, auf denen der junge Bruder wie poliert aussieht in seinem Cut und die Braut gleich im Flug abzuheben scheint mit dem langen Flügel der Schleppe, die die Treppenstufen hinuntergleitet, während sie, Isabella, ein dünnes kleines Mädchen mit Brille ist und ein lächerliches Brautjungfernkleid trägt. Ein einziges Photo von Mamigna am Arm ihres ersten Mannes, jenes »Papi«, von dem Alberto die Reiseleidenschaft hatte; doch hätte Isabella nicht dieses Photo besessen, sie hätte sich nicht einmal an sein Gesicht erinnert. Ein »Papi« mit einem auf Schweizer Art rundgeschnittenen Bart, der mehr als einen Zweifel an seiner zweiten Vaterschaft gehegt hatte.

Auf dem Photo hat er sich vor dem noch im Bau befindlichen Chesa Silvascina bei Mamigna untergehakt. Mamigna ist klein und schmal an seiner Seite, und das Haus zeigt sein Balkengerüst zwischen Sandhaufen. In einer Ecke sieht man die Mörtelmischmaschine, und davor ist ein großer leerer Platz anstelle des Schwimmbeckens. Nur wenige Jahre später hätten sie sich dann getrennt, und zu ihr, Isabella, wären nur noch spärliche Nachrichten von diesem angeblichen Vater durchgedrungen; bis zu seinem Unfalltod auf der Straße, die den Großglockner hinaufführte. Ein einziges Photo auch von Margot, stehend im Garten ihres Häuschens in Providence, Rhode Island. Margot lächelt kaum, während sie dem Photographen ein winziges, warm in einen Strampelanzug eingepacktes Kind hinhält, sie drückt es aufrecht an ihre Brust, damit das Objektiv als Mittelpunkt das halb unter einer Wollmütze verborgene kleine Gesicht erfaßt. Daneben der Kinderwagen mit den herausgezerrten Decken.

A rose is a rose is a rose is a rose... Kletterpflanzen mit zarten Blüten ranken sich auf den Dorffriedhöfen um die Tore, und es gibt immer einen Totengräber, der den Kies knirschen läßt, wenn er mit seinem Schlüsselbund umhergeht. Einen hageren, ausgemergelten Totengräber oder einen kurzatmigen mit schlotternden Hosen. Doch wenn man sehr jung ist, hat der Tod Libellenflügel, die man nicht sieht, wenn er fliegt, er fasziniert und stößt ab durch seinen Myrtengeruch und die verwaschenen Grabsteine mit den kaum noch lesbaren Inschriften über den welkenden Blumen. Und auch wenn er plötzlich herabstürzt wie eine im Flug getroffene Taube, werden Knochen und Federn wieder geordnet, so gut es eben geht, zu Ehren einer Jugend, die noch viel vor sich hat. Erst viel später, nach Jahren, wird erkennbar, wie grob und hastig diese Bruchstücke vorläufig miteinander verbunden wurden in der Erwartung, eines Tages ad acta gelegt zu werden.

Erst als Lorenza sich so gefühlt hatte wie *sie*, während sie auf einer Bank saß (wie oft hatte sie sie so gesehen, den blauen Mantel aufgeknöpft und die großen weißen Hände auf die Handtasche gelegt), wie *sie* mit ihrer Schwermut und ihrer Geistesabwesenheit, den Blick verloren auf eine hüpfende Amsel gerichtet, die Langeweile wie Staub auf den blonden Haaren. Erst da hatte Isabella sich gewaltsam wieder aufgedrängt, und die offengebliebenen Fragen waren in Bewegung geraten wie wahnsinnig gewordene Figuren auf einem Schachbrett, auf dem die schwarzen und die weißen Felder nicht mehr zu unterscheiden waren. Eilig wurde ein Film zurückgedreht, lange waren krächzend seine Bilder vorbeigezogen, bis er plötzlich bei der ersten Einstellung stehenblieb: jenes Dreieck hinten im Eßzimmer, wo *sie* Schuppen auf dem Wollkleid hat und beim Lachen den Kopf zurückwirft und ihre runden Hüften gegen die Lehne des kleinen Sessels drücken.

Da wieder beginnen; oder noch früher, bei jenen Momenten der Leere, die sie hinter sich gelassen hatte. Bei den Dingen, die sie bewußt ausgespart hatte; und bei anderen, die sich dagegen gewissermaßen von selbst in der Erinnerung aufgelöst hatten.

*L*orenza hatte bei dem Haus in Lugano angefangen. Bei der kleinen Villa, die ähnlich wie andere zu Beginn des Jahrhunderts gebaut und dann nach und nach durch neuen Putz, neue Fensterläden, zusätzliche Terrassen mit Blick auf den See verändert worden war. Dort vorne war die Wiese gewesen, wo Isabella als Kind bewundernd ihrem großen Bruder bei seinen waghalsigen Spielen zugeschaut hatte. Die an zwei Eisenpfosten befestigte Schaukel, auf der sie, auf dem Brett stehend, vom Schwung des Körpers angetrieben, hoch hinaufgeflogen war. Und hier war sie mit Alberto aufgewachsen, sie hatten gelacht und gespielt und gestritten; bis zu Mamignas zweiter Ehe.

Danach hatte Lorenza Montreux sehen wollen, wo vor ihrer Mutter auch deren Bruder studiert hatte. Sie hatte sich in das Café am Platz gesetzt und die Tische betrachtet, um herauszufinden, welchen die junge Isabella hätte wählen können an jenem Nachmittag, an dem sie zum erstenmal den Mann traf, der ihr Ehemann werden sollte. Ein junger Professor, nach Montreux gekommen dank einer Ausschreibung für ausländische Lehrer. Sie hatte wie sie ein Stück Torte bestellt und sich die Blumenkästen voller Veilchen vorgestellt, die letzten Ausläufer des Winters, der nur widerwillig dem Frühling wich.

Mama hatte an jenem Tag einen roten Schal und eine rote Mütze getragen; Papa hatte später ihre Schals geliebt, auch als sie zunahm und sich ihre Hüften unter dem Mantel abzeichneten. Er hatte vor kurzem in Mathematik Examen gemacht, sie haßte alles, was mit Zahlen zusammenhing, und mißtraute den Italienern. Doch plötzlich fand sie, Italien sei ein wunderbares Land, voller interessanter Männer und Kunstwerke, die man unbedingt sehen mußte. Und trotz des Schals, den der rauhe Wind ihr ständig ins Gesicht wehte, erschien sie Enrico einzigartig auf der Welt, ein poetisches und schönes Mädchen, unglücklich wegen eines feindlich gesinnten Schicksals, das er besiegen würde.

Aber der Ausflug nach Montreux war nur ein erster Schritt. Danach versuchte Lorenza, von Mamigna mehr zu erfahren, auch weitere Adressen. Doch Frau Arnitz' Gedächtnis war brüchig wie eine alte Mauer und die Adressen aus ihrem lila Büchlein fast alle veraltet, nicht mehr gültig die Telephonnummern und unbekannt die Teilnehmer, verzogen oder verstorben. Nur Marisetta kümmerte sich ab und zu noch um sie; aber Marisetta hatte einen reichen, ehrbaren Herrn aus England geheiratet und lebte in Devonshire auf dem Land, mit drei Kindern und zwei Hunden. Lorenzas Brief beantwortete sie mit einer Karte in schlechtem Italienisch, auf der sie nicht den Wunsch erkennen ließ, sie zu treffen. Sie wüßte nicht, was sie ihr sagen sollte, schrieb sie, sie habe Isabella nur selten getroffen und erinnere sich kaum noch, es sei zu lange her. Und was die anderen angehe (sicherlich spielte sie auf Margot an), wenn Mamigna ihr die Adresse nicht habe geben wollen, so wisse sie nicht, wer es sonst tun könnte. Der einzige, der ihr vielleicht noch helfen könne, sei der alte Wächter von Chesa Silvascina.

So war Lorenza, wenn auch schweren Herzens, bis zu Margot vorgedrungen. Aber es war nicht leicht gewesen. Nach einigen Monaten in Triest waren Margot und Arturo in die Vereinigten Staaten umgezogen, wo ihr Kind zur Welt kam. Ein Kind mit einer Mißbildung am Herzen, das nur wenige, furchtbare Monate gelebt hatte. Und danach war Arturo nach Israel ausgewandert und sie nach Europa zurückgekehrt, faktisch hatten sie sich getrennt, auch wenn sie vor dem Gesetz noch eine ganze Weile Mann und Frau blieben. Margots Spuren verliefen im Zickzack: Frankreich, Italien, dann wieder Südfrankreich und ein kurzer Aufenthalt in den Pyrenäen. Danach verschwand das Fähnchen mit der Aufschrift Margot plötzlich, die Nachrichten verloren sich in ungewissen Vermutungen.

In Wirklichkeit hatte Margot dieses Fähnchen unweit jener Seen aufgepflanzt, an denen ihr Zürcher Verehrer entlangradelte, wenn er von St. Moritz zu

Besuch kam. Zum erstenmal hatte sie ein Haus gekauft, kein Vergleich mit Chesa Silvascina, nur ein paar alte bäuerliche Mauern aus Stein. Zwei Zimmer und ein Stall, den sie mit einem großen hölzernen Webrahmen und zwei kleineren als Atelier eingerichtet hatte. In dem Brief an Lorenza beschrieb sie den Ort und wie er zu erreichen war, die handgewebten Decken aus Wolle, die sie selbst mit Pflanzenfarben färbte (das war die Arbeit, die am meisten geschätzt wurde, und im Sommer hängte sie die Decken vor der Tür auf und konnte sie verkaufen, ohne den Umweg über Geschäfte in St. Moritz und Pontresina nehmen zu müssen). Aber sie arbeitete lieber an Kissen, kleingemusterte Stücke, bei denen es ihr vorkam, als verflechte sie Himmelsausschnitte mit den belaubten Zweigen von Bäumen, so wie man es durch das kleine Atelierfenster sah, das hoch oben in die dicke Mauer eingelassen war. Dasselbe, das die Kühe früher betrachtet hatten, wenn sie den Kopf von der Krippe hoben.

Diese Bemerkung über die Kühe hatte Lorenza irritiert. Wie ein Echo hatte sie darin noch einmal die begeisterte Stimme der jungen Frau gehört, die von ihrer Nachkriegshochzeit erzählte. Doch an dem Nachmittag, an dem sie angekommen war, hatte eine Frau mit kurzgeschnittenen grauen Haaren auf sie gewartet, der runde Kopf sah aus wie geschoren, was die zwischen den dunklen Wimpern klar und feucht gebliebenen Augen betonte. Sonst glich Margot eher einer Bäuerin als der jungen Frau, die zusammen mit Arturo gleich nach dem Krieg die Schwester besucht hatte. Dicke Wollsocken schützten die Füße in den Holzschuhen, und der Busen wölbte sich konturlos unter dem Kleid aus dunkler Baumwolle. Sie hatte Lorenza mit großer Einfachheit empfangen und sie eingeladen zu bleiben. Wenn es dir Freude macht, bleib, hatte sie gesagt, ich freue mich. Ein paar Tage, eine Woche oder auch länger. Lorenza müsse sich nur an das Geräusch des Webstuhls gewöhnen, sie arbeite nachts, und das Schlafzimmer grenze an das Atelier. Was sie selbst betreffe, solle Lorenza sich keine Sorgen machen, hatte sie hinzugefügt, neben den Webstühlen stehe ein Sofa, und sie schlafe fast immer dort. »Ich mag den Geruch der Wolle«, hatte sie gesagt, »so erinnere ich mich auch im Schlaf daran, wo ich bin.«

Später hatte Lorenza sich vor das Fenster gesetzt, das zum Tal hin durchgebrochen worden war: Von da aus sah man den Fluß wie eine Messerklinge den langen grünen Hang durchschneiden und die Straße, die ein Stück weit an ihm entlangführte und ihn dann in einer scharfen, staubig-hellen Kurve überquerte. Einige Leute kamen mit festem Schritt herunter, während die Kinder vorausliefen und die Holzbohlen der kleinen Brücke zum Erzittern brachten. »Ist Mama je hier gewesen?« hatte sie gefragt. »Ich glaube nicht, als Mädchen hätte sie sich nie so weit von Chesa Silvascina entfernt. Sie ging nicht gern zu Fuß.«

Margot hatte sich neben sie gesetzt, und die kleinen runzligen Finger lagen leicht auf der Bank. Die Arbeit und die Zeit hatten sie angegriffen, aber ihre Anmut unberührt gelassen, die schon immer im Gegensatz zu Margots sportlichem Körper gestanden hatte. Auch jetzt, während man das schwere Gewicht des Körpers auf der Bank spürte, schien sich die Leichtigkeit der Hände noch in den glatten, schmalen Unterarmen fortzusetzen. Lorenza empfand den Wunsch, diese Hände zu berühren, doch als hätte sie ihren Gedanken geahnt, zog Margot sie zurück und legte sie unter die Achseln.

Draußen auf der Straße hatten die Erwachsenen jetzt die Kinder auf der Brücke eingeholt und beugten sich, die bunten Rucksäcke über der Schulter, vor, um auf das Wasser hinunterzublicken, das zwischen den Felsen schäumte. Bald würde es dunkel werden, und wenn in den auf den Wiesen verstreuten Häusern die ersten Lichter angingen, würde Margot die vor der Tür aufgehängten Decken abnehmen und sie eine nach der anderen zusammengefaltet in das hölzerne Regal legen. Wie sie es seit Jahren machte, wie sie es auch weiterhin machen würde, ohne sich je zu fragen, wie lange es noch so weitergehen würde, während die große Photographie von Alberto langsam vom Schatten verschluckt wurde. Eine Photographie, die über die Jahre unversehrt geblieben war, mit den sich kreuzenden Skispitzen im ewigen Blau des Himmels. »Sie ist das einzige, was ich behalten wollte, als Chesa

Silvascina verkauft wurde«, hatte sie gesagt. »Also stimmt es nicht, daß du ihn gehaßt hast?« – »Wen, Alberto? Wieso hätte ich ihn hassen sollen?...« Und plötzlich war Lorenza wieder in den Sinn gekommen, wie sie sich als Kind abends im Bett auf die Anwesenheit der Mama konzentriert hatte, so als könnte die Kraft des Gedankens sie noch einen Augenblick in der Tür festhalten, wo sie sich groß und blond abzeichnete, das Gesicht schon von der Dunkelheit ausgelöscht. So hätte sie nun gern im Geist, ohne sich zu bewegen, das Bild jenes Abhangs festgehalten, jener Kinder, die noch auf der Brücke standen, während die vorbeiziehenden Wolken große Schattenflecken auf die Wiesen warfen. Endlich war sie da, wo sie *ankommen wollte*, wo sie sich mit immer schwächeren Kräften hingewünscht hatte, *bevor es zu spät war.*

Später, während sie gemeinsam das Abendessen zubereiteten, hatte Lorenza beobachtet, wie Margot sich langsam und ruhig durch die Küche bewegte: eine Frau, die zusammen mit dem Kult der Erinnerungen auch jede weibliche Eitelkeit abgelegt zu haben schien. Und dennoch blieb die Verführung bestehen, vielleicht lag es an jenen kaum wahrnehmbaren Umrissen, Zeichen, die auf der Leinwand durchschimmerten wie eine erste Skizze, die keine Farbe je ganz auslöschen kann. An den Margots, die einander gli-

chen wie die russischen Holzpuppen, die ineinander-
stecken und immer noch eine enthalten, bis man zur
letzten kommt, zu der, die nicht mehr aufgeht, gewissermaßen dem Kern. Halbe Puppen, in eine Ecke
geworfen wie Schachteln ohne Deckel: Die Margot im
Dirndl und die im Chalet mit den vom Feuer erhitz-
ten Händen, die auf dem Boden auf den Kissen liegt.
Die Margot, die von Eddy photographiert wird: Sie
lacht und beschimpft ihn, und der auf dem Fahrrad
mit Zeitungen auf dem Gepäckträger heraufgekom-
mene Verehrer spricht von General Guisan, Mamigna
gießt Tee in die blaugemusterten Tassen nach, und die
Sonne verschwindet hinter den Lärchen, eine Gänse-
haut richtet die feinen Härchen auf ihren Armen auf,
mir ist kalt, sagt sie, ich hole mir eine Jacke...

»Aber damals in Chesa Silvascina hast du doch gesagt, du würdest Alberto hassen...«, bemerkt Lorenza
unvermittelt. Margot lacht, was für eine seltsame Frau
du bist, Lorenza, die Geschichte ist wie ein Fisch im
Aquarium, sie bewegt sich direkt vor deiner Nase,
ohne daß du sie je zu fassen kriegst. Du kannst dir nur
ausmalen, wie es einmal gewesen sein mag, aber nichts
weiter, nichts weiter... Wer weiß, warum ich das an jenem Tag gesagt habe, vielleicht war ich nur beleidigt,
weil Isabella nicht auf mich warten wollte.

Sie war jetzt *die Bettdeckenfrau*. Die, die ihr Fähnchen auf einem handtuchgroßen Stück Land aufgepflanzt hat, wo an sonnigen Vormittagen die bunten
Stoffe im Wind schaukeln. Eine Frau mit gelassenen

Gesten, die nie über den Preis verhandelt, stumm die verkauften Decken zusammenfaltet und in große Bögen milchkaffeebraunes Papier einwickelt und dann abends auf der Bank sitzt, um zuzusehen, wie die letzten Ausflügler auf der in der Dunkelheit plötzlich weißen Straße vorübergehen. Und die nachts, wie die Weberin im Märchen, rasch die Wollfäden hin und her sausen läßt im abgehackten Takt des Weberschiffchens, als müßte von dem Stoff, der unter ihren Händen wächst, eines Tages die Rettung kommen; und dann herrscht plötzlich Stille im Haus. Die Margot ohne Hunde, ohne Katzen, ohne Blumen, die die Kupfervasen mit Zweigen der Zirbelkiefer füllt, denn das ist der einzige Geruch, den sie gern riecht in den Zimmern.

In den Vereinigten Staaten, als die Krise zwischen ihr und Arturo ausweglos zu sein schien, hatte sie versucht, sich Notizen zu machen, um den Verlauf ihrer Geschichte nachzuzeichnen. Sie hoffte, es würde ihr helfen zu verstehen. Doch dann hatte sie die Blätter zerrissen, weil jede Sache, einmal aufgeschrieben, sofort verfälscht wurde. Angefangen bei jenem Telephongespräch im Januar 1944, als sie mit der Hand am Hörer jene Worte vor möglichen Mithörern geschützt hatte, die Mamignas Herz wie Dolchstiche getroffen hatten.

An jenem Tag war sie in Chur, und Doktor Zurhaus hatte für sie und Arturo bei einer alten Patientin von ihm ein Zimmer gefunden. Doktor Zurhaus hat gelogen, er und Arturo sind sich noch nie begegnet, weder in Paris noch anderswo (*ich habe auch einen Brief an Doktor Zurhaus geschickt*, hatte Isabella geschrieben), doch kaum hatte er Arturo gegenübergestanden, hatte er ihn umarmt. Und nach einem ersten Augenblick der Unsicherheit über einen Empfang, den er nicht erwartete, hatte Arturo seinen Kopf auf die schmächtige Schulter des Doktors gelegt und geweint, dieser hatte ihn mit beruhigendem Klopfen auf den Rücken getröstet. Er wisse, hatte er gesagt, von Arturos Tätigkeit in Nizza, und hätte ihm gern viel mehr geholfen, ihn bei sich zu Hause aufgenommen, aber schon seit längerer Zeit habe die Polizei ein Auge auf ihn wegen des wenigen, was er für Flüchtlinge tue.

Margot hatte an jenem Abend den Koffer auf zwei Stühlen aufgeklappt, weil in das Zimmer nur das Bett paßte (aber war es nicht vor allem das, was sie wollte, ein Bett, um sich zu umarmen und nachts weiter den Körper des anderen zu spüren?). Später war Doktor Zurhaus zurückgekommen und hatte am Knopf des Radios gedreht, bis er einen Sender fand, der klassische Musik spielte, hatte sich hingesetzt und mit geschlossenen Augen zugehört, die Augenlider wie vertrocknete Blütenblätter, die Hände gekreuzt auf der Weste, auf der die goldene Uhrkette hing, fast wie eine verkleinerte Reproduktion seiner selbst, so sehr hatten die Jahre den kleinen weißhaarigen Doktor von innen ausgehöhlt und nur die Proportionen unangetastet gelassen: das saubere, makellose Hemd, die glänzenden Schuhe und die kleinen gestärkten Manschetten.

Im Haus roch es verdächtig nach Katze; doch vielleicht waren es nur die Zwiebeln, die in einem verbeulten Aluminiumtopf kochten. Danach, als die Musik zu Ende war und sie die Zwiebelsuppe aßen, hatte Doktor Zurhaus erzählt, daß er schon seit längerem mit einem Kollegen aus Zürich brieflich in Verbindung stand, mit Doktor Bucher, der auf einer Reise nach Osteuropa erfahren hatte, was dort wirklich geschah. Welche Aufgaben die Einsatztruppen in Wirklichkeit erfüllten. Was Hitler unter Lösung der Judenfrage verstand. *Endlösung*, hatte er gesagt und die Augen niedergeschlagen, als müßte er die Schande dieses Wortes bedecken, und dann noch: *judenrein*. Zwei antiseptische Wörter, die Grauen und Tod für Tausende, Hunderttausende von Männern und Frauen bedeuteten. Von Kindern. Vielleicht noch mehr, hatte Arturo gesagt, bestimmt noch viel mehr, wir werden nie wissen, wie viele von uns verhaftet worden sind (zum erstenmal sagte er »wir«, und Margot hatte ihn überrascht angesehen). *Judenrein*, hatte er noch erklärt, bedeutet totale Säuberung von Juden, so wie wenn man mit einem Putzlappen den Boden aufwischt, es bedeutet, daß sie sie in Öfen verbrennen, nachdem sie sie umgebracht haben, damit nur ein Häufchen Asche von ihnen übrigbleibt. Und als Antwort auf Margots Ungläubigkeit hatte Doktor Zurhaus Tertullian zitiert: *Credo quia absurdum*. Auch wenn, hatte er hinzugefügt, Tertullian es ganz anders gemeint hatte.

*I*n jener Nacht war Arturo in einen Schlaf gefallen, der einer Totenstarre glich, und zum erstenmal hatten sie sich nicht geliebt. Margot hatte geweint. Ihr war, als erstickte sie in diesem engen Zimmer. Dumme, verzweifelte Tränen, die das Kissen durchnäßt hatten.

Von da an war Doktor Zurhaus jeden Abend gekommen, und jedesmal hatte er sich hingesetzt und mit geschlossenen Augen der Musik gelauscht. Doch dann hatte ein Nachbar begonnen, sich für Arturo zu interessieren, für dieses Paar, das manchmal durch die Fensterscheiben zu sehen war. Er hatte begonnen, Fragen zu stellen. Zu viele Fragen, hatte die Vermieterin eines Abends beunruhigt zu Doktor Zurhaus gesagt. Und schließlich hatte der Doktor selbst ihnen geraten, schnellstens den Koffer zu schließen und den nächsten Zug zu nehmen. Nach einiger Unsicherheit war trotz der Entfernung Fribourg ausgewählt worden, wo Doktor Zurhaus ein paar zuverlässige Freunde besaß und wo es leichter sein würde, nicht aufzufallen. Der Doktor hatte dann mit ihnen zusammen den Zug bestiegen und die ganze Reise über fröhlich geplaudert, ohne die geringste Angst erkennen zu lassen, so kerzengerade und steif auf seinem Sitz, als trüge er einen Panzer; und die durch die Brille vergrößerten Augen hatten den mit seiner Umhängetasche drohend über ihn gebeugten Schaffner herausfordernd angeblickt. Vollkommen aufrichtig in der Lüge. Und falls der Schaffner mehr als einen Zweifel daran gehabt hatte, daß Arturo der Sohn des Doktors war, so hatte er nicht gewagt, weiter zu fragen, während die große Tasche beim Schwanken des Zuges den kleinen weißhaarigen Kopf streifte. (*Sein tief religiöses Empfinden*, hatte Isabella geschrieben, *seine »bewahrte Unschuld«, es ist die Unschuld, die eine schmerzliche Erfahrung der Welt umfaßt.*)

In Fribourg angekommen, hatte der Doktor sich noch die Zeit genommen, sie auf der Suche nach einem sicheren und zugleich ihren sehr geringen finanziellen Mitteln angepaßten Ort zu begleiten. Zum Abschied hatte Margot ihn umarmt und an der Fülle ihres Körpers die ganze Gebrechlichkeit und Leere des seinen gespürt, fast als bestünde Doktor Zurhaus nur noch aus dem schweren dunklen Wollstoff seines Anzugs.

Arturo hatte in Fribourg weiterhin einen Brief nach dem anderen geschrieben in der Hoffnung, eine

Aufenthaltserlaubnis und die dazugehörige Lebensmittelkarte zu erhalten. Den heißbegehrten und verweigerten »Urlaub«. Margot warf sie für ihn ein, wenn sie morgens ausging, um in einem Photolabor zu arbeiten. Briefe, die nach Lausanne und Genf adressiert waren. Aber auch nach Frankreich; und das waren die wichtigsten, aber auch die, die am schwierigsten an ihren Bestimmungsort gelangten.

Es war Eddys Leidenschaft für alles, was mit Filmen und Objektiven zusammenhing, sein ständiger Umgang mit Entwickler und Fixierbad, die Margot zu der Arbeit in dem Labor verhalfen. Mehr als einmal hatten sie in Chesa Silvascina, im Badezimmer eingeschlossen, die Negative abgezogen, die Köpfe dicht nebeneinander, während sie auf das Wunder warteten, das Bild aus dem Wasser auftauchen zu sehen, das leicht diabolische Licht der roten Glühbirne gespenstisch auf ihren Gesichtern. Jetzt erwies sich das, was sie für einen Zeitvertreib gehalten hatte, als sehr nützlich, und mit Hilfe eines mit Doktor Zurhaus befreundeten Druckers war es Margot sogar gelungen, falsche Papiere für Arturo »herzustellen«. Eine *biffe*, wie er es nannte; und mit dieser *biffe* in der Tasche ging er jeden Morgen in die Bibliothek, wo er endlich im Warmen sitzen konnte und alle Bücher zur Verfügung hatte, die er schon immer lesen wollte.

Doch dann hatte das Photolabor zugemacht, und Margot hatte Arbeit als Kellnerin im Restaurant des Hôtel de Fribourg gefunden. Zwar war die Arbeit anstrengender, aber auch unterhaltsamer. Es belustigte sie, zwischen den Tischen durchzugehen und die Gesten auszuführen, die sie immer bei Lula gesehen hatte, zu lächeln, während sie den Wein einschenkte oder sich, die Platte mit den Speisen auf der Hand balancierend, vorbeugte oder darauf wartete, daß man ihr die Rechnung bezahlte, um dann aus einer unter dem Schürzchen verborgenen kleinen Tasche das Restgeld zu nehmen. Die Blicke der Männer schmeichelten ihr, wenn sie rasch und hoch aufgerichtet quer durch den Saal ging und dann mit einer ruckartigen Fußbewegung die Schwingtür aufstieß, die in die Küche führte. Manchmal erkundigte sich ein Gast danach, wie sie ihre freien Abende verbrachte, und der Blick wanderte von den Fesseln zum Knie hinauf bei dem Versuch, unter dem Rock die Linie der Schenkel zu erahnen.

Das war ihre beste Zeit gewesen. Sie verdiente besser, und sie hatten aus der ärmlichen Pension, wo Doktor Zurhaus sie untergebracht hatte, in eine andere umziehen können, wo nachmittags die Heizung eingeschaltet wurde. Wenn Arturo morgens das Haus verließ, um in die Bibliothek zu gehen, und nichts und niemand ihn daran erinnerte, was es bedeutete, Jude zu sein, empfand er eine Art Taumel. Zum erstenmal spürte er, wie sich der Griff lockerte, der ihn zu einem »bewußten Paria« gemacht hatte, und er blieb stehen, um die Schaufenster zu betrachten, lächelte einer Verkäuferin jenseits der Scheibe zu. Er betrat Buchhandlungen und mischte sich unter die Menschen, die in Büchern blätterten, trödelte ein wenig vor Zeitungsständen herum. Er hatte sogar aufgehört, sich um das Schicksal der vielen in Frankreich oder Italien Verbliebenen zu sorgen, und es war Margot, die ihm abends beim Heimkommen die neuesten Nachrichten über das Vorrücken der Russen oder die Aufrufe der faschistischen Republik von Salò mitteilte.

Aber im Lauf der Wochen hatte auch die Bibliothekarin begonnen, ihm eine Art Kriegsbericht abzustatten. Sie war eine große Frau mit einem ausdruckslosen Pferdegesicht und glänzenden kleinen Bäckchen, sie hatte ihn ins Herz geschlossen, und manchmal, wenn sie allein blieben, bot sie ihm Tee und Kekse an. Vom ersten Tag an hatte sie ihn *Herr Professor* genannt und war ihm mit größter Zuvorkommenheit begegnet. *Ordentlicher Professor?* hatte sie ihn dann eines Morgens gefragt, indem sie an den Tisch trat, an dem er las. *Geschichtsprofessor* hatte er, sie über das Buch hinweg anlächelnd, präzisiert. Von dem Tag an interessierte sie sich jedesmal dafür, warum er dieses oder jenes Buch ausleihen wollte, und er hatte eine unwahrscheinliche Geschichte über ein Forschungsprojekt erfunden, bei dem die Wiederkehr von bestimmten Ereignissen wie Verfolgungen oder Königsmorden in verschiedenen Epochen anhand einer mathematischen Formel erklärt werden sollte. Von Hungersnöten. Das hatte ihre Achtung noch gesteigert, und die Erfindung hatte sich bald als sehr nützlich erwiesen, um die unterschiedlichsten Bücher zu bestellen. Und alles, was jenseits der Zäune geschah, die die Schweiz vom Rest der Welt trennten, hatte langsam begonnen, in die Ferne zu rücken. Sich abzulösen wie etwas, das langsam davontreibt, während er am Ufer stand und zusah. Ein Schiffbrüchiger, nichts als ein Schiffbrüchiger, der seine Haut gerettet hatte trotz allem und aller.

*I*n der Folge hatte die Bibliothekarin die Gewohnheit angenommen, ihm eine Tafel Schokolade neben das Buch zu legen, eine von denen mit einer Ansicht von der Schweiz, weil sie verstanden hatte, daß ihm die Lebensmittelversorgung Schwierigkeiten bereitete, und sie die Kekse, die sie ihm zum Tee anbot, immer blitzartig verschwinden sah. Zufrieden beobachtete sie dann, wie er Stückchen für Stückchen aufaß, ohne beim Lesen innezuhalten. Doch eines Nachmittags, als Arturo die Schokolade in die Tasche gleiten ließ, war sie nähergekommen und hatte mit einem sonderbaren Lächeln gefragt, ob er sie für jemanden aufheben wolle. »Vielleicht für Ihr Mädchen«, hatte sie hinzugefügt. »Mein Mädchen?« Ja, sie habe ihn eines Nachmittags an der Sarine am Arm eines Mädchens gesehen. Ein sehr hübsches junges Ding, hatte sie gesagt, und die Stimme schien sich anstrengen zu müssen, um nicht inquisitorisch zu klingen. Da hatte Arturo wieder Angst bekommen, ihm war sogar, als hätte sie im Vorübergehen versucht, das Etikett am Futter seines Mantels zu erkennen, der an der Garderobe hing.

Also hatte er begonnen, seltener in die Bibliothek zu gehen, die Bibliothekarin war jedesmal, wenn sie ihn eintreten sah, ganz aufgeregt, und ihre Bäckchen wurden feuerrot. Vielleicht hat sie sich einfach in dich verliebt, hatte Margot gesagt. Vielleicht; aber das änderte nichts. Bei einer nur ein klein wenig aufmerksameren Kontrolle würde sich sein Ausweis als das herausstellen, was er war, eine grobe Fälschung. Er verstand etwas von gefälschten Ausweisen, monatelang hatte er sich damit beschäftigt und war seinerzeit selbst mit einem perfekt nachgemachten deutschen »Ausweis« gereist. Aber dem, was er jetzt in der Tasche hatte, sah man sofort an, daß es sich um den ersten und vermutlich einzigen Versuch eines Dilettanten handelte.

Zuletzt hatte er ganz verzichtet, und wenn er Bücher wollte, holte Margot ihm welche bei einer kleinen Wanderbibliothek. Was sie so fand; Bücher, die ihn meistens langweilten, und schließlich verbrachte er den ganzen Tag im Bett, in alle möglichen Kleidungsstücke gewickelt, und wartete nur darauf, daß sie zurückkam, um mit ihr zu schlafen. Und während sie sich umarmten und zwischen den noch auf den Decken verstreuten Kleidungsstücken hin und her rollten, aß er nebenbei, was sie ihm aus dem Hôtel de Fribourg mitgebracht hatte. Die Finger wurden fettig; und die Zärtlichkeiten, die Umarmungen schmeckten nach Hammelfleisch und Strudel.

Sie liebten sich dauernd, als hätte Arturo den Hunger und die Anspannung umgewandelt in das Warten auf diese Umarmungen und als könnten Hunger und Anspannung sich nur in ihrem Körper beruhigen. Doch als die Tage wieder schöner geworden waren, hatte Arturo begonnen, wieder auszugehen und in der Nachmittagspause vor dem Hôtel de Fribourg auf Margot zu warten. Sie sahen sich von weitem an und lächelten sich zu; und kaum hatten sich Margots Arbeitskollegen zerstreut, flüchteten sie sich in ein Haustor, um sich zu umarmen. Das war der längste Kuß des Tages, *the kiss of the heart* nannten sie ihn.

Doch auch dies hatte sich zum Schluß als sehr unvorsichtig erwiesen, und in großer Eile hatten sie die Stadt wechseln müssen. Diesmal wählten sie Lausanne. In Lausanne hatte die »Délivrance« ihren Sitz, die größte Organisation, die sich um Flüchtlinge kümmerte, und gewiß hatte sich Angelo Donati nach Lausanne geflüchtet, ein reicher italienischer Jude, dem es in Nizza gelungen war, Tausende anderer Juden zu retten, die in dem von den Nazis besetzten Frankreich festsaßen. Arturo war sich sicher, wenn es ihm gelänge, sich direkt mit ihm in Verbindung zu setzen, könnte er bestimmt einen regulären *Urlaub* bekommen.

Nachdem sie sich in verschiedenen Geschäften als Verkäuferin vorgestellt hatte, saß Margot nun an der Kasse der Confiserie Belle-Fontaine. Anfangs hatte sie mit ihren kleinen Fingern Schwierigkeiten gehabt, die Münzen von der Theke aufzuklauben, doch dann hatte sie bald gelernt, sie auf den Marmor gleiten zu lassen, um sie mit der Spitze der Fingernägel anzuheben. Und war die Arbeit auch von bisher ungekannter Gleichförmigkeit, so roch es doch im Laden gut nach gebrannten Mandeln, und Fräulein Janton glich einem ihrer Fondants, stets in Lila oder Hellrosa gekleidet.

Jeden Tag ging Margot bei der Post in der Nähe der Rue Deville vorbei, und eines Abends kam sie nach Hause und schwenkte die Antwort in der Hand, auf die Arturo seit Monaten wartete. Sie war nicht so ausgefallen, wie er hoffte; aber am nächsten Tag war er dennoch zur »Délivrance« gegangen, um zu sehen, ob sie ihm irgendwie helfen konnten. Er war lange umhergewandert, um die Place Palud zu finden, und dann hatte er noch in einem Vorzimmer, in dem man kaum atmen konnte wegen der vielen Menschen und des schlechten Geruchs, darauf warten müssen, bis er an der Reihe war. Zuletzt hatte die Sekretärin, der er sein umfangreiches Dossier ausgehändigt hatte, ihm gesagt, so, wie die Dinge lägen, sei nicht viel zu hoffen:

Er müsse sich erst selbst anzeigen. Aber das hätte Arturo nie gemacht, er hielt es für zu riskant.

Mit der Zeitschrift der »Délivrance« in der Tasche ging er davon. Weiter hatte er im Augenblick nichts erreicht. Es war die Stunde, zu der die Büros schlossen und in den Schaufenstern die Beleuchtungen aufflammten, vom See stieg ein bläuliches Licht auf, und die Trambahn glitt rasch vorüber mit ihren sitzenden Passagieren, die Schneiderpuppen glichen, während die letzten Sonnenstrahlen oben auf den noch weiß verschneiten Berggipfeln vergingen. Ein rauher Frühling, arm an Farben, der sich nur in dem anderen, ungreifbaren leichten Licht zeigte. Im Klingeln von Hunderten von Fahrrädern. Arturo gelangte zur Confiserie Belle-Fontaine, und durch die Scheibe sah er Margot an der Kasse sitzen in ihrem schwarzen Kittel mit weißem Spitzenkrägelchen, gekämmt und adrett wie eine Internatsschülerin. Und zugleich mit einer Aufwallung großer Zärtlichkeit empfand er eine maßlose Schwermut, eine plötzliche Leere ohne Wünsche, als wäre alles falsch und sinnlos. Leiden, davonlaufen, um jeden Preis überleben wollen.

In jener Nacht hätte er überhaupt nicht mehr aufhören wollen, Liebe zu machen. Aber Margot hatte den ganzen Tag gearbeitet, sie war müde und schlief schließlich in die Decken gewickelt ein. Er küßte und streichelte sie weiter, erhielt aber als Antwort nur ein Lächeln im Schlaf, mehr eine Grimasse als anderes, während sie sich zur anderen Seite drehte. Aufwachen, nein, danach war ihr einfach nicht. Daraufhin verkroch sich Arturo in eine Ecke des Bettes, die Augen starr auf die Lichtflecken gerichtet, die die Straßenbeleuchtung an die Decke warf. Eine Verzweiflung, die Margot, auch wenn gewaltsam geweckt, nie hätte begreifen können.

*E*s war der Atem all jener Menschen im Vorzimmer der »Délivrance« gewesen, aber nicht nur. Das Schweigen der Kinder, die auf der Bank an der Wand saßen, die ärmlich und wahllos gekleideten Frauen. Das Gehirn hatte blitzschnell die Denkschritte ausgeführt, die nötig waren, um Stück für Stück ihre Elendswanderung nachzuvollziehen. Als wären es die gleichen Frauen und die gleichen Kinder wie vor dem Hôtel Bompard in Marseille unter der stechenden Sonne des Sommers 1942.

II

Verdammte Erinnerung. Wie kann einen die Erinnerung so weit von dem forttragen, was man vor Augen hat? Von dem Frühlingslicht auf der Seestraße und dem festlichen Geklingel all der Fahrräder, fort von Margots rundem Gesicht, das aus dem Laken herausschaut, von ihrem im Schlaf warmen Atem? Schlagartig jenen Augustmorgen des Jahres 1942 zurückholen, als er früh um sieben von der noch menschenleeren Canebière abgebogen war und vor dem Polizeikordon gestanden hatte, der den Zugang zu der Straße zum Hôtel Bompard abriegelte?

Bis zu jenem Tag hatte er sich nie um etwas anderes gesorgt als darum, sich selbst, als »Mischling«, in Sicherheit zu bringen, darauf zu achten, daß seine Papiere in Ordnung waren und er als Nichtjude resultierte. Jedesmal den *Ausweis* parat zu haben, wenn er von einer Zone in die andere mußte. Das war, seit er Italien 1941 zum zweitenmal verlassen hatte, sein Hauptziel gewesen; und durch den Institutsdirektor der Medizinischen Fakultät in Paris war es ihm noch gelungen, eine Stelle in einem Forschungslabor für

»Meeresphytologie« in Marseille zu bekommen. Er hatte nicht die geringste Absicht gehabt, sich um etwas anderes zu kümmern, denn das, was ihm zustieß, erschien ihm schon ungerecht genug, auch ohne daß er sich noch fremde Sorgen aufhalsen mußte. Die Politik hatte ihn nie interessiert; und hätte er früher seine Sympathien kundtun sollen, hätte er erklärt, eher ein Konservativer als ein Revolutionär zu sein, ein gemäßigter Anhänger der Freihandelstheorien. Sogar, was die Musik anging, waren er und Enrico immer Traditionalisten gewesen, mit einer entschiedenen Vorliebe für die Komponisten der Vergangenheit gegenüber Schönberg oder Alban Berg. In der Rangliste seiner Interessen stand die Forschung oder besser gesagt das, was seine Arbeit an der Universität gewesen war, auf dem ersten Platz, gleich gefolgt von den Frauen und der Musik. Die Rassengesetze des Jahres 1938 hatten den ersten ernstlichen *Betriebsunfall* dargestellt, mit dem einzigen Resultat, ihn »politisch« und aggressiv gegenüber den Verfassern des Rassenmanifests im weitesten Sinn zu machen; und ganz besonders gegenüber denjenigen, die das feige ausnutzten, um innerhalb der Universität Karriere zu machen. Denjenigen, die ihn von einem Tag zum anderen jedes Rechts beraubten, um ihn auf den Müllhaufen der Welt zu werfen, nur wegen des Namens, den er trug, und wegen seiner Vorfahren, die jahrhundertelang die Thora gelesen und gläubig eine andere Religion praktiziert hatten. Sie hatten an einen

Gott geglaubt, der nicht zum Kampf aufrief, um die Überlegenheit des eigenen Glaubens durchzusetzen. Eine Religion, die sich im Gegensatz zu anderen immer der Proselytenmacherei verweigert hatte, um sich nur der Besserung des Menschen zu widmen.

Doch an jenem Morgen war es ihm nicht möglich gewesen, kehrtzumachen und wegzugehen. Er wußte, daß im Hôtel Bompard Frauen mit Kindern eingesperrt waren, vor allem Jüdinnen aus Deutschland und aus Osteuropa, und so etwas wie ein Zugehörigkeitsgefühl hatte ihn dort auf dem Bürgersteig festgehalten. Er hatte sich erinnert, daß Montag war, Montag und Samstag waren die Tage, die die Polizei für ihre Operationen der »öffentlichen Ordnung« bevorzugte, und anstatt sich davonzumachen, war er immer näher herangegangen. Im Durcheinander der Lastwagen und der mit lauter Stimme erteilten Befehle war er weitergegangen zwischen auf dem Boden gestapelten Bündeln, unförmigen Koffern, auf die rasch mit Kreide ein Name geschrieben worden war, Kindern mit zerfetzten Hemdchen und kaputten Schuhen, die sich erschrocken an die Röcke der Mütter klammerten. Ein Geruch nach Benzin und Schweiß, während die Polizisten die Frauen auf die Lastwagen stießen und diese, unsicher über ihren Bestimmungsort, einen Mantel oder undefinierbare Wollsachen an sich drückten, in ihren Bewegungen behindert durch die an ihre Körper gekrallten Kinder. Immer näher war er gekommen und hatte mit einer

autoritären Handbewegung den Polizisten abge-
wehrt, der ihn aufhalten wollte.

Seit er in Marseille war, lebte er mit einer jungen
französischen Freundin zusammen, deren Mann de
Gaulle nach England gefolgt war. Ein Mann, der etwa
seine Maße hatte und dessen zweireihige Anzüge Arturo mit großer Lässigkeit trug. Es waren dieses
Jackett, diese maßgeschneiderte beigefarbene Leinen-
hose aus einem Pariser Modeatelier gewesen, die ihm
eine solche Sicherheit verliehen; und der Polizist hatte
sich, etwas zwischen den Zähnen murmelnd, entfernt.
Im selben Augenblick hatte er gemerkt, daß er »auf-
gefallen« war. Zwei Augen durchstachen das Knäuel
von Uniformen und Befehlen, die von einer Seite zur
anderen flogen, von Haaren und bleichen Gesichtern,
von im grauen Staub auf dem Gehsteig gestapelten
Koffern, all das geballte Leiden vor der Drehtür des
Hotels. Die kalte Berechnung des Fuchses lag in dem
Blick, Panik und Schlauheit, durch den Schmerz ge-
schärfte Intelligenz. Mit einer schnellen und fast acht-
losen Bewegung, die von keiner Seite Auflehnung zu-
ließ, schob ihm die Frau ein sechs, sieben Jahre altes
Kind zu. Dann drehte sie sich um und begann in dem
Kofferhaufen auf dem Boden zu wühlen, so als wollte
sie ihre Habe wieder an sich nehmen, und sofort waren zwei Polizisten über ihr, sie hatte sich gewehrt, und
es waren noch mehr Polizisten gekommen, hatten sie
geschlagen und mit Gewalt auf den Lastwagen ge-
stoßen. Ihre Haare, ihr Rücken in dem verwaschenen

Baumwollkleid, die weißen Beine, die aus dem Rock hervorsahen, waren verschwunden zwischen anderen Haaren, Rücken, Baumwollkleidern und mehr oder weniger unsicheren Beinen in abgelaufenen Schuhen. Arturo hatte mit dem Kind dagestanden, er hatte es an der Hand genommen, und plötzlich, er wußte selbst nicht wie, hatte er sich zwischen den Leuten wiedergefunden, die allmählich die Canebière bevölkerten.

Mit dem schmächtigen, melancholischen Kind an der Hand hatte er zwei Polizisten herausgefordert, die oben an der Straße Wache standen, und die kleinen nackten Beine mit einem Händedruck aufgefordert, den Schritt zu beschleunigen; dann hatte er sich weiter zwischen den Leuten, den Fahrrädern und der ratternden Trambahn einen Weg gebahnt, während die Sonne immer unerträglicher wurde. Er hatte weiter die vor Angst feuchte Hand gehalten, ohne stehenzubleiben, und zu Fuß hatten sie die Rue de la République erreicht.

Zusammen mit Marie hatten sie es einige Tage bei sich behalten, ohne zu wissen, was sie mit ihm anfangen sollten, Arturo hatte ihm seinen Platz im Bett abgetreten, und das Kind schlief bei ihr. Marie hatte es gestriegelt wie ein kleines Fohlen, und die Läuse waren zusammen mit einem dunklen Pulver den mageren Brustkorb hinuntergeschwemmt worden. Und erst als sie ihm die Achselhöhlen wusch, hatte es zu lachen angefangen und versucht, ihrer Hand auszukommen. Marie hatte ihm ein weißes Hemdchen und ein Paar neue kurze Hosen gekauft.

Ein stilles Kind, das in der Küche saß, die Füße auf der Querstange des Stuhls, und die Figuren der alten Modezeitschriften ausmalte, die im Haus herumlagen. Wegen dieses Kindes hatten sie sich mit Les Eclaireurs Israélites und der OSE in Verbindung gesetzt, einer jüdischen Kinderhilfsorganisation, die sich bereit erklärte, den Jungen in einem ihrer Heime aufzunehmen. Dabei hatten sie erfahren, daß die Mutter nach Les Milles gebracht worden war und von dort nach Drancy, ins besetzte Frankreich, überstellt werden würde. Aber sie wußte jetzt, daß ihr Kind in Sicherheit war. In der Folge hatten er und Marie es dann vorgezogen, sich an die HYCEM zu wenden, eine internationale Organisation, die in jenem Augenblick weniger gefährdet war. Und durch die HYCEM war das Kind dann einer Familie auf dem Land, ganz nah bei Aix-en-Provence, anvertraut worden. Es weiter in Marseille zu behalten hätte gefährlich werden können; sie hatten die Aufgabe übernommen, der Familie, die es aufnahm, die monatliche Unterhaltsrate zu bezahlen. Und als sie eine Woche später hingefahren waren, um es zu besuchen, spielte das Kind mit Enten und Küken. Es hatte zugenommen und schien glücklich darüber, sie zu sehen, doch dann war es die ganze Zeit ihres Besuchs sehr still gewesen, hatte mit den Füßen auf der Querstange des Stuhls dagesessen, als wäre es noch in der Rue de la République. Sie waren noch mehrmals wiedergekommen, bis November, als die Engländer und Amerikaner in Algerien gelandet waren und die deutschen Truppen auch die sogenannte *freie Zone von Vichy* besetzt hatten.

In wenigen Tagen waren alle Regeln außer Kraft gesetzt worden. Die zahlreichen »papiers« und Bescheinigungen, die er mit so viel Mühe erhalten hatte, galten nicht mehr, all die mehr oder weniger zerknitterten Papiere, die so viele Monate lang seine Taschen ausgebeult hatten; und vielleicht stand sein Name schon auf der Liste für die Deportation. In der Rue Paradis, in derselben Villa, in der zuvor die HYCEM ihren Sitz hatte, kommandierten jetzt die Höhere SS und Polizeiführer Oberg, und sogar das Rote Kreuz stand der von Darquier de Pellepoix organisierten Polizei ohnmächtig gegenüber.

Doch unterdessen hatte er verstanden, daß es möglich war, anderen zu helfen, ja, man litt dann weniger. Im Mut liegt ein Geheimnis, das fasziniert, versuchte er Margot später zu erklären, vor allem, wenn es um andere geht. Ein Wille, der von innen kommt und einen an die Existenz der Seele glauben lassen könnte, etwas, das einen treibt, das Licht zu suchen und aus der Dunkelheit herauszufinden. Dunkelheit und Finsternis dagegen werden als lähmend empfunden und daher gefährlich.

Arturo und Marie hatten versucht zurechtzukommen, so gut es ging, bis die Gestapo zusammen mit den Milizionären von Touvier dann begann, an der

Gare d'Arenc alle festzunehmen, die für Vagabunden oder Prostituierte gehalten wurden. Vor allem aber diejenigen, in deren Personalausweis *Juif* eingestempelt war. Operation »Sultan« hatten sie es aus unerfindlichen Gründen genannt; und mehr als zehntausend Polizisten waren in den Tagen zuvor aus Lyon und Vichy in Marseille zusammengezogen worden. Aber die wahre *rafle* war in der Nacht vom 23. Januar losgegangen, von Freitag auf Samstag, wenn es leichter war, die Familien vollzählig anzutreffen, während sie den jüdischen Festtag vorbereiteten. In wenigen Minuten war das Viertel am Vieux Port abgeriegelt gewesen, und die vorausschauende Gestapo brach die Türen auf in Begleitung vorher angeheuerter Schlosser, die sie brauchte, um die Schlösser derjenigen aufzubrechen, die glaubten, sie könnten sich retten, indem sie so taten, als seien sie nicht zu Hause.

In wenigen Augenblicken waren Rue Sénac, Rue de l'Académie, Rue Pisançon und nach und nach alle anderen hauptsächlich von Juden bewohnten Straßen vom Lärm der Stiefel der *Grieser Division* erfüllt, gleich danach von Gebrüll und vom Krachen eingetretener Türen. Die Frauen wurden weggebracht, ohne daß man ihnen wenigstens die Zeit ließ, sich anzuziehen, die Kranken aus den Betten gezerrt. Man hörte die Schreie der Mütter, die gezwungen wurden, ihre Kinder zurückzulassen (um die würde Polizeiführer Oberg sich später kümmern), der Alten, die die Treppe hinuntergestoßen wurden. Das Dröhnen der laufenden Motoren und die von einer Seite zur anderen gebrüllten Befehle.

Als die Lastwagen voll waren, fuhren sie los zur Sûreté, während die Scheinwerfer Schuhe und heruntergefallene Kleidungsstücke beleuchteten, die mitten auf der Straße im Regen lagen. Am nächsten Morgen beim Brotkaufen hatte Marie erfahren, daß die Männer und Frauen, die in der Nacht abgeholt worden waren, stehend zusammengepfercht darauf warten mußten, ins Gefängnis von Baumettes überstellt zu werden. Es regnete immer noch, und durch das Fenster, das auf die Rue de la République hinausging, hatte Arturo gesehen, wie die Leute in die Trambahn stiegen und vom Bürgersteig auf die Straße traten, um die Absperrungen zu umgehen, die den Zugang zu den Straßen des Vieux Port verbarrikadierten, ohne sich allzu viele Fragen zu stellen. Alle bereit, ihre Papiere vorzuzeigen, um dann eilig weiterzugehen unter den nassen Schirmen und kaum einen Blick auf die vielen Polizisten zu werfen, die an den Kreuzungen standen.

Arturo fühlte sich gefangen, wie ein Insekt unter einem Glassturz. Er blieb bis Sonntag früh zu Hause, als sie im Morgengrauen erfuhren, daß Maries alte Gymnasiallehrerin sich unter den Frauen befand, die in Baumettes zur Deportation in die Zellenwagen gepfercht worden waren, so eng, daß sie mit erhobenen Armen stehen mußten. An der Gare d'Arenc standen schon die Viehwagen bereit, in denen nicht einmal genug Platz war, um sich hinzusetzen; dort würde die

Reise beginnen, die erste und vielleicht nicht einmal die schlimmste. Ohne Wasser, mit wenigen Broten, die unter eintausendfünfhundert Menschen aufgeteilt werden mußten.

Sowie die Ausgangssperre zu Ende war, hatte Marie zum Bahnhof gehen wollen, um heiße Getränke hinzubringen, und Arturo hatte sie begleitet und die Taschen mit den Thermoskannen und Flaschen getragen. Es war sehr gefährlich für ihn, aber er hatte ein seltsames Gefühl der Unberührbarkeit gespürt, ein Bewußtsein, bei dem es nicht mehr zählte, ob er Jude war oder nicht, und das sich in dieser Form nie mehr wiederholen sollte. Als hätte das, was er miterlebte, ihn über die Angst hinausgehoben, weil es so infam war, daß es die normalen Gefühle von Empörung oder Furcht sprengte.

Doch als sie an der Gare d'Arenc ankamen, war es unmöglich, sich zu nähern: Außer den Uniformen der SS sah man in großen Mengen die runden Mützen und die hellen Hemden der Miliz von Touvier, man hörte Hundegebell. Das Wetter war wieder schön, klar und kalt, die Männer waren von den Frauen getrennt worden und warteten in einer Reihe darauf, in die Waggons zu steigen, in denen etwas schmutziges Stroh lag; und wer zögerte oder Mühe hatte einzusteigen, wurde mit dem Gewehrkolben hineingestoßen. Marie hatte versucht, ihre alte Lehrerin zu finden, und indem sie sich als Krankenschwester ausgab, hatte sie sich zwischen den Milizen, den SS-Soldaten, den

entsetzten und bestürzten Eisenbahnern hindurch-
gedrängt und begonnen, die Thermoskannen und Flaschen auszuteilen. Bis jemand sie so heftig wegstieß,
daß sie zu Boden fiel: Aber ihre Taschen waren längst
leer, und die SS-Soldaten schritten schon den Zug ab,
um die Waggons zu versiegeln, eine nach der anderen
rollten krachend die Schiebetüren zu.

Am selben Morgen hatten die auf den Autos
befestigten Lautsprecher allen Bewohnern des
Vieux Port in ohrenbetäubender Lautstärke befohlen,
das Viertel zu räumen. Sie hatten zehn Stunden Zeit;
wer danach noch dort angetroffen würde, würde verhaftet. Und beim Nachhausekommen hatten Arturo
und Marie ganze Gruppen von Familien vom Vieux
Port herankommen sehen mit Handwagen, auf denen
Matratzen, Töpfe, Radios und Nähmaschinen aufgetürmt waren. Andere schoben Fahrräder, die sich
unter einer unförmigen Last bogen und kaum noch zu
sehen waren. Stumm blickten die Geschäftsleute von
den Ladentüren aus auf diesen Zug, manche trotz des
kalten Tages in Hemdsärmeln. Die Trambahnen waren beschlagnahmt worden und fuhren mit Hausrat
beladen die Straßen hinauf, während die Eigentümer
hinten auf der Plattform zusammengedrängt standen, frierend und gedemütigt über die Bloßstellung.
Diejenigen, die niemand hatten, der sie aufnehmen

konnte, waren an der Seepromenade zusammenge-
faßt worden, und während sie darauf warteten, in ein
Sammellager gebracht zu werden, saßen sie dick ver-
mummt da, manche auf einem Stuhl, andere auf einem
Sessel oder einem Klapphocker, den sie auf den As-
phalt gestellt hatten, den Blick auf das Meer gerichtet,
das kalt in der Sonne glitzerte.

Noch eine Woche lang hatte die Polizei weiter die
Leute auf der Straße angehalten und die Papiere verlangt, am Bahnhof jeden kontrolliert, der in einen Zug
ein- oder ausstieg. Die Türen eingetreten auf der
Suche nach denjenigen, die in dem Glauben, das
Schlimmste sei vorüber, nach Hause zurückgekehrt
waren. Das Ausgehverbot dauerte von abends um
acht bis morgens um sechs, aber nachts hörte man ein
unaufhörliches Getöse, sich mischende Geräusche
wie vom Hochofen einer Fabrik. Aber es waren nur
die Razzien, die ohne Pause weitergingen, ab und zu
unterbrochen von einem Schuß. Bis am 1. Februar,
kurz nach dem Angelusläuten, die große Explosion
erfolgte, bei der beinahe auch die Scheiben der Häuser in der Rue de la République zersprungen wären.
Tagelang gingen die Sprengungen dann noch weiter,
bis auch das letzte Gebäude des Vieux Port einge-
stürzt war und die schwefelgelbe Wolke, die in diesen
Tagen den Himmel verdunkelt hatte, sich allmählich
verzog und den Blick wieder freigab auf das Blau des
Meeres. Die Operation »Sultan« war abgeschlossen,
und Polizeiführer Oberg konnte nun zufrieden von

der Höhe der Rue Paradis das Werk seiner Spreng-
kommandos betrachten: Marseille war von kleinen
Dieben und Prostituierten gesäubert. Vor allem aber
von Juden.

Das Kind war zum Glück in Sicherheit; und um in
seiner Nähe zu sein, zog Marie, nachdem es Arturo
gelungen war, mit einem gefälschten *Ausweis* und gefälschten Lebensmittelkarten in das von italienischen
Truppen besetzte Gebiet zu gelangen, nach Aix-en-
Provence. Von dort schickte sie Arturo eine Postkarte, auf der das Kind zum erstenmal mit seinem
neuen Namen unterschrieben hatte: Alain.

*I*n Nizza war Arturo weiter als Forschungsbeauf-
tragter des »Instituts für Meeresphytokultur« auf-
getreten. Eine Disziplin, die es nicht gab, und ein
Büro, das einer Portiersloge in einem Gebäude für
Kriegsblinde an der Seepromenade entsprach. Und
während der Monate, die die Italiener noch an der
Côte d'Azur blieben, hatte er sich nur mit gefälschten
Passierscheinen für Leute beschäftigt, die mit dem
Zug oder auf den Straßen reisten. Damit, sie in die
Lage zu versetzen, ohne Zwischenfälle die wachsame
und minuziöse Kontrolle der Gestapo mit ihren Spür-
hunden zu überstehen. Damit, ihnen zu helfen,
den verkleideten Spionen unter den Passagieren in
den Zugabteilen zu entgehen und wohlbehalten in

Mégève, Saint-Martin-de-Vésubie, Valdebor, Saint-Gervais, Théniers, Sospel anzukommen.

Der große Regisseur dieser Hilfsaktionen war Angelo Donati, der in den zwanziger Jahren in Paris die Franko-italienische Bank mitgegründet und danach erfolgreich seine Karriere als Finanzmann weiterbetrieben hatte. Bis zu dem Tag, an dem er sich in Nizza niedergelassen und die Rettung von Juden zur Hauptaufgabe seines Lebens und seines Geldes gemacht hatte. Die italienischen Behörden ließen ihn machen, wenn sie ihm nicht direkt halfen, und Donati war zur Anlaufstelle für alle, ob Katholiken, Protestanten, amerikanische jüdische Vereine oder verschiedene Wohlfahrtsverbände, geworden, die sich damit befaßten, die größtmögliche Zahl von Menschen vor der *Endlösung* zu retten.

Arturo hatte ihn nie getroffen. Donati glich jenen Gestalten, die die Phantasie der Verfolgten stark beschäftigen, weil sie die Umkehrung der Regeln darstellen, denen jene zum Opfer fallen. Er reiste ständig, aber nie war es der Gestapo gelungen, ihn zu fassen, auch dann nicht, als sie erfahren hatte, daß er fast soweit war, ein Schiff zu bekommen, um die Juden von der Côte d'Azur nach Palästina zu bringen. Und an dem Tag, an dem bekannt wurde, daß Ribbentrop bei Mussolini drängte, man solle Donati verhaften, hatte sich sogar der Beauftragte des Außenministeriums für die italienisch-deutschen Beziehungen, Vidau, eingeschaltet und dank der Informationen, die er von Donati erhalten hatte, eine sehr genaue Dokumentation an den Palazzo Venezia geschickt, die auch Einzelheiten darüber enthielt, was mit den Juden in den osteuropäischen Ländern geschah.

Sieben Monate hatte Arturos Aufenthalt in Nizza gedauert, sieben Monate, in denen er an nichts anderes gedacht hatte als daran, möglichst unverdächtige *biffes* herzustellen. Daran, wie er sie den Empfängern zustellen konnte, eingenäht in Mantelfutter oder Schulterpolster, zusammengerollt in Plateausohlen. Zwischen Heften und Federmäppchen in einem Schulranzen. Sieben Monate, in denen er sich in der Kunst des Fälschers vervollkommnet hatte in einem Wechsel von Genugtuung und Angst. Und wenn er sich dann, nach einem Tag, den er wie ein mittelalterlicher Miniaturenmaler mit dem Gebrauch von Lösungsmitteln und Tinten zugebracht hatte, um aus dem Nichts ein inexistentes Fräulein Bonnard oder einen Herrn Lisier zu erschaffen, deren Namensgeber ruhig in Chalon-sur-Saône lebten, an der Seepromenade auf eine Bank setzte, empfand er zugleich mit dem uralten Gefühl der Unsicherheit auch etwas Neues, die Wahrnehmung der Freiheit als höchstes Gut. Der Blick verlor sich auf dem zwischen den Palmen leicht flimmernden glatten Meer, streifte die Gebirgsjäger, die mit leuchtenden Federn durch den Sonnenuntergang radelten, und die alten Damen, die mit weißen Baumwollhandschuhen dasaßen und etwas verzehrten, das einem Eis glich. Arm in Arm gingen junge Mädchen vorbei, in kunstseidenen Kleidern, die jede Rundung ihres Körpers erkennen ließ.

Sieben Monate ohne eine Frau; das passierte ihm zum erstenmal. Nur damit ausgefüllt, falsche Papiere zu erfinden, »unechte« Arier zu erschaffen. Sie unversehrt an ihren Bestimmungsort gelangen zu lassen. Ohne die Gedanken je die Grenze dieser Orte überschreiten zu lassen: Théniers, Saint-Martin-de-Vésubie, Sospel, Saint-Gervais, Valdebor. Verstand und Hände den ganzen Tag damit beschäftigt, Photographien und Personenbeschreibungen von Unbekannten in Einklang zu bringen: Louise Bonnard, schwarze Augen, Größe 1,64, geboren in Cabourg am 7.5.1923, Pierre Lisier, blaue Augen, Größe 1,73, geboren in Chalons-sur-Saône am 27.2.1915...

So hatte sein Leben ausgesehen bis zum 8. September 1943, als die bedingungslose Kapitulation Italiens vor den Alliierten bekanntgegeben wurde und noch einmal alles zusammenbrach wie bei Löchern, die man geduldig in den Sand gegraben hat, bis dann ein Nichts genügt, um sie verschwinden zu lassen, und die Ränder unaufhaltsam von allen Seiten einstürzen. Weg, bloß weg, rasch, die letzten *biffes*, die niemandem mehr nützen werden, noch feucht von Tinte, die Gebirgsjäger auf der Flucht in Richtung Menton, manche mit dem Fahrrad, manche zu Fuß, ein paar klapprige Autos, die mit ihren Holzgasgeneratoren auf dem Dach über die Schlaglöcher holpern. Auf der Seepromenade sind die alten Damen mit den weißen Baumwollhandschuhen zurückgeblieben, ein paar neugierige junge Mädchen, denen der Wind durch die Haare fährt, während die ersten Lastwagen mit Hakenkreuz im Gestank ihres schlechten Benzins zwischen den Palmen auftauchen. Brunner, Hauptsturmführer der SS, ist eingetroffen und hat sich in der Nr. 37bis der Promenade des Anglais eingenistet, in dem schönen Haus, das bis vor wenigen Tagen Angelo Donati gehörte. In den Renaults sitzen die »Gesichtsspezialisten« und mustern mit zusammengekniffenen Augen die Leute, die auf der Straße vorübergehen. Ab und zu wird das Auto langsamer, hinter der Scheibe hebt jemand den Zeigefinger, um auf einen Passanten zu deuten, der ein klein wenig schneller oder vorsichtiger ist als die anderen. Für jeden festgenommenen Juden ist eine Belohnung von 100 Francs ausgesetzt.

Als infolge einer Denunziation Maurice Cachoud, der Verantwortliche des gesamten Untergrundnetzes für gefälschte Papiere, verhaftet wurde, hatten sich Arturo und der Drucker, der in jenen Monaten mit ihm zusammenarbeitete, nach Chamonix abgesetzt, um in die Schweiz zu gehen und sich in Sicherheit zu bringen.

Das hatten sie jedenfalls gehofft.

All das stand in dem Bericht, den Arturo der Sekretärin der »Délivrance« ausgehändigt hat. Margot hat ihm bei der Abfassung geholfen oder vielmehr den Bericht selbst auf einer Reihe ordentlich numerierter Blätter niedergeschrieben. Schönschrift war noch nie Arturos Stärke, es ist besser, wenn er erzählt und Margot die Feder über das Papier gleiten läßt, nur ab und zu innehält, um nachzufragen oder vorzuschlagen, er solle zusammenfassen, anstatt sich in allzu vielen Einzelheiten zu verlieren.

Vor allem, was den ersten Versuch, in die Schweiz zu gelangen, angeht, denn Arturo will, daß sie jeden Augenblick beschreibt, angefangen bei der Begegnung mit dem Pfarrer von Chedde bis zur Diosaz, in deren eisigem Wasser er flußaufwärts hatte gehen müssen, während die Kälte die Beine lähmte, bis die Füße völlig gefühllos waren, an die Steine stießen und sich verletzten.

Zu acht waren sie mit einem Führer aufgebrochen. Ein kleiner Junge und ein Mädchen waren auch dabei, und um die Diosaz zu durchwaten, hatten sie eine Kette gebildet und die beiden in die Mitte genommen. Aber mehr als einmal hatten die Hände sie nicht halten können, und sie waren ausgerutscht, das Wasser hatte die Kleider durchnäßt. Und als sie vor dem Mont Buet standen, der dreitausend Meter hoch war, brach das Mädchen entkräftet zusammen. Sie zitterte und hatte Fieber; 1939 hatte sie gerade noch rechtzeitig Warschau verlassen, und nach dem Einmarsch der Deutschen in Paris war es ihr zusammen mit ihrem Bruder gelungen, sich in die italienisch besetzte Zone Frankreichs durchzuschlagen; aber jetzt konnte niemand sie bewegen, aufzustehen von dem kleinen Stückchen Boden, wo sie lag, als würde ihr Körper sich gleich im Gras auflösen, Kleider und Stoffschuhe durchnäßt und eiskalt. Der Führer protestierte, sie konnten nicht anhalten, waren alle in Lebensgefahr. Aber das Mädchen hatte sich haltlos weinend zusammengekauert, und zuletzt hatten sie sie zusammen mit dem Bruder zurücklassen müssen. Nach dem Mont Buet hatten sie noch den Cheval Blanc hinauf- und hinuntersteigen müssen, und erst am späten Nachmittag hatte der Führer sie eine halbe Stunde in einer Mulde mit großen Felsbrocken rasten lassen, wo der Wind ihnen eisig in den Rücken pfiff. Dann kam sofort der nächste Aufstieg, den Col de Vieux hinauf, und als von oben der blaue Fleck des Barberiner Sees aufgetaucht war, schon auf Schweizer Gebiet, hatte der Führer sie verlassen. Es hatte noch weitere zwei Stunden gedauert, bis sie das steinerne Zollhäuschen sahen: Mit der leicht schwankenden roten Fahne mit weißem Kreuz war es in der Dunkelheit unter den

Sternen aufgetaucht wie der Stall von Bethlehem. Ein Anblick, der endlos zu dauern schien und zugleich sehr kurz war, *le temps d'un soupir* (aber wie soll man das schreiben, ohne sich in sinnlosen Einzelheiten zu verlieren?; doch, schreib, los, schreib *le temps d'un soupir*), weil gleich darauf ein gar nicht sehr freundlicher Polizist erklärt hatte, daß nur das Kind bleiben könne, alle anderen zurückgeschickt werden müßten...

Der Junge hatte, die Arme um den Kopf gelegt, zu schluchzen begonnen. Beim Aufbruch hatte der Vater behauptet, er sei zwölf Jahre alt, aber bestimmt war er jünger, und den ganzen Weg über hatte er Anstrengung und Angst ausgehalten, ohne einmal zu klagen, jetzt saß er, mit seinen geschwollenen, blaurot angelaufenen nackten Füßen baumelnd, auf dem Stuhl neben dem Ofen, und niemand konnte ihn beruhigen. Später hatte ein Soldat Milch und eine heiße Suppe gebracht, und danach war das Kind plötzlich eingeschlafen, das von Erde und Tränen verschmierte Gesicht ins Stroh vergraben. Es sah aus wie tot. Gegen vier Uhr morgens war der Polizist zurückgekehrt, um ihnen mitzuteilen, daß er auch für den Vater des Jungen eine Einreiseerlaubnis erhalten habe, aber für die anderen sei nichts zu machen, in einigen Stunden würde er sie an die französische Grenze am Col de Vieux zurückbegleiten.

Doch an die Grenze zurückgebracht zu werden bedeutete, in den Fängen des Hauptsturmführers

Brunner zu enden; und kaum war der Polizist gegangen, waren er und der Drucker geflüchtet, das bißchen Licht nutzend, das der hinter den Bergen heraufziehende Mond hergab. Und nur die animalische Kraft, die der Überlebenswille weckt, hatte sie dazu gebracht, die im Schnee auf dem Cheval Blanc zurückgelassenen Spuren zu suchen und dann noch die auf dem Mont Buet, die langen Schleifspuren auf den Geröllfeldern. Die Füße wie Klumpen, der Rücken lahm vom Gewicht des Rucksacks. Mehrmals waren sie vom Weg abgekommen und in Gefahr gewesen abzustürzen, zuletzt hatten sie die Lichtung wiedergefunden, wo sie das polnische Mädchen zurückgelassen hatten (*das Gras war noch ganz zertrampelt, eine Kekstüte lag noch da und ein Fläschchen, das Cognac enthalten hatte*, schreib es, los, schreib es). Und erst am Abend des nächsten Tages waren sie endlich wieder nach Chedde gekommen, wo ihnen derselbe Pfarrer, der ihnen vorher geholfen hatte wegzugehen, die Wunden an den Füßen verbunden und auch die der Seele zu lindern versucht hatte. Immer vorausgesetzt, daß es die Seele gibt.

Viele Seiten, gelesen und wieder gelesen, gemeinsam korrigiert und dann von Margot in einem orangefarbenen großen Umschlag verschlossen, dessen Klebstoff sie rundherum anleckte. Arturo hatte den Umschlag in die Tasche gesteckt, sie hatte gesagt, nein, so verknittert er, und ihm eine Mappe mit Leinenecken gegeben. Und am nächsten Tag war Arturo lange umhergeirrt, bevor er die Place Palud fand, und dann hatte er noch zwei Stunden im Vorzimmer der »Délivrance« warten müssen, bevor er den Umschlag einer liebenswürdigen Dame mit den Umständen angemessenem Lächeln aushändigen konnte; und in dem Augenblick, in dem er gesehen hatte, wie sie ihn auf einen Stoß weiterer Umschläge legte, hatte er begriffen, wie nebensächlich diese Erfahrung, die er für so dramatisch gehalten hatte, gegenüber anderen erscheinen konnte. Vielen, zu vielen, von denen manche mit dem Tod oder mit Folter durch die Gestapo geendet hatten.

Doch wenigstens Margot, wenigstens sie hätte all das, was sie aufgeschrieben hatte, verinnerlichen müssen, wenn sie ihn so sehr liebte, wie sie behauptete. Es nicht nur mit dem Kopf begreifen, sondern in sich aufnehmen wie eine Flüssigkeit, die die Eingeweide angreift; und danach wird man anders, man weiß nicht wie, man weiß nicht, wie sehr. Anders und hoffentlich besser. Aber sie ist müde, will schlafen, ihre Liebe hat sie doch genügend bewiesen, so scheint ihr, indem sie all die Seiten geschrieben, korrigiert und dann noch einmal abgeschrieben hat, weil Arturo ständig darin herumkritzelte, da er immer noch neue Einzelheiten einfügen wollte. Sie beweist ihre Liebe doch jeden Tag, indem sie in ihrem schwarzen Satinkittel an der glänzenden, ornamentgeschmückten Kasse sitzt. Sonntags, wenn es regnet, gehen sie manchmal ins Kino, ins Capitol, aber wenn schönes Wetter ist, wandern sie durch die Stadt bis zum See und setzen sich ans Ufer. Ein paar Gänse watscheln, durch ihre Ankunft aufgeschreckt, über die Wiese zurück ins Wasser, und sie sieht sich immer um aus Angst, unter den Damen, die mit Hütchen und Hund an der Leine spazierengehen, eine Freundin von Mamigna zu erkennen. Dann packt sie den Kuchen aus, den Fräulein Janton ihr für den Sonntag geschenkt hat, und überläßt immer den Löwenanteil Arturo, freut sich, wenn sie ein Stück nach dem anderen in seinem Mund verschwinden sieht. Sie wird nicht müde, diesen Mund zu betrachten, während er die bunten »petits fours«, die »palmiers« aus Blätterteig verschlingt, Krümel auf den schmalen, trockenen Lippen. Ein Mund, der sie manchmal beunruhigt durch seine Fähigkeit, unerwartet eine verstörende Traurigkeit auszudrücken.

Aber auch Arturo hätte in der Folge nicht den guten Willen vergessen dürfen, den sie zeigte, indem sie jeden Morgen in den schwarzen Kittel schlüpfte und ihm im Spiegel über der Kommode zulächelte, während sie das demütigende Schulmädchenkrägelchen zuknöpfte. Und als die Tage allmählich länger wurden und Fräulein Janton unermüdlich fortfuhr mit ihrem immergleichen Geplapper, konnte es nicht ausbleiben, daß ihre Gedanken zurückkehrten zu Vivia und Marisetta, zu Eddy. Zu den *phantastischen* Augenblicken, wenn sie nach Chesa Silvascina zurückkehrten und der Schnee unter den Skistiefeln schmolz, die weite Fläche des Sees menschenleer, niemand wagt sich mehr darauf, wenn sich die ersten fahlen Wasserflecken zwischen Eis und Schnee ausbreiten und die Luft auf den Wangen prickelt, während die Sonne verschwindet und den Himmel mit allen nur möglichen Gelbschattierungen erfüllt. Arturo hätte sich erinnern müssen an ihr erstes Zimmer in Chur, in dem man sich kaum umdrehen konnte und sie jedesmal den ganzen Koffer durchwühlen mußte, wenn sie ein Paar Strümpfe brauchte, den Katzengeruch, der aus den staubigen Ecken aufstieg. Die abendlichen Besuche von Doktor Zurhaus, wenn er stumm dasaß und der Musik lauschte, die Augen geschlossen, die Hände über der Weste verschränkt, während sie ihr Bestes tat, um glücklich zu sein. An dies und noch anderes hätte Arturo sich erinnern müssen in der anonymen, hübschen Stadt in Rhode Island, als die brutale Wahrheit über ihr Kind wie ein Lösungsmittel gewirkt und den rosafarbenen Staub zersetzt hatte, der bis dahin ihr Zusammenleben überpudert hatte. Und es gezeigt hatte, wie es wirklich war. Sand, nichts als Sand, der noch dazu verdächtige dunkle Flecken aufwies.

III

*L*ange Zeit hatte Margot noch voller Gewissensbisse und Wut an Eddy gedacht. Gewissensbisse,
weil sie ihn irgendwie verraten hatten, ohne im min-
desten auf seine Gefühle zu achten, Wut, weil er sich
so niederträchtig verhalten hatte.

Mehrmals war sie versucht gewesen, mit Arturo
darüber zu sprechen, was an jenem Nachmittag vor-
gefallen war in dem Zimmer mit der gelben Chaiselongue. Aber das Thema hatte in all den Monaten
nicht einmal gestreift werden können. Sie wußte, daß
es für Arturo keine möglichen Rechtfertigungen gab;
und hatte er Eddy zuerst für einen eingebildeten dum-
men Jungen gehalten, so hatte er ihn, nachdem er ihn
überrascht hatte, wie er in seinen Schubladen wühlte,
als infam abgestempelt.

Sie hätte Arturo gern erklärt, wie sehr Eddy unter
der Geringschätzung Mamignas gelitten hatte, unter
seinem plumpen, dicken Körper, er, der Sohn eines
außerordentlich schönen und charmanten Mannes.
Wie wichtig sie, Margot, in seinem Leben gewesen war
und wie rasend ihn die Eifersucht gemacht haben

mußte. Aber bei jedem Versuch hatte sich ihr Gehirn vernebelt, waren die Sätze unscharf geworden und hatten ihre Bedeutung verloren. Etwas an Arturo hinderte sie daran, weiterzusprechen: Sie würde weder Verständnis noch Gehör bei ihm finden für diejenigen, die Juden anzeigten oder auch nur erpreßten. Deine Kleider haben schon Feuer gefangen, hatte er einmal gesagt, und die kommen mit einem Kanister Benzin an...

Als sie eines Abends im Bett über seine Ankunft in Chesa Silvascina sprachen, hatte sie ihn an den sonderbaren, mit Italienisch und Deutsch durchsetzten Jargon erinnert, den sie, Vivia und Marisetta immer benutzt hatten, damit die anderen nichts verstanden. »Den hat Eddy erfunden«, hatte sie gesagt, »so was kann er unheimlich gut.« – »Eines Tages werden wir auch über Eddy reden«, hatte er sie sofort unterbrochen, »aber jetzt nicht, jetzt kann und will ich nicht über ihn reden. Unter keinen Umständen.« Sie hatte sich beleidigt gefühlt von einer so endgültigen Absage und etwas erwidern wollen. Zuviel Groll, hatte sie gedacht, zuviel, und von Verzeihung gesprochen. Verzeihen, hatte sie gesagt, macht uns zuletzt selbst besser. Doch Arturo hatte das Licht gelöscht, und im Dunkeln hatte seine Stimme sonderbar tonlos geklungen: »*Nie*, ich bitte dich, *niemals.*«

Und im Mai 1945, als Margot sich zum erstenmal in Genf mit Mamigna getroffen hatte, war sie bei der

Nachricht von Eddys Tod in Tränen ausgebrochen. Sie saßen in einem Café auf der schmalen Landzunge zwischen der Rhone und dem Genfer See, und Margot hatte sich plötzlich gefühlt wie blind, während die Tränen ihr in den Mund liefen. Die Wut und die Gewissensbisse, die über ein Jahr lang an Farbe verloren hatten, bis sie fast miteinander verschmolzen, brachte der Tod nun wieder gewaltsam an die Oberfläche. Die Zärtlichkeit, die sie Eddy entgegengebracht hatte, schien sie erneut zu überfluten und Schmerz empfinden zu lassen, über ihn und zugleich über sich selbst, weil sie nicht fähig gewesen war, ihn zu retten, sondern sich sogar gegen ihn gestellt hatte. Keine Sekunde lang hatte sie an der These, es sei ein Unglück gewesen, gezweifelt. Und als Frau Arnitz ihr von den Photos erzählte, die man in seiner Tasche gefunden hatte, dachte sie sofort, daß es die Photos von ihr waren, die Eddy immer bei sich getragen hatte. »Von dir? Wohl kaum«, hatte Frau Arnitz gesagt, »die Photos von dir haben wir in kleinen Stückchen in seinem Zimmer im Papierkorb gefunden. Ihr jungen Mädchen dreht euch zu sehr um euch selbst, immer glaubt ihr, ihr seid der Nabel der Welt.« Gereizt hatte sie den Blick von der Tochter abgewandt und einen Schwan beobachtet, wie er den Kopf ins Wasser tauchte, um ein Stück Brot herauszuholen, das die Strömung davontrug. Und als sie sich ihr wieder zugewandt hatte, sah sie Margot in sich versunken, als betrachte sie ein inneres Bild von sich und Eddy. »Dieses Unglück«, hatte sie daraufhin mit einer gewissen Schärfe gesagt, »scheint übrigens gar kein reines Unglück gewesen zu sein, sondern eher Absicht.« Doch wieder war es, als fühlte Margot sich zur Rechenschaft gezogen wegen der Bestürzung, um nicht zu sagen Verzweiflung, die da gewesen war; und trotz der lauen Mailuft fröstelnd, hatte sie sich die Nase geputzt.

Die Russen waren in Berlin einmarschiert, und das Tausendjährige Reich war nun ein riesiges Trümmerfeld, ganz Europa holte seine Fahnen und den im Keller versteckten Wein hervor, um auf den Plätzen zu feiern. Auch in Genf drängten sich, als wäre ein Sack Konfetti über den Straßen ausgeleert worden, Diplomaten und Flüchtlinge, Dienstmädchen, Spione und Soldaten. Sie saßen auf den Bänken am Rand der Wiesen, überquerten die Brücken. Tranken an den Cafétischen in der Sonne. Margot schien fast soweit, wieder in den Besitz ihrer bunten Frühlingskostüme und ihrer Tennisröckchen zu gelangen, die so gut ihre schlanken braunen Beine zur Geltung brachten. Der Schuhe, die nur leicht angestaubt immer noch auf sie warteten. Frau Arnitz blickte die Tochter mit ihren kleinen, leuchtend blauen Augen an, die Monate in Genf hatten ihr gutgetan, ihre Wangen waren glänzend und rund, und auf den ein wenig grauer gewordenen Haaren trug sie ein Hütchen aus leichtem blauen Tuch, befestigt mit einer großen Hutnadel; und im Schatten jenes Hütchens öffneten sich die vielleicht etwas zu hastig geschminkten Lippen, um die Lieblingstochter aufzufordern, den Mann zu verlassen, mit dem sie aus Chesa Silvascina weggegangen war. »Wenn du mich deswegen sehen wolltest«, hatte Margot geantwortet, »wäre es besser gewesen, wir hätten uns überhaupt nicht getroffen.« Daraufhin hatte Frau Arnitz noch einmal versucht, die These des Unglücks in Zweifel zu ziehen, ihr und Marisetta, hatte sie gesagt, sei nämlich der Verdacht gekommen, daß jemand bei dem Sturz in den Inn nachgeholfen habe. Doch Margot war empört aufgesprungen: »Was willst du damit sagen?« Die Stimme blieb ihr fast im Hals stecken, und Frau Arnitz hatte sie am Handgelenk gepackt, um sie zu zwingen, sich wieder hinzusetzen. »Wieso bist du nicht zur Polizei gegangen, wenn du das denkst?« Margot fühlte ihr Herz in der Brust hämmern vor Entrüstung; und Frau Arnitz hatte sofort das Thema gewechselt. Doch nun herrschte offene Feindschaft zwischen ihnen, und vielleicht weniger, um sich gegen das durchzusetzen, was sie für die törichte, arrogante Naivität eines jungen Mädchens hielt, als vielmehr aus Wut hatte Frau Arnitz es mit Erpressung versucht. Brutal hatte sie ihre Drohung einfach so hingeworfen, zwischen das Kaffeekännchen und den Zucker, die Serviette mit den ausgefransten Rändern. Solange Margot mit jenem Mann zusammenbleibe, hatte sie gesagt, *kein Geld*, nicht einen Franken; und ihre Brauen hatten sich gerunzelt, um diesem *kein Geld* Nachdruck zu verleihen: Die Zeit der Spiele ist vorbei, meine Liebe, auch für dich ist der Augenblick gekommen, an dem du anfangen mußt, zwischen »Geld« und »kein Geld« zu unterscheiden, die Augen hatten die Tochter angestarrt wie zwei im Gesicht sitzende Emailleknöpfchen. Sicherlich wußte sie, wie riskant es war, so mit Margot zu reden, aber sie war es leid zu heucheln, und wahrscheinlich glaubte sie, die vielen mageren Monate hätten die Tochter diesem Argument zugänglicher gemacht. Sie irrte sich, Margot war immer noch das unerschrockene Mädchen, das die Welt herausforderte, und zudem war sie verliebt (das hätte sie, welterfahren wie sie war, nicht unterschätzen dürfen). Sie war erneut aufgestanden, rot im Gesicht, und Frau Arnitz hatte befürchtet, sie würde ihr vor allen Leuten eine Szene machen. »Ich heirate ihn«, hatte sie gesagt, »ich heirate ihn, sobald wir die Papiere erhalten, ich war gekommen, um es dir zu sagen. Ich erwarte ein Kind.« Trotzig sah sie sie an, und ihre großen braunen Augen, noch feucht von den Tränen um Eddy, leuchteten auf in der Verweigerung. Die hellblaue Bluse Dutzendware, der Rock schlecht geschnitten. *»Es ist nicht möglich, er ist ein Teufel!«* Frau Arnitz versagte die Stimme, ihr war, als hätte man sie plötzlich des Wortes beraubt. »Du kannst italienisch reden, es hört uns keiner zu...« Sie war voll Verachtung, fühlte sich stark trotz des Schmerzes um Eddy, eines Schmerzes, bitter wie Galle, es schien, als vergegenständlichte er sich jetzt in der Frau ihr gegenüber, die annahm, sie könne sie kaufen wie das Hütchen oder die Hutnadel mit Perle. »*Ein Teufel*«, hatte Frau Arnitz wiederholt; dann war sie ihr mit dem Blick gefolgt, während Margot zwischen den Tischen hindurchging, mit den Schuhen über den Kies stolperte. Hatte zugesehen, wie sie das kleine Eisentor aufschob, um den Garten des Cafés zu verlassen, und auf die Brücke zuging im Wind, der ihre Haare zerzauste. Ohne sich einmal umzudrehen: Margot hatte wieder zu weinen begonnen.

Das Kind wurde im November geboren und Ende Januar schon in einer Art großer, mit weißem Atlas ausgeschlagener Schachtel fortgetragen, als die vereisten Straßen von Providence wieder menschenleer dalagen nach dem Stimmengewirr und den eiligen Schritten, die sie in den Weihnachtsferien erfüllt hatten, und die früh dunklen Tage Rauhreif auf die Äste malten, die bei der ersten Berührung zerbrachen. Aber Margot hatte Rhode Island erst im Juni verlassen.

Am Anfang (in der ersten Zeit *danach*) hatte Arturo die Gewohnheit angenommen, spät nach Hause zu kommen, und sie hatte ihn von einem Zimmer ins andere gehen hören, den Kühlschrank auf- und zumachen, erbittert Holz hacken für den Kamin. In Providence waren sie plötzlich zum erstenmal beinahe reich gewesen, hatten sich keine Sorgen machen müssen, wenn sie einmal abends ins Restaurant gehen wollten oder Margot einen Mantel brauchte. Gleich nach der Ankunft hatten sie auch viel für das Kind ausgegeben, für die Wiege und die bunte Tapete. Sogar einen elektrischen Heizofen hatten sie gekauft, damit es wärmer wäre, wenn sie es badeten. Und im Keller hatten sie einen riesigen Kohlenvorrat, damit konnte man den Kessel noch monatelang heizen, es bestand keinerlei Notwendigkeit, den Kamin anzuzünden. Aber Arturo hantierte trotzdem oft halbe Stunden lang mit Papier und Reisigbündeln, blies zart auf die Flamme, bis auch die größeren Scheite Feuer fingen. Danach saß er untätig da, die Füße auf dem Tisch, eine Zigarette nach der anderen. Er wartete, so wie am Anfang.

Wäre sie anders gewesen, weniger selbstsicher und verwegen, wäre sie vor allem fähig gewesen, die eigene Geschichte als eine von vielen Millionen unglücklicher Geschichten zu sehen. Hätte sie die Liebe nicht für eine kostbare Blume gehalten, die ganz allein ihr zugedacht war, um sie in ihrem persönlichen Garten zu hegen, so hätten sie vielleicht längst gemeinsam eine Lösung finden können, um mit dem, was geschehen war, zurechtzukommen. Aber *diese Wahrheit* hatte Margot sich nicht einmal vorstellen können; sie war zu jung, zu »verzogen«, hatte Arturo einmal gesagt, gewohnt, die Menschen und die Tatsachen nur auf sich selbst und ihre Art zu urteilen bezogen zu sehen. Auch ihre Freigebigkeit war Teil dieser Weltanschauung. Und das, was sie *Gefühl* genannt hatte, war eigentlich durch die körperliche Anziehungskraft aufgekommen, denn Arturo schien ihr damals in allem genau dem zu entsprechen, was ihr Körper begehrte; und gleich einer Strömung, die der Wind auf dem See verursacht, hatte sich das Begehren rasch von einem Ufer zum anderen ausgebreitet und den ganzen Raum eingenommen. Von dem Augenblick an war nichts mehr wie vorher oder auch nur interessant gewesen außerhalb des Zauberkreises, den Arturos Anwesenheit gezogen hatte. Fern von ihm erschien jedes Licht trüb. So war es in Chesa Silvascina gewesen; und dann auch in Chur und in Fribourg, in Triest. Bis zur Geburt des Kindes.

Als der Augenblick der *Erkenntnis* gekommen war. Als das, was noch übrig war von dem selbstsicheren, anziehenden Mädchen, das Arturo im Eingang von Chesa Silvascina zum erstenmal entgegengegangen war, sich von einem Tag auf den anderen seine Niederlage eingestehen mußte. Eine ungeheuerliche Tatsache akzeptieren mußte, eine Wirklichkeit, die außerhalb des Vorstellbaren lag. Und durch einen jener seltsamen Zufälle des Lebens hatte die Zeit, das verdammte Maß von Vorher und Nachher, schließlich bestimmt, daß die Erkenntnis der Wahrheit unmittelbar nach dem Tod des Kindes stattfinden sollte. Obwohl zwischen dieser Wahrheit und dem Tod des Kindes ein Abstand von Jahren lag.

Ein Kind, das starb, als würde es langsam, Stück für Stück zerfallen, bis kein Atem mehr in seinem

Mund war. Wunderschön und scheinbar vollkommen, ein Kind, das ihre und Arturos Züge vereinen und der greifbare Beweis ihrer abenteuerlichen Geschichte von Flucht und Errettung hätte werden sollen; und statt dessen hatte es sich in ein Bündel verwandelt, das zum Wegwerfen war, auf einen Haufen zusammen mit den vielen Unschuldigen, die auf entsetzliche Weise gelitten und die niederträchtigsten Ungerechtigkeiten erfahren hatten.

Das Schlafzimmer in Providence war ausgestattet mit einer Tapete mit gelben Röschen, Bettüberwürfen aus Nylon mit angekrausten Volants und einer lächerlichen chinesischen Lampe in Pagodenform. Die hätten sie als erstes ausgewechselt, wenn sie noch länger in diesem Haus geblieben wären, das sie in Erwartung des Kindes einen Monat im voraus gemietet hatten. Margot starrte jetzt wie besessen auf diesen Lampenschirm, als sei er der Ursprung allen Unglücks. »Das hätte er nie getan«, sagte sie zitternd, und die Worte kamen mühsam aus ihrem ausgetrockneten Mund, so als hätte ein Tampon allen Speichel aufgesaugt, »er hätte es nie getan«, und der Name Eddy, der wie ein Stich ins Herz war, klang jetzt süß und verwest. »Du weißt doch genau, daß er hingehen und mich denunzieren wollte. Du hast es ja selbst als erste gesagt an dem Nachmittag.« – »Das ist nicht wahr, ich hatte nur Angst, daß er in der Wut eine Dummheit machen könnte, deshalb wollte ich, daß du ihm nachgehst, ihm alles erklärst...« Sie kauerte sich auf der Couch zusammen, als müßte sie dort Schutz finden vor dem Bild, das sie bedrängte, drückte ihr Gesicht gegen das Polster, von dem noch ein leicht ranziger Geruch nach der Milch des Kindes auszugehen schien. »Aber er hätte dich niemals angezeigt, das glaube ich nicht, das werd' ich nie glauben, ich kannte ihn, du nicht...« – »Und warum hat er dann meine Schubladen durchwühlt? Warum hielt er meinen Paß in der Hand? Er hatte sogar meine Daten abgeschrieben, auf einen Zettel, den er in der Tasche hatte...« – »Also bist du ihm nur nachgerannt, um ihn umzubringen... Du hattest gar keine andere Absicht, hast nur daran gedacht, dich selbst zu retten.« – »Ah, diese ungeheuerliche Logik der Frauen, die ein Argument verbiegen, um es zu ihren Gunsten auszulegen... Natürlich habe ich daran gedacht, mich zu retten, um nicht wieder zu sein wie eine Maus, die mit dem Besen verfolgt wird.« – »Du weißt genau, daß ich dich überall und auf jeden Fall beschützt hätte, dafür hätte ich mein Leben riskiert.« – »Da wäre ich mir an deiner Stelle nicht so sicher... Und außerdem habe ich mich schon immer allein verteidigen wollen, ich habe ein Recht dazu wie alle anderen. Oder denkst du, daß es nicht so ist, daß Jude zu sein sowieso ein Makel und eine Schuld ist? Ist es das, was du denkst, daß das Schicksal als Opfer auf jeden Fall mir zugedacht war, und dann hättest du womöglich sogar versucht, mich zu retten... Ist das deine Gerechtigkeit?« Sie hatte nichts erwidert, die Augen starrten auf die Röschen, die wie eine Prozession kleiner Frösche die Wand hinaufliefen. Arturo hatte sie an den Armen gepackt, er wollte sie zwingen, ihm in die Augen zu sehen, das Schiebefenster stand halb offen, und der gelbe Vorhang schwankte leicht im Luftzug hinter seinem Rücken: »Margot, ich würde es wieder tun, hör mich an, ich war dazu gezwungen, und ich wäre es wieder unter den gleichen Bedingungen, er stand dort und wartete auf das Postauto, um hinzurennen und mich anzuzeigen... Als erster wäre Doktor Zurhaus in Mitleidenschaft gezogen worden. Daran hast du wohl nicht gedacht?« Doch jetzt war es, als wäre Eddy das gestorbene Kind, und Margots Körper lehnte sich auf, sie wollte nicht festgehalten werden, wollte nichts mehr sehen, weder dieses Gesicht, das sie so oft geküßt und gestreichelt hatte, noch die Häuser von Providence und die Bäume mit den Eichhörnchen, noch die Vorhänge, die sich im Lufthauch blähten, und auch das trockene Geräusch der Zugvorrichtung nicht mehr hören, die das grauenvolle Schwanken des hellgelben Rayonstoffes bändigte. »Ich bin katholisch«, hatte sie auf einmal gesagt, »ich kann nicht verstehen.«

*D*anach hatten sie noch öfter versucht, miteinander zu sprechen, im Wohnzimmer sitzend, von dem aus man in den kleinen Garten mit den Birken gelangte. Oder im Schlafzimmer, auf dem Bett liegend, während das Schweigen, das sich nach dem Tod des Kindes im Haus ausgebreitet hatte, im Dunkeln auf sie übergriff. Aber sie hatten sich nicht mehr geliebt; so viel Zeit schien vergangen zu sein seit dem letzten Mal, einige Tage, bevor das Kind geboren wurde: In jener Nacht waren sie aneinander geschmiegt liegengeblieben, als wären ihre Körper unfähig, sich zu trennen, und plötzlich hatte etwas in ihr sich in der Tiefe zu bewegen begonnen, ihr Bauch hatte geschwankt, als führte er ein Eigenleben. Wellen, ausgelöst von jenen Ellbogen, jenen Knien, den wenige Zentimeter langen Füßchen; und im Dunkeln hatten sie zusammen gelacht.

Jetzt fühlten sie sich unwohl, wenn es im Zimmer dunkel war, um zu sprechen, mußten sie das Licht anknipsen, und die kleinen roten Troddeln des chinesischen Lampenschirms schaukelten, man schien sogar die Messingplättchen klingeln zu hören. Bei diesem Licht hatten sie sich in die Augen gesehen in dem Versuch zu verstehen, manchmal auch herausfordernd oder um sich Mut zu machen weiterzusprechen. Aber es hatte nicht viel genützt. Andere

Male hatte der Blick sich auf die Gegenstände im Zimmer gelegt, wie um die dumpfe Alltäglichkeit ihrer Qual zu betonen.

Das Unglück des Kindes hätte sie verbinden müssen, so hatte sie im ersten Augenblick gedacht. Doch beinahe sofort hatte jener nagende Zweifel sie überfallen; nachts schreckte sie aus dem Schlaf hoch, als sähe sie Mamigna mit ihren stechend blauen Augen unter dem Hütchen vor sich: *Mir und Marisetta ist nämlich der Verdacht gekommen, daß jemand bei dem Sturz nachgeholfen hat...* Das Zuckerstückchen fiel in die Tasse, während sie beide an dem gedeckten Tischchen fast auf dem Wasser der Rhone schwammen. *Ihr jungen Mädchen dreht euch zu sehr um euch selbst, immer glaubt ihr, ihr seid der Nabel der Welt...* Die Lippen, die sich beim Sprechen öffneten und schlossen, waren nicht mehr so voll wie früher, und der Lippenstift verwischte, setzte sich in den kaum wahrnehmbaren kleinen Falten fest. Mamigna, das weiß sie genau, liebt nicht die Lüge um der Lüge willen, im Gegenteil, sie liebt den grausamen Gebrauch der Wahrheit. *Die Photos von dir? Die haben wir in kleinen Stücken in seinem Zimmer im Papierkorb gefunden...* Die Worte hallen wider in der Dunkelheit des Zimmers in Providence, werden von den Wänden zurückgeworfen auf der Suche nach einer Antwort, die anders ist als die, die in ihrem Gehirn wächst wie ein Tumor. Und danach, nachdem er die Photos weggeworfen hatte (hatte er sie mit der Schere zerschnitten?

oder mit den Händen zerfetzt?), WAS WAR DANACH GESCHEHEN?

Als Eddy das Haus verlassen und leise die Eingangstür hinter sich geschlossen hatte, damit ihn niemand hörte, hatte sie ihn vom Fenster aus gesehen, die Schultern gewölbt in der Felljacke, ohne Mütze im Schneetreiben. Er entfernte sich rasch und streifte im Gehen die Wollhandschuhe über: Die Kälte an den Händen war sein Problem, auch zum Skifahren mußte er immer ein Paar Ersatzhandschuhe mitnehmen, falls er die anderen verlieren sollte. Sie hatte auf die Uhr geschaut und sich erinnert, daß gleich das Postauto nach Silvaplana kommen würde. Daraufhin war sie hinuntergelaufen, sie wollte versuchen, ihn einzuholen, bevor er den Platz erreichte. Doch im Eingang war sie stehengeblieben, an den Händen noch das Blut, das sie ihm vom Gesicht gewischt hatte.

Fragen, die immer um denselben Gedanken kreisen, sich immer mehr zuspitzen, der Spielraum wird immer enger, das tote Kind, das schwer in ihrem Kopf lastet wie Christus auf den Schultern des heiligen Christophorus. *Sie haben ihn am Zufluß zum Champfèrer See gefunden, er mußte seit Monaten dort gelegen haben, hatte fast keine Kleider mehr am Leib...* Der Geruch von Mamignas Puder, das kleine Milchkännchen. *Also ist es in Silvaplana passiert...* sagt sie, der Champfèrer See ist ja ganz dort in der Nähe. *Das ist überhaupt nicht sicher, die Strömung kann ihn kilometerweit mitgerissen haben...* Mamigna trägt die Kette aus Perlen und Türkisen um den Hals, die sie ihr immer zum Spielen gab, wenn sie als Kind krank das Bett hüten mußte. Doch kaum war sie gesund, nahm die Mutter sie ihr wieder ab. *Le collier-jeu* nannten sie diese Kette. *Dieses Unglück schien übrigens gar kein reines Unglück gewesen zu sein, sondern eher Absicht...* Aber der Busfahrer kannte Eddy ja gut, bestimmt kann er sich erinnern, ob er an jenem Abend eingestiegen ist, um die Zeit ist das Postauto fast immer leer. *Vermutlich ist er erstickt...* Die Handschuhe, hätte sie Mamigna fragen müssen, hat jemand seine Handschuhe in Champfèr im Schnee gefunden? Statt dessen hatte sie gesagt: *Ich erwarte ein Kind.* Jemand warf Brot oben von der Brücke, sofort tauchte der Kopf des Schwans in einem weißen, gefiederten Bogen ins Wasser, um es herauszuholen. Mamigna faßte sich mit der Hand an die Kehle, als hätte jemand sie verletzt, als steckte ein Messer da in ihrem Hals, *es ist nicht möglich, er ist ein Teufel...* Das schwarze Auge des Schwans, der davonschwimmt. Von der Brücke aus hatte sie dann verschwommen durch die Tränen die Krickenten, die Pfeifenten, die Knäckenten gesehen, die ab und zu flügelschlagend aus dem Wasser aufflogen. *Ein Teufel...*

»Meine Schuld«, hat Arturo gesagt, »besteht darin, dich in dem Glauben gelassen zu haben, Eddy sei in der Nacht verschwunden wie ein Elf in den Bergen.« Einen Kompromiß gemacht und sich eingelassen zu haben auf das, was sie gern denken wollte und was ihn vor jeder Reaktion schützte. Die Wahrheit zu sagen erfordert Kraft, und er war in jenem Augenblick sehr schwach gewesen wegen der furchtbaren Anstrengung, die es ihn gekostet hatte, einen Menschen zu töten. Einen Feigling, einen elenden Kerl, der aus einem törichten Rachegelüst heraus bereit war, ihn zu verkaufen.

Doch *diese* Wahrheit kann Margot nicht akzeptieren. Und die Ablehnung wird etwas Physisches, hat mit ihrem zerschlagenen Körper zu tun, der in Stücke gegangen ist zusammen mit dem Kind mit dem baumelnden Köpfchen, das nicht mehr atmen konnte, ein immer feineres Röcheln, wie das Knistern von Seidenpapier. Wie kann Arturo jetzt so viel von ihr verlangen? Sie muß sie nicht nur erkennen, diese Wahrheit, zusehen, wie sie gleich einer Zeichnung auf einem Blatt genaue Konturen annimmt, sondern sollte ihr auch in all ihrer Erbarmungslosigkeit zustimmen, sie teilen im Namen der Gerechtigkeit. Oder der Liebe? Nein, die Liebe hat nichts damit zu tun…

Ihr Entsetzen hatte Arturo noch starrer gemacht. Das Entsetzen gebühre Eddy, hatte er gesagt, es betreffe solche wie ihn, die Hyänen, die Europa bewohnt haben. Es sei eine Frage der Gerechtigkeit, und sie machte eine Frage des Mitleids daraus.

Aber Margot war keinem Argument mehr zugänglich, ihre einzige Entgegnung war: *Eddy hätte es nie getan.* Uneinsichtig und stur, auf die ein wenig durchgesessene Couch gekauert, hatte sie den Kopf geschüttelt. »Er hätte es nie getan«, wiederholte sie. Und jetzt konnte der Tod des Kindes nie mehr gutgemacht werden, sondern nahm eine gespenstische, biblische Dimension an. War wie der Finger Gottes, der auf sie zeigte. »Wieso hat er denn dann bei diesem Schneetreiben das Haus verlassen? Soll ich dir beschreiben, wie er zusammengezuckt ist, als ich ihn eingeholt habe? Willst du mir wenigstens einmal bis zum Schluß zuhören?« – »Ich will nichts wissen.« Sie hielt sich die Ohren zu, um ihn nicht zu hören, und sah, wie sich Arturos Lippen bewegten und wie er litt, und je mehr sie ihn leiden sah, um so mehr dachte sie, dies sei die Gerechtigkeit, daß er litt. Es bedeutete ihr auch nichts mehr, ob er sich ihrem Schmerz beugte, sie um Verzeihung bat für das Leid, das er ihr hatte antun müssen. Sie wollte nichts mehr.

»Und außerdem hast du mich angelogen.« – »Angelogen ist nicht das richtige Wort.« Um sich zu beherrschen, geht Arturo auf und ab, die Zigarette zwischen den Fingern, die Jacke lose um die Hüften. Die langen, dünnen Beine, das unregelmäßige Gesicht mit den eingefallenen Wangen und den hohen Jochbögen. Er gefällt ihr, zieht sie immer noch auf beinahe schamlose Weise an, aber das macht ihre Anklage noch unnachgiebiger: »Jemanden etwas glauben zu lassen, was das Gegenteil der Wahrheit ist, ist das nicht dasselbe? Ist das nicht lügen?« – »Ja gut, dann habe ich dich angelogen.« Er ist stehengeblieben, auch das Geräusch der Schritte hat aufgehört, Arturo steht vor ihr und wartet auf eine Geste, irgendein Zeichen, und sei es nur ein Zweifel und nicht jene schreckliche Gewißheit, zu der sie sich berechtigt fühlt. Aber Margot regt sich nicht, ist wie festgegipst auf dieser orangegestreiften Couch, sie begehrt ihn immer noch, aber das ist eine Schuld, und sie wird nicht zulassen, daß er sie auch nur an der Hand berührt. »Es hat mir an Mut gefehlt. Ich hatte Angst«, hat er noch gesagt. »Angst, daß ich dich anzeige?« hat sie gefragt. »Nein, das nicht, niemals. Angst, daß du mich verläßt. Allein hätte ich es nie geschafft.« – »Du hattest ja noch Doktor Zurhaus.« – »Aber ich brauchte dich.« Er hat sich gebückt, um ein Stück Zeitung aufzuheben, das heruntergefallen war, hat es zusammengefaltet und weggelegt, sie betrachtet seine starken dunklen Hände. Die Hände, die Eddy getötet haben, die sie unsinniger- und absurderweise immer noch auf ihrem Körper spüren möchte. »Und danach, als wir frei waren?« – »Danach war es immer schwieriger, wir sind hierhergekommen, du warst glücklich... Ich dachte, eines Tages würde ich es dir sagen können.« – »Wann?« – »Darüber will ich nicht sprechen, es ist nicht wichtig. Eines Tages, und du hättest es verstanden.« – »Was? Daß man erbarmungslos töten kann?« – »Erbarmen hat in dieser Geschichte nichts zu suchen!«

Margot hatte sich seinem Blick entzogen, sie fühlte sich plötzlich sehr müde. »Hast du mich eigentlich wirklich geliebt, oder wolltest du es nur gern glauben, weil es bequem für dich war?« hatte sie auf einmal gefragt. »Darauf weigere ich mich zu antworten, es ist eine gemeine Frage.«

»*E*in albernes Weib«, hatte er einmal über die Ehefrau des Chefs der Abteilung für Biologie gesagt, die immer von der Schönheit der Natur redete. »Ein albernes Weib.« Sie hatte sich abgewandt, um seinen Blick nicht aushalten zu müssen. Draußen war eine blasse Sonne hervorgekommen, die sich unangenehm auf dem Glastisch, auf der noch halb vollen Kaffeetasse spiegelte. Eine dünne, dunkle Brühe, längst eiskalt. Sie hatte ihn langsam getrunken: Sie empfand große Sehnsucht nach Triest und nach ihrem Zimmer, von dem aus man das Meer sah, wenn sie dorthin hätten zurückkehren können, so schien ihr, hätte sich der böse Zauber gelöst. Dort war das Glück geblieben, hatte sich in den Vorhängen verfangen, der Geruch nach Meer, das große knarrende Bett, in dem sie schließlich immer auf der Ritze in der Mitte lagen, wo die beiden alten Matratzen zusammenstießen. »Deine Gerechtigkeit kann nicht meine sein«, hatte sie unvermittelt gesagt, »ich will deine Gerechtigkeit nicht, sie ekelt mich an.«

Sie hatte sich auf der Couch zusammengekauert, so hatte sich vielleicht auch das polnische Mädchen zusammengekauert auf der Wiese am Fuß des Mont Buet. Wer weiß, was ihr zugestoßen war, in Chedde hatte man sie nie mehr gesehen, weder sie noch den Bruder. Gedämpft durch die Lehne der Couch drang jetzt Arturos Stimme zu ihr: »Ich hätte es akzeptieren sollen, Opfer zu sein«, sagte er, »im Grunde haben so viele es akzeptiert, das hätte dich nicht angeekelt, es ist schön, sich für die Opfer einzusetzen, es ist edel...« – »Es ist immer noch besser, als auf der anderen Seite zu stehen, auf der, die tötet«, hatte sie erwidert, den Mund an der Lehne. »Was weißt du schon von den Opfern? Ich habe sie gesehen, die Opfer...« Sie hatte die Augen geschlossen, es war jetzt dunkel. »Und außerdem bist du gar kein richtiger Jude, du bist nicht einmal beschnitten.« Sie wußte nicht, warum sie das gesagt hatte. Vielleicht würde er sie jetzt ohrfeigen, dann hätte sie schreien können. Eddys und ihren Namen schreien. Eddy und Margot, Eddy und Margot, Eddy und Margot... Aber Arturo war stumm geblieben; langsam ließ das Leiden nach, wurde diffuser, wurde der Tag, das Licht auf der Glasplatte, das Brummen des Kühlschranks. Die Augen, die sie anstarrten, blickten auf einmal fern und abwesend, als hätten sie Mühe, sie zu erkennen, an die Lehne der Couch gekauert.

IV

Zu Beginn hatte sie nur ein paar Zimmer gesucht, um einige Möbel unterzustellen, die nach dem Verkauf von Chesa Silvascina übriggeblieben waren, lauter Sachen, die niemand anders gewollt hatte und die sich in der Garage türmten. Auch von dem Ort war sie nicht sonderlich begeistert gewesen; als Mädchen war sie einige Male dort vorbeigekommen, wenn sie über den Flüelapaß einen Ausflug nach Davos machten, damals stand da ein Brunnen, an dem sie anhielten, um ihre Feldflaschen zu füllen. Doch dann, nach und nach, während sie andere Häuser in anderen Tälern besichtigte, hatte sie begonnen, wieder an diese Art Ruine zu denken, die sie am Anfang gesehen hatte. Denn es war ja nur eine Ruine gewesen; und zuletzt hatte sie verstanden, daß das »der Ort« war. Nicht sie hatte ihn gewählt, sondern sie war gewählt worden, jemand oder etwas hatte es an ihrer Stelle so bestimmt. In manchen Augenblicken hatte sie es fast als Qual empfunden, zu dieser Entscheidung zu stehen, die sie nicht mehr rückgängig machen konnte. So ähnlich mußte es früher den

Auswanderern gegangen sein, wenn sie aus Europa in der endlosen Weite Amerikas ankamen. Mamigna hatte ihr das Geld gegeben, Mamigna wollte trotz allem, daß sie *ordentlich ernährt und ordentlich untergebracht* war.

Viele Dinge hatten sich sofort geändert: die Begriffe von Kälte und Wärme. Der Wert der Geräusche. Doch vor allem hatte sich ihr Verhältnis zu den Wörtern verändert, einige waren versunken, andere jahrelang taub oder unsichtbar geblieben, bis sie wieder erwachten, sie fast bedrängten. Sogar die Einsamkeit war anders geworden. Ihr Horizont war jetzt genau umrissen, ihr Gewicht an manchen Tagen leicht, an anderen geballt und schmerzlich. Kleine Löcher, durch die man die Welt betrachten konnte wie durch das Visier, das die Gesichter der mittelalterlichen Ritter umschlossen hatte.

Arturo hatte Marie nach einigen Jahren des Zusammenlebens geheiratet. Margot hatte sich der Scheidung nicht widersetzt, sie hatte nicht einmal darunter gelitten. Alles war auf einmal so fern; und ohne daß sie eine bewußte Entscheidung getroffen hätte, waren die Männer aus ihrem Leben getreten. Die Männer als Gegenüber, die, denen man gefallen will. Die, von denen wir möchten, daß sie zählen, im Guten wie im Bösen.

Es war kein Verzicht gewesen, sondern ganz natürlich, wie viele andere Dinge, seit sie beschlossen hatte, sich dort niederzulassen. Schon im ersten Winter (dem, in dem Arturo wieder geheiratet hatte) hatte sie verstanden, daß für eine bestimmte Art von Beziehungen an diesem Ort kein Platz mehr war. Auch im physischen Sinn. Die Freiheit hatte sich in etwas Wildes verwandelt, das leicht beeinträchtigt werden konnte. Sie selbst habe sich manchmal gefühlt wie jene Tiere, die sich nur außerhalb ihrer Höhle paaren können und nur zu bestimmten Jahreszeiten. *Ein Auerhahn, ein Fuchs*, hatte sie gesagt. Und sogleich hatte ein kurzes gutturales Lachen dem, was sie gesagt hatte, scheinbar jede Bedeutung genommen.

Ihre Art zu lachen, bei der sie den Kopf nach hinten fallen ließ (so hatte auch Isabella früher gelacht), erstaunte Lorenza jedesmal wieder. Auch ihr Sinn für Komik, bei dem sich ihr Gesicht zu einer seltsam kindlichen Grimasse verzog, zeigte sich immer unerwartet. Es war, als wäre ein Teil von ihr zurückgekehrt zu der Zeit zwischen Kindheit und Erwachsenwerden, wenn die Reaktionen nicht mehr zur einen und noch nicht zur anderen Phase gehören und mit geradezu metaphysischer Leichtigkeit in der Schwebe bleiben. Etwas, das plötzlich auftreten konnte, wenn jemand ahnte, daß er eine andere Frau vor sich hatte, eine, die nur wie eine Bäuerin aussah und Fragen zu stellen begann. Dann gab sie die verblüffendsten Antworten, mit einem Lächeln von entwaffnender Naivität, das die Haut um ihre Augen in vielen kleinen Falten kräuselte. Andere dagegen traten mit der Ausrede, ihre Kissen sehen zu wollen, ein und sahen sich neugierig in den Räumen um, zeigten sich erstaunt über die Originalität der Webarbeiten oder über die geschnitzten Möbel, die sie in alten Bauernhäusern aufgestöbert hatte. Darauf begann sie Selbstgespräche im Dialekt zu führen, schlug krachend die Türen zu und weigerte sich, das, was die Leute gekauft hatten, einzuwickeln oder es überhaupt zu verkaufen; und plötzlich gewann sie durch die alten Verhaltensweisen wieder eine dominante Position, fast so, als hätte sie Dienstboten vor sich. Aber nichts war ernst, ohne auch ein Spiel zu sein. Sie nahm einfach keine Rücksicht.

Sie sang. Nachts drang ihre Stimme durch die Holzwand, als hätte jemand vergessen, das Radio auszuschalten. Sie hatte eine Stimme, die ihr nicht glich, veränderlich, vielseitig konnte sie die schrillen Töne der Schlager der vierziger Jahre erreichen oder sich feierlich erheben, als müßte sie eine Orgel begleiten. Oder sich hell und hoch im Falsett verlieren. Ihr Repertoire war sehr unterschiedlich und folgte offenbar keiner Logik; es war zwecklos, am nächsten Tag mit ihr darüber zu sprechen. Die großen kastanienbraunen Augen in dem faltigen Gesicht, die in der Mor-

gensonne die Farbe von gebranntem Zucker an-
nahmen, schienen den Sinn der Frage nicht zu erfassen, ruhig auf die kleine Welt gerichtet, die sie um
sich hatte.

Aber einmal, als Lorenza hörte, wie sie das *Dies
irae* sang, hatte sie nicht widerstehen können und die
Tür zu dem Raum geöffnet, wo Margot am Webstuhl
saß. Tief, rauh, schleppend erhob sich die Stimme in
der Stille der Nacht; und erst als Margot bei der letzten Strophe angekommen war und nur noch das ab-
gehackte Klappern des Weberschiffchens übrigblieb
wie ein schwingendes Pendel, erst dann hatte sie sich
zu Lorenza umgedreht, die im Nachthemd auf der
Schwelle stand: »Was willst du?« hatte sie gefragt. Die
Lampe beleuchtete ihre geweiteten, geistesabwesen-
den Augen, sie saß an dem kleinsten Webstuhl und
hatte soeben ein Kissen fertiggestellt. »Sing es noch
einmal«, hatte Lorenza gebeten. »Dieser Scheiter-
haufengesang gefällt dir?« lachte sie, während die
bunten Wollfäden zwischen ihren Fingern schwank-
ten. »Bitte, nur noch einmal«, hatte Lorenza beharrt.
Einen Augenblick lang hatte Margot sie angesehen,
als überlegte sie, wie sie den Eindringling loswerden
könnte, dann hatte sie sich wieder umgedreht, und der
Atem hatte ihren Rücken in dem Baumwollkleid ge-
weitet. Wenn sie sang, war sie glücklich, schutzlos.
Ein Mädchen, immer noch nichts anderes als ein Mädchen; und die Stimme hatte nichts Religiöses, sondern schien von den unerfüllten Wünschen getragen,

verschlang die Strophen, quetschte eine an die andere. Doch als sie zum Ende kam, war ihr Rücken gebeugt, wie erloschen, der Körper träge und schwer auf dem Hocker, während die Stimme sich lustlos durch die letzten Strophen schleppte: *Quid sum miser tunc dicturus? Quem patronum rogaturus...* Genug, geh wieder ins Bett, hier ist es kalt, hatte sie dann gesagt, indem sie sich unvermittelt umdrehte. Sie hatte sich erhoben und streckte die Arme, die runzligen kleinen Finger öffneten und schlossen sich zur Faust wie bei kleinen Kindern. Und sofort hatte sie begonnen, die Lichter zu löschen in dem offenkundigen Wunsch, alleingelassen zu werden.

Am nächsten Tag jedoch hatte sie Lorenza gestanden, daß sie ihr nur den ersten Teil des *Dies irae* vorgesungen hatte, ganz sei es schrecklich lang und verliere zuletzt jede Kraft, werde monoton. Ab und zu müsse sie es in der Kirche singen, und der Anfang, finde sie immer, habe etwas Überwältigendes. Er sei triumphierend, befreiend, stelle den Sieg des Glaubens über den Zweifel dar. Wenn du mich dagegen einmal *Star Dust* oder einen von diesen Schlagern singen hörst, die ich als junges Mädchen immer gesungen habe, hatte sie mit ihrer leicht ironischen Grimasse hinzugefügt, dann komm sofort und tröste mich, das bedeutet, daß ich traurig bin...

*A*uf dem Dampfer, der sie 1946 nach Europa zurückbrachte, hatte sie die Kabine mit einer ehemaligen Opernsängerin geteilt. In jenem besonderen Augenblick hatte die Begegnung mit einer Frau, für die die Musik ihre Lebensgrundlage bedeutete, einen ersten Lichtblick in den bleiern grauen Tagen dargestellt. Einige Stunden lang verschwand die Qual, »Margot zu sein«, Gott packte sie am Schopf. Und auch wenn das Schiff so schlingerte, daß die anderen nicht wagten, ihre Betten zu verlassen, hatten die beiden Frauen, ein Glas Wasser vor sich, in ihrer Kabine eingeschlossen, unermüdlich weiter Koloraturen geübt.

Mit Arturo war es aus. Die Mauer, die sich so schnell zwischen ihnen aufgebaut hatte, immer höher von einem Tag zum anderen, hatte sich plötzlich als Leere herausgestellt. Eine Abwesenheit, die größer und unüberwindlicher war als jedes Hindernis. Arturo hatte aufgehört, Holz zu hacken und den Kamin anzuzünden, in die Flammen zu starren, während der Aschenbecher sich mit Zigarettenkippen füllte. Er war wieder freundlich, beinahe zeremoniell, und wenn er ausging, sorgte er dafür, daß sie nicht allein blieb, sondern die Frau eines Kollegen kam, um ihr Gesellschaft zu leisten. Er hatte ihr sogar das Programm des Chors der Manning Chapel mitgebracht, der zweimal in der Woche probte. Dort wären alle hocherfreut, hatte er hinzugefügt, wenn sie sich entschließen könnte, in den Chor einzutreten.

Er schlief nun in dem oberen Zimmer, das sie anfangs als Gästezimmer vorgesehen hatten. Doch Gäste waren nie gekommen. Morgens hörte sie, wie er aufstand, wenn es noch dunkel war, und dann das Auto anließ, um zum Strand von Moonstone zu fahren. Dort begann er seinen Spaziergang am Meer entlang, das noch fahl im Morgengrauen dalag, während die Möwen aufflogen, um in geringer Entfernung wieder zu landen und gleich darauf noch ein Stückchen weiterzufliegen, als überwachten sie seine Schritte. Als Margot ihm angeboten hatte, ihn zu begleiten, schien er sich zu freuen; doch schon am ersten Morgen hatte sie gemerkt, daß sie mit seinem Rhythmus nicht mithalten konnte. Sie war noch nicht wieder ganz bei Kräften, auch weil sie von einem Tag auf den anderen mit dem Stillen hatte aufhören müssen und mehrere Ungleichgewichte zusammenkamen, die ihr Körper weniger gut verkraftete, als sie angenommen hatte. Arturo blieb stehen, um auf sie zu warten, doch wäre er allein gewesen, wäre er gewiß länger gegangen, und es hätte ihm mehr Spaß gemacht, kilometerweit wäre er im windgebauschten Anorak mit seinen langen Beinen über den Strand gelaufen. So hatte Margot nach einigen Tagen verzichtet, und noch im Dunkeln hörte sie ihn die Treppe hinuntergehen und vorsichtig in der Küche hantieren, um keinen

Lärm zu machen; dann fiel die Eingangstür ins Schloß, und alles war wieder still. Bewegungslos blieb sie im Bett liegen, bis das erste Licht durch die Vorhänge drang und sich auf der Wand ausbreitete, das lange schwarze Band der Nacht rasch von der Prozession kleiner gelber Frösche aufgesogen wurde. Dann schloß sie erneut die Augen und wartete, daß der Schlaf zurückkehrte.

Manchmal träumte sie, manchmal blieb sie wach, während der Lärm der Vögel einsetzte, die in den Bäumen zwitscherten. Nacheinander erkannte sie die Geräusche, die den Beginn des Tages anzeigten; bis sie schließlich aufstand und sich in der Küche das Frühstück zubereitete. »Muffins« mit Ahornsirup, die sie langsam in den Kaffee tauchte, den Blick auf die Birken im Garten gerichtet, während das Radio spielte und sie einen heftigen Wunsch empfand, sich gehenzulassen. Sich auf den Boden zu werfen, sich zu krümmen und zu schreien. Das Radio war auf einen Sender der Küstenwache eingestellt, und die Hymne der amerikanischen Marine begleitete mit Trompetengeschmetter und Trommelwirbeln das langsame Kauen der süßlichen Muffins. Das Rinnsal des Orangensafts aus der elektrischen Zitruspresse. Ein Gerät, das plötzlich stark vibrieren und so laut brummen konnte, daß es die triumphierenden Klänge der Militärkapelle übertönte. Dann wurde der Impuls, sich auf dem Fußboden zusammenzukauern, sprunghaft noch heftiger, sich die Haare auszureißen und sich zu kratzen, bis der physische Schmerz sie überwältigen würde. Statt dessen trank sie in kleinen Schlucken den Saft der großen Orangen Floridas und ging zur Tür, um die Putzfrau hereinzulassen. Und beneidete sie um ihre Leibesfülle, das Gesicht mit dem Doppelkinn und die Brille, die Krampfadern an den Waden. Um die Ruhe, mit der sie mit dem Staubsauger von Zimmer zu Zimmer ging. Hätte sie doch mit ihr tauschen können, mit Johanna.

Arturo hatte begonnen, sich abends mit einer Gruppe Zionisten zu treffen, aber er zeigte sich skeptisch, nur aus Neugierde, hatte er gesagt. Im Grunde sei es seiner Mutter, einer *Goi*, der er einmal für die nichtreligiöse Erziehung sehr dankbar gewesen war, nicht gelungen, ein Gefühl der Zugehörigkeit auszulöschen, das die Ereignisse des Krieges dann so zugespitzt hatten. Nicht, daß er sich berufen fühlte, an Gott zu glauben, hatte er gesagt, aber zu erkennen, an welchen Gott und warum und wie man glaubt, das sei vielleicht doch wichtig. Es gehöre ja nun zu seiner Geschichte. Sie, Margot, habe einmal eine sehr bedeutsame Sache gesagt, als sie erklärt hatte, sie könne ihn nicht verstehen, weil sie katholisch sei. Oder daß ihr vor seiner Gerechtigkeit graute.

Er hatte auch wieder angefangen, an Marie zu schreiben, um zu erfahren, was aus dem kleinen Jungen geworden war. Sobald wie möglich hatte Marie ihn wieder zu sich geholt und in ihrem Brief die große Freude jenes Augenblicks beschrieben: Der Junge war losgelaufen, um seinen Koffer zu packen, und danach hatte er ihre Hand genommen und nicht mehr losgelassen, bis sie in den Zug gestiegen waren. Seine Mutter war gleich nach ihrer Ankunft in Auschwitz umgekommen, und von dem Vater, der 1939 in Schlesien von den Deutschen verhaftet worden war, hatte man nie mehr etwas gehört. Marie hatte erreicht, daß sie den Jungen als Pflegekind behalten durfte, *un petit garçon remarquable*... und aus Gewissenhaftigkeit, aber auch, weil er es sich gewünscht hatte, waren sie wieder nach Marseille gezogen, wo er jetzt die jüdische Schule besuchte. Sie lebten wieder in der Wohnung in der Rue de la République, und während sie ihm schrieb, machte der Junge, wie früher am Küchentisch sitzend, seine Hausaufgaben.

Arturo hatte ihm aus Providence Bluejeans und ein T-Shirt mit dem Aufdruck des Campus geschickt, und Margot hatte ihm geholfen, das Paket zu packen.

Es war aus; Tag für Tag war sie gezwungen, es anzuerkennen. Falls Arturo sie je geliebt hatte, so war die Liebe jetzt senkrecht untergegangen, es blieben nur die Luftblasen, die dann kurz an die Oberfläche steigen und sofort zerplatzen. Für Arturo war es aus, aber nicht für sie. Die »Leidenschaft«, das, was sie einmal Gefühl genannt hatte, weil sie keinen anderen Namen dafür gewußt hätte, war noch sehr stark, mit Groll vermischt und verwoben. Sie fühlte sich wie ein Tier in der Falle. Aber es bedeutete nichts, konnte nicht einmal in eine Erpressungswaffe umgewandelt werden. So war es gekommen und Schluß. Ohne Geschrei und ohne große Tränen. Während sie auf der leicht durchgesessenen Couch miteinander gesprochen hatten. Während Arturo hin und her gegangen war mit auf dem Teppich kaum hörbaren Sohlen und die Wörter für immer an der hellgelben Tapete kleben geblieben waren. Oder auch im rötlichen Licht der Lampe in Pagodenform. *Verba volant, scripta manent.* Nein, das stimmte nicht, gesprochene Wörter konnten unendlich mehr Gewicht haben als alles Geschriebene, denn sie bedienten sich der Stimme und des Blicks, der Gesten dessen, der sie sagte. Die Erinnerung an sie verband sich mit den Gegenständen, mit dem Licht eines bestimmten Tages, mit den Ästen einer Jahreszeit. Sie konnten schmal und leicht sein oder rund und schwer wie Blei, sie konnten sogar eine Farbe haben, einen Geruch.

Ein Gedicht von Sully Prudhomme, das sie als junges Mädchen gelernt hatte, war ihr wieder in den Sinn gekommen. Vor allem das Ende hatte sich ihr eingeprägt:

> Souvent aussi la main qu'on aime,
> effleurant le cœur, le meurtrit;
> puis le cœur se fend de lui-même,
> la fleur de son amour périt;
> toujours intact aux yeux du monde,
> il sent croître et pleurer tout bas
> sa blessure fine et profonde;
> il est brisé, n'y touchez pas.

Es waren ein wenig süßliche Verse, und sie hatten wenig mit ihrer Geschichte zu tun, aber ihr schien, als fände sie darin einen Anklang, ein Echo dessen, was zwischen ihr und Arturo geschehen war; daher hatte sie sich bemüht, sich an das ganze Gedicht zu erinnern, Zeile für Zeile. Zuletzt hatte sie es in Schönschrift abgeschrieben, die Schlußverse rot unterstrichen und es auf Arturos Schreibtisch gelegt.

Doch Arturo kannte Sully Prudhomme nicht, das Blatt war einige Tage zwischen den Handbüchern für Genetik und Zoologie herumgeirrt, er wußte nicht, welche Bedeutung er diesen Versen beimessen sollte. Wem gehörte *le cœur brisé*, ihr oder ihm? Es war seines, hatte sie gesagt; aber Arturo konnte das nicht nachvollziehen, und Margot hatte das Blatt mit den Versen zwischen den Fingern zusammengeknüllt.

Sie hatte auch versucht, mit einem jungen Assistenten für frankophone Literatur auszugehen, einem athletischen jungen Mann, von dem Typ, der ihr früher so gefiel, mit dichtem goldenen Flaum an Armen und Beinen und Sommersprossen auf der Nase. Eines Nachmittags hatten sie in ihrem Schlafzimmer zusammen geschlafen, und sie hatte sich angestrengt, sich als gute Liebhaberin zu erweisen, hatte sogar zwei Whisky hintereinander getrunken. Aber es war gewesen, als kaute sie Stroh, hatte ihr Ohnmachtsgefühl noch verstärkt. Mit wachsender Angst merkte sie, daß sie immer noch an Arturo dachte, ihn begehrte,

Arturo, nur Arturo. Und sie würde ihn nie mehr bekommen; sie war auch in Versuchung gewesen, ihm von ihrem Mißerfolg mit dem jungen Literaturassistenten zu erzählen, doch etwas hatte sie zurückgehalten. Etwas, das Furcht glich. Furcht vor seiner Gleichgültigkeit. Oder, noch schlimmer, daß er sich erleichtert zeigen könnte.

Nachts im Dunkeln kehrte immer öfter die Erinnerung an den schrecklichen Streit im Zimmer mit der gelben Chaiselongue zurück. Die Schreie, die Gewalt. Und allmählich nahm die Idee Gestalt an, daß Eddy mit dem Paß in der Hand *überrascht werden wollte*. Unmöglich konnte er ihre Stimmen, ihre Schritte die Treppe hinauf überhört haben. Eddy hatte gewollt, daß sie wüßten, *daß er alles entdeckt hatte*. Aber gewiß war er nicht auf eine solche Reaktion gefaßt. Vielleicht hatte er sich nur vorgestellt, sie zu erschrecken. Zeigen wollen, daß er jetzt eine Waffe in der Hand hatte, die er zur Erpressung benutzen konnte, wann und wie er wollte.

Nicht den Zorn, nicht den Schlag mitten ins Gesicht, das Geräusch der Faust auf dem Kieferknochen, das Blut, das ihm übers Kinn gelaufen war; er hatte zugesehen, wie es auf den Pullover tropfte. Sie war erschrocken hinausgelaufen, um ein Handtuch zu holen. Und war ihm mit den Fingern übers Gesicht gefahren, es sollte das letzte Mal sein, hatte die geschwollenen, blutigen Lippen berührt.

*D*em Chor der Manning Chapel war sie nie beigetreten, und der junge Assistant Professor hatte sich bald darauf mit einer Kollegin verlobt, Margot dagegen hatte eine Fahrkarte gekauft, um nach Europa zurückzukehren. Arturo würde den Kurs an der Brown University beenden und danach entscheiden, ob er in den Vereinigten Staaten bleiben oder woanders hingehen wollte; einstweilen hatte er begonnen, mit allen jungen Professorinnen, Assistentinnen, Sekretärinnen oder sonstigen Frauen ins Bett zu gehen, die auch nur das geringste Interesse an ihm zeigten. Es wurde allmählich Sommer, und in ihrem kleinen Garten wucherte das Unkraut, niemand tat etwas, um es zu beseitigen, und morgens in der Küche sah Margot, während sie frühstückte, wie die Vögel im hohen Gras untertauchten und die langen Halme zitterten, wie die Eichhörnchen auf dem ungepflegten Rasen hin und her hüpften und dann rasch die weißgefleckten Birkenstämme hinaufhuschten.

Als der Augenblick ihrer Abreise gekommen war, hatte Arturo sie nach New York begleitet. Und als sie in einem kleinen Restaurant am Hafen in einer Ecke vor einem Teller Garnelen saßen, hatte sie begriffen, daß es das letzte Mal war, daß sie sich gegenübersaßen. Doch das hatte nichts geändert an dem, was sie sich gesagt hatten über die Reise und die Formalitäten, die sie nach ihrer Ankunft in Genua erledigen mußte, über die vagen Pläne für eine Zukunft, die noch ganz zu erfinden war. Und danach hatte sie nicht einmal gewollt, daß Arturo wartete, bis das Schiff ablegte, kaum war sie an Bord, ging sie ihr Gepäck verstauen und kam nicht mehr aus der Kabine heraus, bis die Inseln der Bucht samt den kleinen bleiernen Wellen aus dem Bullauge verschwunden waren.

Später hatte sie nie daran gedacht, wieder zu heiraten. Eine Familie, weitere Kinder, das wollte sie nicht mehr. Und außerdem hätte sie eine neue Ehe als Sakrileg empfunden. Hat man gesündigt, kann man an die Barmherzigkeit Christi appellieren, aber sich aufzulehnen ist eine Herausforderung seines Mitleids. Ein Akt des Hochmuts. Der gleiche, durch den Luzifer aus der Vergebung ausgeschlossen wurde: Wenn man keine höhere Autorität mehr anerkennt, wen soll man dann um Absolution bitten? Sie brauchte die Vergebung und Barmherzigkeit Gottes. Für sich und die Toten, ob sie nun schuldig oder unschuldig waren. Noch in Providence hatte sie das undeutlich zu spüren begonnen, während Arturo mit leisen Schritten auf dem Teppich hin und her ging und sich die Wahrheit über Eddys Tod grausam und unannehmbar abzeichnete. Und als sie nach Nizza und dann noch nach Saint-Martin-de-Vésubie, Sospel,

Mégève, Valdebor gefahren war, um die Orte kennen-
zulernen, die in Arturos Leben so wichtig gewesen
waren, hatte sich das, was vorher eine undeutliche
Empfindung war, als einzig möglicher Weg erwiesen.
Eine festgelegte Strecke, deren Verlauf zwar im
Augenblick noch unbekannt war, aber zu einem vor-
herbestimmten Plan gehörte, wie sich überschnei-
dende Handlinien.

Auch ihre Begegnung mit einem jungen Priester
in Saint-Martin-de-Vésubie wirkte ganz zufällig, sie
hatte keinerlei Absicht gehegt, sich länger in Hochsavoyen aufzuhalten. Doch als der Priester sie gebeten
hatte, einen Kinderchor für die sonntägliche Messe zu
organisieren, hatte die Idee sie begeistert, und gemeinsam hatten sie begonnen, liturgische Gesänge
auszuwählen, die sie die kleinen Sänger der Gemeinde
lehren wollte. Damals waren Wörter wie Mitleid und
Barmherzigkeit aufgetaucht, gleich Glassplittern in
einem Kaleidoskop, die je nach Bewegung verschiedene Muster ergeben. Sie fielen ihr oft und unter verschiedensten Umständen ein und entzogen sich jeder
genauen Definition. Es war, als klopfte sie sie immer
wieder neu ab und erweiterte allmählich ihren Sinn.
Und der Sinn erschöpfte sich nie, sondern wurde ständig bereichert.

Mitleid, Barmherzigkeit, Wörter, die sie Lichtjahre
von Arturo getrennt hatten. Wörter, hatte er einmal
gesagt, die Opfer voraussetzen, auf die man sie an-
wenden konnte. Sie brauchten sie sogar.

*I*sabella hatte ihr damals eine erste Ahnung von der Göttlichen Wahrheit vermittelt. Mamignas Christentum war rein äußerlich gewesen, im täglichen Leben dauernd widerlegt. Genau wie ihr Bruder und ihre Schwester war auch Margot getauft worden, zur Erstkommunion und zur Firmung gegangen. Jede dieser Handlungen hatte dazugehört, wie Versatzstücke, die zur rechten Zeit am rechten Ort eingepaßt werden müssen. Nicht viel anders als der Gebrauch des Fischbestecks oder die Verbeugung, die verlangt wurde, wenn vornehme Gäste kamen. Erst nach Albertos Tod hatte Isabella sie in diese Art mystische Krise verwickelt. Und die strahlenden Sommermorgen, an denen sie neben ihr hergetrottet war auf dem Weg zur Kirche, hatten sich dann als entscheidend erwiesen für die Auswahl des Ortes, an dem sie leben wollte.

Die *katholische Kirche*, erst ein paar Jahre zuvor unweit Chesa Silvascina erbaut, hatte den »Ausgangspunkt« dargestellt. Den Anfang eines Weges, der nach vielen Windungen dorthin zurückführen sollte, wo er begonnen hatte, zu jenem Gras, das noch feucht war von der Nacht, wenn sie und Isabella darübergingen, während die Sonne schräg das schuppenartige Dach des Chalets streifte. Kaum traten sie aus dem Gartentor hinaus, übertönte das Wasser, das vom Schaufelrad der alten Mühle sprang, Isabellas Stimme, die Worte verhallten zwischen dem Rauschen und dem Klappern ihrer Schritte auf der Steintreppe, die zur Kirche hinaufführte. Niedrig und langgestreckt glich sie eher einem Wohnhaus als einem religiösen Gebäude. Oben von dem kleinen Vorplatz sahen sie den See, der noch im Schatten lag, und die Kühe, wie Fähnchen über die Weiden verstreut. Sie folgte Isabella bis zu einer Bank nahe am Altar, sah sie während der Messe die ganze Zeit an, wie sie dort kniete, den Schleier auf dem Haar, und die großen weißen Hände das goldgeränderte Meßbuch hielten. Isabella betete, murmelte auf Lateinisch das Confiteor, das Sanctus, das Gloria, die leuchtend blauen Augen unverwandt auf den Priester gerichtet, der mit erhobenen Armen vor dem Altar stand. Sie betete zu Gott für Alberto, daß er ihm ewige Jugend und die Glückseligkeit geben möge, der er nachgelaufen war, ohne sie je zu erreichen, und gewiß stellte sie Gott auch Fragen. Warum und wo die Rettung. Und welcher Sinn lag in Seinem Willen, darin, daß es Alberto getroffen hatte und nicht die Mutter, wie es in der natürlichen Ordnung der Dinge gewesen wäre. Die Mutter, die weiter kommandierte und die anderen leiden ließ. Für die anderen über Gut und Böse entscheiden wollte.

Die Leute rundum beobachteten sie, so jung und schön und so aufmerksam. Bereit, den Kopf zu neigen, wenn der Priester Kelch und Hostie emporhob, und der Kleinen, die neben ihr in der Bank saß, zuzuflüstern, sie solle niederknien und die Augen bedecken. Die Blicke folgten ihr auch noch, wenn sie zur Kommunion an die Balustrade vorging und die Zunge herausstreckte, um die Hostie zu empfangen, dann mit ihrem weißen Hals mühsam schluckend an ihren Platz zurückkehrte. Sie, Margot, sah sich stolz um. Stolz auf die Schwester, stolz auf ihre Andacht. Und wenn der Priester die von einem Tuch bedeckten Geräte hinaustrug, während Isabella noch immer kniete, den Kopf zwischen den Händen verborgen, nahm Margot das Meßbuch, das unbeachtet auf der Bank lag. Sie blätterte die Seiten um, dünn wie Blütenblätter, die zweispaltig von einer dichten, winzigen Schrift bedeckt waren, in Italienisch und Lateinisch, beides unverständlich wie eine dunkle Geheimsprache. Zwischen den Seiten fielen die Heiligenbildchen heraus, die einen großen, schlanken Christus zeigten, schön wie Parsifal. Blutende, durchbohrte Herzen. Die schmerzensreiche Jungfrau. Doch am meisten gefesselt wurde ihre Aufmerksamkeit von den »Andenkenbildchen«, ein absurder und ein wenig lächerlicher Ausdruck für das Geheimnis der Geheimnisse, welches den auf der Großglocknerstraße gestorbenen Herrn mit Alberto verband, der in einem fernen Land voll Stroh und Schlamm vom Unheil ereilt worden war. Das Bildchen des Herrn im Mantel mit Lammfellkragen hatte einen breiten Trauerrand, war im Lauf der Jahre vergilbt und hielt jedem Versuch stand, es zu knicken. Das von Alberto dagegen war weich und unbefleckt und nur ganz fein schwarz umrandet.

Alberto drehte sich darauf zur Seite, als hätte ihn in dem Augenblick, als der Photograph abdrückte, eine Stimme gerufen, das karierte Hemd am Hals aufgeknöpft und der Mund halb geöffnet, die Nase leicht gebogen, dahinter die großen Lärchen von Chesa Silvascina. Unter diesem Photo, verbunden mit der Sonne und dem Wind eines Tages, an dem Mamignas Stimme und die hellen Rufe der Mädchen sich mischten mit dem Geräusch von Gregorios Rechen auf dem Kies, stand kursiv dieser dumme, schreckliche Satz: *Jung stirbt, wer dem Himmel lieb ist.*

*M*orgen, durchbebt von dem Licht, das blendend von den Gletschern herunterkommt und auf den Felsen liegenbleibt, das Grauviolett des Himmels von ihnen abwäscht, während kleine, prickelnde weiße Wolken aufziehen. Im bewegungslosen Wasser des Sees spiegelt sich der Muott'Ota, Grevasalvas, Plan de Lej. Isabella und Margot tauchen ein in die Weite der Wiesen, wie Milch trinkt die Haut die noch schattenkalte Luft. »Die Brioche, Isabella, die Brioche...«, kommt es fast wie ein Refrain aus ihrem Mund: Das ist die Belohnung dafür, daß sie bei der Predigt stillgesessen hat, während das unverständliche, kehlige Rätoromanisch des alten Priesters immer heiserer klang, ähnlich einem Cembalo. Daß sie geduldig gewartet hat, bis Isabella damit fertig war, um

Mitleid und Barmherzigkeit für den in Lisasa im Schatten eines Kakaobaumes begrabenen Bruder zu bitten. Und im Gehen erklärt die große Schwester ihr das Evangelium des Tages, sie hört zu und auch nicht, hüpft fröhlich am Ufer des Inns entlang, der durchsichtig wie ein Schleier über die Steine eilt (erst weiter vorn wurde er dann, gespeist durch das Schmelzwasser des Gletschers, zu jenem blassen, reißenden, milchigen Gebirgsfluß). Manchmal warfen ihnen Ausflügler mit am Rucksack befestigten Seilen ein rasches »Grüezi« zu, während die Kletterstiefel auf der steinigen Straße glashell klapperten. Vielleicht waren sie wagemutig und unerschrocken, wie Alberto einmal gewesen war, wie er unermüdlich auf der Suche nach neuen, aufregenden Erlebnissen.

Doch kaum bogen sie um die Ecke, trug der Wind ihnen den Duft der noch nicht aus dem Backofen genommenen Süßigkeiten zu. *Die Brioche, Isabella, die Brioche...* Sie läuft voraus, die Hand ungeduldig auf der Türklinke. Durch die Scheiben fällt die Sonne auf die mit Zucker bestreuten weichen Brötchen, die langen Roggenbrote mit der braunen, harten Kruste: »Isabella, los, komm schon!« Isabella neigt lächelnd den Kopf zur Seite, bestimmt hat sie das Evangelium des Tages, das Confiteor, das Sanctus und das Gloria längst vergessen. »Ich komme!« Im Mund einen metallischen Geschmack vom Fasten, die blonden Haare frisch vom Wind.

Das Geschäft gibt es noch, hat Margot gesagt, das alte Schild, auf dem »Bäckerei« steht, ist auch noch da, und sie machen ein phantastisches Walnußbrot. Wenn du unbedingt nach Italien zurück willst, nimm wenigstens den Weg über den Maloja, dann kannst du vorbeifahren und welches kaufen...

Aber Lorenza will über den Ofenpaß fahren, um neue Orte zu sehen. Der Wunsch wegzufahren ist Tag für Tag gewachsen: Das Tal, das Margot zum Leben gewählt hat, ist gewiß eines der schönsten, man spürt die einsame Pracht, die Kraft der Berge, ihr Schweigen. Aber es ist zu sehr vom Schatten bedroht (sogar Margot verläßt es in den dunkelsten Monaten), und sie erwacht eines Morgens mit der Sehnsucht nach Licht und großen, offenen Räumen. Eine Sehnsucht, die im Lauf der Stunden zugenommen hat, so als hielte das Tal sie fest wie ein Schraubstock. So mußte es auch Isabella gegangen sein. Warum verließ sie sonst Chesa Silvascina so selten? Warum, wenn nicht wegen der Weite der Seen, der unendlichen Wiesen, die wie in einem Schoß die ganze Sonne der Welt einzufangen schienen. Isabella besaß selbst etwas Sonniges; nicht durch das Blond der Haare oder das gutturale Lachen, das unerwartet die Gleichförmigkeit des Tages durchbrach, sondern durch diese Art Pflanzenseele, die sie noch in fortgeschrittenen Jahren die glückliche Handbewegung von damals wiederholen ließ, als sie sich den Schal um den Hals warf oder mit dem Finger auf den Tasten eine Melodie zusammensuchte, die sie wer weiß wann gehört hatte.

»Hör auf mich, fahr über den Maloja.« Margot stützt sich mit den Armen auf das heruntergedrehte Fenster. »So kannst du auch Chesa Silvascina wiedersehen.« Lorenza hat den Blick gehoben, schon ganz mit Autoschlüssel und auf dem Sitz ausgebreiteten Landkarten beschäftigt: Was willst du noch, Margot, siehst du nicht, daß, um es mit einem alten Ausdruck zu sagen, meine Zeit um ist?

Aber die Augen, deren honigfarbene Sprenkel in einem einheitlichen Braun erloschen sind, blicken im Auto umher, als müßten sie den Platz finden für das Walnußbrot und den Apfelkuchen der »Bäckerei«. »Es stimmt nicht, daß ich die Notizen, die ich mir noch in Providence gemacht habe, alle zerrissen habe«, sagt sie unvermittelt: eine plötzliche Eile, noch etwas hinzuzufügen, bevor Lorenza davonfährt auf der steinigen Straße, »ein paar habe ich aufgehoben.« – »Was für Notizen?« – »Die, die ich mir damals in den Vereinigten Staaten gemacht habe. Einen Teil habe ich aufgehoben, nicht alle...« Margot hat sich aufgerichtet, nur die Hände sind auf dem Fenster liegengeblieben. »Was ist das, ein Geheimnis?« Lorenza sucht ihren Blick, aber Margots Gesicht ist zu weit oben, sie kann nur den gedrungenen

Hals sehen, das kleine, fette Kinn. »Nein, nein... es sind nur ein paar Notizen, vielleicht schicke ich sie dir... Ich würde dich nur bitten, sie nicht sofort zu lesen.« – »Wann dann?« – »Ich weiß nicht, aber nicht sofort«, sie sucht nach den richtigen Worten, »wenn alles etwas weiter weg ist... etwas mehr in Vergessenheit geraten«, und die Hand auf dem Autodach scheint sie jetzt anschieben zu wollen, »am besten, du wartest, bis Mamigna es nie mehr erfahren kann.«

»Schick sie mir«, hat Lorenza gesagt und den Kopf aus dem Fenster gestreckt, »schick sie mir bald, ich werde tun, was du willst, werde warten...« Sie hatten sich angesehen und plötzlich beide unwillkürlich gelächelt, wie Kinder, wenn sie eine Übertretung begehen und sich aufgrund dieser Übertretung gegen die Erwachsenen verbünden.

Doch an der Kreuzung angekommen, war Lorenza in Richtung Zernez und Ofenpaß abgebogen. Sie wollte nicht über den Maloja fahren, wollte weder das Walnußbrot noch Chesa Silvascina wiedersehen. Es stimmt nicht, daß die Orte, aus einem jener geheimnisvollen Gründe heraus, die erklären zu wollen sinnlos ist, in ihrem Körper (falls die Orte einen »Körper« haben) die Stimmen und die Schritte, das Lachen, die Schreie und den Husten all derer bewahren, die einmal dort gewohnt haben. Es ist falsch; wie die Erinnerungen bleiben auch die Orte nicht verschont von der Unvollkommenheit des Gedächtnisses. Gerettet werden vielleicht nur die winzigen Insekten, die in den Erdfalten verborgen die Katastrophen überleben (eine gelbe Chaiselongue, eine Holzschale, ein altes *Dirndl*...).

V

*I*n der folgenden Zeit wurde Isabella in der *katholischen Kirche* immer seltener gesehen, sie hatte
aufgehört, morgens in die Messe zu gehen, und
schließlich sogar vergessen, wann Sonntag war. Daran
war Enrico schuld, sagte Frau Arnitz: ein Atheist und
Materialist, der nur an Zahlen und wissenschaftliche
Erklärungen glaubte, stets bereit, ironisch zu werden, wenn jemand, um eine Rechtfertigung für die
Geheimnisse des Universums zu finden, das Un-
erforschliche anführte. Durch seine Schuld, sagte sie
noch, hat Isabella den Glauben verloren.

Aber auch das stimmte nicht. Isabella hatte sich ein
Gefühl für das Dasein bewahrt, das dem *Unerklär-
lichen* Rechnung trug. Sie hatte nur aufgehört, Antworten zu suchen, weil sie es für kindisch hielt; und
außerdem sagte ihr Instinkt ihr, daß diese nicht gegeben werden konnten, ohne sich vom irdischen, kör-
perlichen Sinn des Lebens loszusagen. Etwas, das tief
innen zu ihr gehörte wie die Haare, die Haut, die
Stimme. Und obwohl das goldgeränderte Meßbuch
dann zusammen mit den alten Mädchenkleidern in

Chesa Silvascina geblieben war, hatte sie doch einige der *Geheimtüren* angelehnt gelassen. Auch wenn sie wußte, daß es weder möglich noch gut war, sich über die Schwelle zu wagen. Stumm war ihr diese Ahnung von Schatten und Lichtern gefolgt, wie altes Gepäck, von dem sie nicht mehr wußte, wo der Schlüssel hingekommen war.

Zwar hatte sie die kleinen Mädchen die Abendgebete gelehrt, doch meistens vergaß sie dann, sie mit ihnen aufzusagen, und am Sonntagmorgen ließ sie die beiden mit Aldina zur Messe gehen. Sie selbst begnügte sich damit, ihnen die Baskenmützen aufzusetzen und ihnen etwas Kleingeld zu geben für die Kollekte, wenn der Sakristan mit dem Klingelbeutel durch die Reihen kam. Manchmal ging sie nachmittags mit ihnen in die Kirche Santa Maria del Popolo, damit sie die großen Gemälde von Caravaggio bewunderten, führte sie durch die Kirchenschiffe und erzählte ihnen dabei flüsternd die Geschichte vom *Martyrium des heiligen Petrus* oder von der *Bekehrung des heiligen Paulus*, bedacht, diejenigen nicht zu stören, die in den Bänken beteten. Die Mädchen hörten ihr zu und ließen die Schuhsohlen über die Grabplatten im Fußboden gleiten: glatte, abgenutzte Nasen, Münder und Augen, auf denen zu laufen eine Lust war. Kirchenfürsten und Äbtissinnen mit auf der Tracht gefalteten Händen. Mächtige der Erde. Als gehörten der Tod und Gott ihnen aufgrund eines alten Vorrechts. Wurde ein Gottesdienst abgehalten, erklärte Isabella ihnen die Bedeutung der Paramente, die feierlichen Gebärden des Priesters; aber sie wartete nie bis zum Ende, als wohnten sie einer Aufführung bei, die andere betraf und plötzlich langweilig werden konnte. Sie mochte den Weihrauchgeruch nicht und auch keine Predigten, und kaum drehte der Priester sich um, um zu den Gläubigen zu sprechen, eilte sie zu dem violett gepolsterten schweren Portal und ließ es mit einem Luftzug hinter sich zufallen: Und in der strahlenden Helligkeit des Platzes, beim Anblick der Marmorlöwen, aus deren Mäulern gleich einem Lichtstrahl das Wasser floß, kehrte ihr Lächeln sofort zurück. Die Schwalben hoch am Himmel, die dunkle Masse der Bäume, die üppig vom Pincio herübergrüßte. Aber auch der Regen, der an manchen Wintertagen auf das Kopfsteinpflaster trommelte. Dann blieb sie auf der Treppe stehen und ließ die Luft ihre Lungen füllen, während die Mädchen sich von ihrer Hand losmachten, um davonzuspringen. Und wenn keine Autos da waren, sah sie zu, wie sie über den Platz liefen und auf die Marmorlöwen kletterten: Von dort oben winkten sie ihr zu, sie antwortete, indem sie langsam die Treppe hinunterging.

Niemand kann sagen, ob vielleicht, während sie die Geschichte vom heiligen Paulus, der vom Pferd geworfen wurde, oder vom heiligen Petrus, der Christus dreimal verleugnete, erzählte, Wörter wie Glaube, Hoffnung, Nächstenliebe wieder ihre Flügel regten wie schon tot geglaubte Schmetterlinge. Ob sie, wenn sie, gedrängt von der Stimme auf der Kanzel, das schwere violette Portal hinter sich zufallen ließ, vor dem unerträglichen Gewicht dieser Wörter floh. Oder ob manchmal, wenn sie auf dem Bett lag und die Pupillen sich weiteten in der Erwartung des ersten Lichts, die Gedanken von damals aus der Dunkelheit krochen wie eine Ameisenprozession und jene Worte mit der Stimme des alten Priesters der *katholischen Kirche* bei Chesa Silvascina zu ihr zurückkamen.

Als sie noch »bei bester Gesundheit« war, wie Enrico sich ausdrückte. Als ihr Körper seine verletzlichen Stellen noch nicht gezeigt hatte.

Denn auf das *Unerklärliche* bezog sich der erste ihrer Wünsche, geschrieben in Schönschrift mit geflügelten »l« und runden, geschwungenen »o«. Ein Heft, in dem sie Tag für Tag ihren letzten Willen vermerkt hatte. *Mes désirs* hatte sie sie genannt, damit sie nie düster klangen, sondern wie von ihrer Stimme geäußert an irgendeinem Morgen, während sie mit dem Löffel in der Tasse rührte. Und der erste jener *désirs* war ein religiöses Begräbnis. Der letzte, daß Arturo benachrichtigt würde; und sie hatte seine Adresse in Haifa dazugeschrieben, falls Enrico sie verloren hätte.

In Haifa, wo Arturo lebte, seit er Marie geheiratet hatte.

*I*sabellas und Arturos Geschichte versickert und
taucht ab und zu wieder auf wie jene Karstflüsse,
die sich ihren Weg durch die Felsen graben und so selten im Sonnenlicht zu sehen sind. Sie hatten sich dann
noch zweimal getroffen, einmal gleich nach Kriegs-
ende, im Mai '45, als Margot zu Mamigna nach Genf
gefahren und Arturo, noch einmal die Schweizer Gesetze herausfordernd, über den San Bernardino nach
Italien zurückgekehrt war.

Er war in der Via Flaminia erschienen, hatte aber
niemanden angetroffen, eine Nachricht hinterlassen
und sich dann auf der Piazza del Popolo in die Sonne
gesetzt. Dort hatte Isabella ihn gefunden, schon von
weitem hatte sie ihn gesehen und war stehengeblieben, um ihn zu betrachten, während das Herz ihr bis
zum Hals klopfte. Und obwohl keiner von beiden, aus
verschiedenen Gründen, es wollte, hatten der Überschwang des Wiedersehens und die belebte, endlich
wieder freie Stadt das Begehren (das Isabella lange in
Gedanken genährt hatte und das Arturo vergessen zu
haben glaubte) zwei Wellen ähnlich gemacht, die auf-
einanderprallen. Kaum hatten sie einander berührt,
sich die Hand gegeben und mit den Lippen das Gesicht des anderen gestreift in einer Geste, die nur eine
herzliche Begrüßung sein sollte, war das Begehren mit
derselben blinden Heftigkeit wieder erwacht. Sofort

hatten sie nur das eine gewollt. Nichts anderes hatte mehr gezählt.

*D*och beim zweiten und letzten Mal war sie, Isabella, es gewesen, die entschieden hatte, daß sie sich im Café an der Tiberpromenade treffen sollten, und Arturo hatte nur erreicht, in einem der hinteren Räume zwischen den verlassenen Tischen zu sitzen. Es war im Winter 1947, und er hatte kurz zuvor die Vereinigten Staaten verlassen, um zu Marie und dem Jungen zu ziehen, und von Marseille war er dann in einem jener überfüllten Züge, die von Frankreich aus noch Dutzende von Stunden brauchten, bis nach Rom gefahren. Um sie zu sehen, sie zu berühren; und vielleicht anderes. Aber anderes hatte es nicht gegeben.

Sie hatten leise miteinander gesprochen, aber manchmal war der Ton lauter geworden, als lehnte sich etwas in ihnen gegen diese Komödie auf. Arturo hatte ihr erklärt, was er nun mit seinem Leben anfangen wollte, und sie hatte genickt und gedankenverloren kleine Schlucke aus ihrer Tasse getrunken, Kaffeespuren in den Mundwinkeln. Doch dann hatten sie gescherzt, und irgendwann war es Arturo gelungen, ihr das gutturale Lachen zu entlocken, das ihre Besonderheit war, so außergewöhnlich, hell, aber auch sinnlich, während die Fingerspitzen über die Marmorplatte fuhren, als müßten sie deren Qualität prüfen, die feinen, zabaionefarbenen Unebenheiten spüren, und die kurzen, gepflegten Fingernägel an dem Holzrand kratzten.

Sie hatte sie geschnitten, bevor sie hergekommen war, und dann noch mit dem Hirschleder poliert. Sie hatte sich geschminkt und gekämmt, war mehrmals mit der Bürste durchs Haar gefahren, um es luftiger zu machen. Zwischen den Halstüchern und Schals in der Kommodenschublade hatte sie das ausgewählt, das ihr am besten stand, und dann die Handtasche gewechselt, nachdem sie den Inhalt aufs Bett gekippt hatte.

Später hätte Arturo versucht zu rekonstruieren, was sie sich in diesen zwei Stunden gesagt hatten. Irgendwann waren weiße Kugellampen angegangen, die ein wenig gespenstisch wirkten an der Wand, und sie war ihm müde erschienen, der Lippenstift war fast ganz von ihren schönen, spitzen Lippen verschwunden. Die Wörter hatten sich gedrängt, dann waren sie seltener geworden, dann hatten sie sich erneut gedrängt, als besäßen sie keinen Wert an sich, sondern müßten nur einen Raum füllen. Das einzige, was zählte, waren ihre Körper, dort an dem Tischchen. Meiner und deiner, wenn auch nie mehr ein einziger. Sie stützte ihr Kinn in die Hand, und der Arm, der aus dem Ärmel kam, ruhte glatt und rund auf der Marmorplatte, zum Handgelenk hin schmäler werdend. Quer über den Arm zog sich der starre Glanz eines Armreifs, den sie ständig auf und ab schob, während sie fragte, wie diese Marie war, ob groß, ob schwarzhaarig, ob sie die Musik liebte. Auch über den Jungen wollte sie alles wissen; und irgendwann hatte Arturo ihre Hand festgehalten, um ihr Spiel mit dem Armreif zu unterbrechen, um sie zu zwingen, ihm in die Augen zu sehen und wenigstens für einen Moment mit dem Gedanken in das Zimmer oben am Ende der Treppe zurückzukehren, wo die Feuchtigkeit ihre Spuren an den Wänden hinterlassen und eine siegreiche, grelle Sonne sich durch die morschen hölzernen Fensterläden gebohrt hatte. Hitler in Luzifers Rachen: 10. Mai 1945.

*D*as Datum stand auf einer jener sepiafarbenen Postkarten, die man in Tabakläden kaufen kann, mit dem Namen des Platzes in kursiver Schrift und der schlechtgedruckten Ansicht eines Glockenturms und eines Brunnens. Doch sie haßt Andenken, an denen Sehnsucht klebt, und die Karte landet in der Schublade bei den schwarzumrandeten Photographien von Alberto und Mamigna. Auch wenn sie dann bis zuletzt den Kamm in dem Etui aus bordeauxrotem Kunstleder auf dem Nachttisch neben sich liegen haben sollte.

Was kann man einer Frau nach zwei Jahren Ferne schenken, wenn die Schaufenster leer sind und die Taschen ebenfalls? Die Straßen bestehen nur aus

Löchern, und das Durchqueren der Flüsse ist Glücks-
sache, der Militärjeep ist ständig in Gefahr, in einen
Graben zu kippen, und zwischen Steinen und Staub
erkennt man die nicht explodierten Minen. Arturo
hatte sich einer Gruppe von Militärs, die in Rom zu
tun hatten, als Dolmetscher angeboten, um mitfahren
zu können, und Isabella hatte gelogen, unerschrocken
hatten ihre blauen Augen Enricos Fragen über dieses
plötzliche Treffen mit dem Verwalter der Mutter
standgehalten. »Die Semiramis?« hatte er erstaunt gefragt, »was will die denn von dir?« Die Finger hatten
einen imaginären Brief mit Schweizer Briefmarken
und Poststempel beschrieben, während das »allumeuse«-Lächeln das ein wenig zu lange Kinn um-
spielte. Als hätte auch sie ein Recht darauf, Verwandte
zu haben und Nachricht von ihnen zu bekommen, zu
wissen, wie es um die kleine Rente stand, die der Herr
mit dem Lammfellkragen ihr hinterlassen hatte, als er
vor langer Zeit bei einem Autounfall auf der Großglocknerstraße gestorben war.

Die Begegnung hatte zwar das Ende einer unmög-
lichen Beziehung bedeutet, hatte Arturo und Isabella
aber auch in einer letzten vollkommenen Befriedigung vereint. Ein Sichangehören, das sich in dem
Augenblick, in dem es verleugnet wurde, in all seiner
unaufhaltsamen Kraft zeigte, der dumme kleine
Kamm in seinem bordeauxroten Etui dazu bestimmt,
ein Fetisch zu werden. Nie, nicht einmal während
ihrer ersten Begegnungen, hatte sich zu lieben so un-

eingeschränkt bedeutet, sich mit Verstand und Herz dem Begehren hinzugeben, eine Art Kurzschluß, der durch das Klopfen des Blutes jeden Gedanken ausschaltete. Eine Begegnung, die einen Nachmittag und dann noch den Abend gedauert hatte in dem Zimmer mit den morschen Fensterläden und den kratzigen Laken, die nie ein Bügeleisen gesehen hatten und im Halbdunkel raschelten, den Feuchtigkeitsflecken an der Decke; und später, als der über die Wand kriechende Sonnenuntergang plötzlich in das Blau der Nacht übergegangen war, hatte die Intensität jener Leere, die auf die Befriedigung folgt, die Sinne so klar werden lassen, als wären sie in Wasser getaucht worden. Da hatte Arturo auf einmal, zwischen den Stimmen, die von der Straße heraufdrangen, und dem undeutlichen Klang eines nicht sehr fernen Grammophons, die Worte gefunden, um aus dem Schweigen herauszutreten, das ihm wie ein treuer Hund von Ort zu Ort gefolgt war.

Als sie auf dem Bettrand saß und sich langsam wieder anzog, hatte er »Eddy« gesagt. Und nach den ersten mühsamen Wörtern waren die anderen nachgekommen, als bewegten sie sich auf Gleisen, eines nach dem anderen, immer schneller, während er den Blick auf die schmalen schwarzen Träger ihres Unterrocks gerichtet hielt, die ihren weichen Rücken unterteilten, und ihm schien, als bemerkte er zum erstenmal die feine Linie der Wirbel. Er hatte davon erzählt, wie er Eddy beim Durchwühlen seines Zimmers angetroffen hatte, von dem Paß, den Eddy zu verstecken versucht und den er ihm gewaltsam entrissen hatte.

»Eddy?« hatte sie kaum hörbar gefragt. Sie hatte sich umgedreht, war erschrocken. »Ich habe ihn getötet.« Endlich hatte er es gesagt, jetzt wußte es jemand (aber sie war nicht *jemand*). Sie hatte sich eingerollt, als wollte sie sich im Bett verstecken, sie war kalt, und er hatte sie umarmt, und während er sie umarmte, hatte er verstanden, daß er sich deshalb den San Bernardino hinunter»katapultiert« (so würde Margot es später nennen) und weiter mit allen Mitteln versucht hatte, Rom zu erreichen, nur deshalb. Sein Instinkt hatte ihn nicht getrogen, sie war fähig, sich über seine Worte zu beugen, wie sich der Pfarrer von Chedde hinuntergebeugt hatte, um die Wunden an seinen Füßen zu behandeln und zu verbinden. Und ohne sie anzusehen, seine Finger fest mit ihren verschlungen, die Münder so nah, daß einer des anderen Atem spüren konnte, hatte er ihr erzählt, wie er Eddy erreicht hatte, der dastand und auf das Postauto wartete, wie Eddy versucht hatte davonzulaufen, er aber schneller gewesen war und ihn eingeholt hatte, Eddy sich wie ein Bär mit Bissen und Tritten gewehrt hatte, bevor er mit dem Gesicht nach unten in den Schnee fiel. Daraufhin war er, Arturo, auf ihn gestiegen und hatte den Kopf hinuntergedrückt, bis er gespürt hatte, daß die Kraft des dicken Körpers nachließ. Er hatte gedrückt und gedrückt mit all seinem Gewicht, und in einer letzten Anstrengung hatte der Rücken unter ihm sich aufgebäumt, und der Kopf hatte versucht, sich zu heben, so daß ihm fast die Handgelenke brachen, der Mund, schon voller Schnee, hatte einen Schrei ausgestoßen, nur einen. Danach war der Körper reglos liegengeblieben, gewölbt in der Felljacke, die Beine gespreizt, doch er hatte weiter mit seinem ganzen Gewicht gedrückt, die Finger, die in den Haaren versanken und dann immer tiefer im Schnee. Durch die Kälte waren die Hände völlig gefühllos geworden, wie Holzstücke. Aber es war, als wäre auch sein Gehirn stehengeblieben: Weit weg sah er im Licht der Straßenlaternen das Schneegestöber, und es gelang ihm nicht, irgend etwas zu denken. Der Tod war schon von so vielen Seiten in sein Leben getreten, genauso wie das Entsetzen, doch in jenem Augenblick war es, als kröchen Tod und Entsetzen in ihn hinein, um sich in seinen Eingeweiden einzunisten. Und obwohl es ihm schrecklich erschien, erschien es ihm auch gerecht. Niemand sollte gerettet werden, Eddy nicht, er nicht, niemand hatte mehr ein Recht darauf. Niemand, vielleicht nicht einmal der kleine Junge, der mit ihm und Marie in der Rue de la République gewohnt hatte. Der Tod war in den Nasenlöchern, im Mund, im Magen, und die Übelkeit war furchtbar. Da hatte er plötzlich das Blut gesehen, das offenbar wieder aus Eddys Lippe zu fließen begonnen hatte, als er ihn hinunterdrückte, und das jetzt den Schnee unter seinen Fingern dunkel färbte. In dem Augenblick waren jenseits der Brücke die Scheinwerfer des Postautos aufgetaucht, und der Fahrer war ausgestiegen, um die Holzkohle anzufachen. Er hatte bewegungslos gewartet, bis die gelbe Silhouette des Postautos um die Kurve in Richtung Silvaplana verschwunden war, und als die Straße wieder verlassen dalag, hatte er Eddys Körper die Uferböschung hinuntergestoßen, bis er in den Inn gerollt war. Erst dann, als der Körper schon im Wasser lag, war es ihm eingefallen, die Jackentaschen zu durchsuchen, und er hatte den Zettel mit seinem Namen und der Paßnummer gefunden, während die Strömung ihm den Körper schon aus der Hand riß. Die Rückkehr nach Chesa Silvascina hatte eine Ewigkeit gedauert, die physische Anstrengung hatte ihn ausgelaugt, seine Arme und Beine zitterten. Kaum war er in seinem Zimmer angekommen, hatte er sich auf die gelbe Chaiselongue geworfen und geträumt. Als er die Augen wieder geöffnet hatte, stand Margot über ihn gebeugt und fragte, ob es ihm gelungen war, Eddy einzuholen. Nein, hatte er geantwortet, auf der Straße war niemand mehr, das Postauto war schon abgefahren...

Zu lügen war ihm ein leichtes gewesen, Margot glaubte, was immer man ihr sagte. Dann müssen wir sofort weg, hatte sie gesagt, bestimmt ist er schon beim Kantonalpolizisten; und von großem Eifer erfaßt hatte sie begonnen, die Schubladen zu leeren. In der Nacht waren sie am Waldrand den See entlanggegangen bis nach St. Moritz, er zog einen kleinen

Schlitten mit Gepäck, aber irgendwann hatte er den Strick an Margot abgeben müssen, er konnte nicht mehr. Sie zog und sang dabei leise, um ihm Mut zu machen, war schön und stark wie ein Wolfsjunges im Schnee. In St. Moritz hatten sie auf den ersten Morgenzug nach Chur gewartet, er war auf der Bank wieder eingenickt und hatte im Schlaf dauernd nach ihr getastet, um zu spüren, ob sie noch bei ihm war.

Danach, erst in Chur, dann in Fribourg und später auch in Lausanne, hatte er nie den Mut gefunden, ihr die Wahrheit zu sagen. Margot war ein Mädchen, das noch dachte, in der Brust von Jeanne d'Arc schlage das Herz von Schneewittchen, Margot verwechselte den Pfeil von Wilhelm Tell mit dem Schwert des Erzengels Gabriel, nie hätte sie verstehen können...

»Du irrst dich«, Isabella hatte sich eng an ihn geschmiegt, ihre Beine versuchten, seine festzuhalten, lang und zäh, »du wirst sehen, daß auch Margot es doch verstehen wird (und während sie das sagte, hatte sie sich bemüht, keinen Schmerz zu empfinden), auch Margot...« Die Augen, die früher, wenn sie sich näherten, sahen, als beleuchteten sie den Gegenstand, den sie vor sich hatten, schienen jetzt in die Gedanken einzudringen, sie zu berühren und sich zu entfernen und sie dann erneut zu berühren. Ohne Fragen zu stellen: weder darüber, warum wir in einen Stollen eingezwängt sind und weder umkehren noch stehenbleiben können; noch darüber, warum man liebt und dann plötzlich nicht mehr liebt, warum die Gedanken, die Wünsche dann andere Wege gehen und immer schneller davonlaufen. Und auch nicht, warum das Grauen, anstatt Mitleid zu erzeugen, das Mitleid zerstört. Es zerquetscht wie ein Insekt, einen Floh.

An manche Einzelheiten der letzten Begegnung auf der Tiberpromenade sollte Arturo sich später mit großer Genauigkeit erinnern: die Säule aus künstlichem Marmor hinter ihrem Kopf, das Kaffeetäßchen, das Isabella in den Händen drehte, bevor sie es zum Mund führte. Die gewellten Haare über ihrer Stirn (Haare, die dunkler waren, wie durchnäßt). Das kleine Notizbuch, in das sie seine Adresse in Israel geschrieben hatte. Andere Einzelheiten, viele, waren verlorengegangen, das Gedächtnis hatte nicht genug Platz, genug Klarheit gehabt, um sie zu behalten; so geschieht es manchmal, wenn man beim Anblick eines Gemäldes wählen muß, ob man tatenlos das Gefühl in sich aufnimmt, das es vermittelt, oder ob man eine Art und Weise findet, um das Bild, das man vor sich hat, in etwas weniger Flüchtiges zu verwandeln. Als brauchte ein Gefühl, um in seiner Ganzheit zu existieren, den ganzen Körper, die Sinne und den Verstand. Doch einige Details hatten sich gewissermaßen losgelöst, um Bezugspunkte darzustellen. Etwa die Röte, die ihr Gesicht überzogen hatte, als er sie an den

Schal erinnern wollte, den die Hitze der Lampe neben dem Bett versengt hatte.

Es war kein Schal, hatte sie sofort berichtigt, sondern ein Halstuch. Doch, doch, hatte er beharrt, ich glaube, es war ein Schal, aber wie auch immer, ein Schal, ein Halstuch, das ist nicht wichtig... Es war in dem Zimmer oben am Ende der Treppe passiert, an dem Abend, der das Ende ihrer Beziehung bedeutet hatte, als sie den Schal oder das Halstuch auf eine Lampe gelegt hatte, die ihr zu grell schien; und bevor sie fortgingen, hatte er ihn wieder aus dem Papierkorb geholt, er wußte selbst nicht warum. Besser gesagt, er wußte es ganz genau. »Ein Halstuch«, hatte sie hartnäckig wiederholt, und die Röte war bis zu den Schläfen gestiegen, als strahlte sie von den Wangen aus, etwas, das heftig mit ihrem hellen Teint kontrastierte, etwas sehr Erregendes. »Sei beruhigt«, hatte er sie sofort beschwichtigt, »ich habe ihn dann im Zug gelassen, noch bevor ich in Triest ankam.« Es war ihm nicht richtig erschienen, ihn zu behalten, wegen Margot, aber das sagt er nicht. Isabella hatte die Lippen geöffnet, um etwas hinzuzufügen, aber der Kellner, der zu ihnen trat, hatte sie daran gehindert, und Arturo hatte ihre Augenlider flattern sehen mit den kleinen, krampfhaften Bewegungen, die er so gut an ihr kannte, die Röte, die sie als ungehörig empfand, die ungehörig war, während der Kellner, das Tablett mit den leeren Tassen in der Hand, dastand und wartete. Dann hatte die Spannung sich gelöst, Arturo hatte die

Hand in die Hosentasche gesteckt, um sein Portemonnaie hervorzuziehen und zu bezahlen, und Isabella hatte sich auf ihrem Stuhl zurückgelehnt. »Herrgott«, hatte sie gesagt, »wenn dieses Halstuch Feuer gefangen hätte, das hätte ja passieren können…«, und beim Lächeln war die Röte langsam verflogen, hatte den Fleck des Mundes zurückgelassen, während sie die Zigarette mit dem Abdruck ihrer Lippen im Aschenbecher ausdrückte. Und das Treffen in dem menschenleeren Café, wo man undeutliches Gemurmel von der Tiberpromenade hörte, wieder zu dem wurde, was es war. Nur eine kleine Übertretung. Die letzte.

Danach hatte Isabella nicht mehr von dem Nachmittag sprechen wollen, an dem sie eng umschlungen im vorsommerlichen Licht die Treppe hinaufgegangen waren und er fest gegen die Tür hatte drücken müssen, um sie zu öffnen, und in Halbdunkel gehüllt das Zimmer mit dem umgeschlagenen steifen Laken auf dem Bett aufgetaucht war. Und sowie Arturo versucht hatte, das Gespräch wieder auf diese Begegnung zu bringen, bei der alles übereinstimmte, als hätte ein Zauberstift jeden Punkt des Kreises verbunden, hatte sie das Thema gewechselt und beinahe gelangweilt das Gesicht verzogen. Da hatte Arturo plötzlich geweint. Isabella war stumm geblieben, hatte nur seine eine Hand genommen und an ihr Gesicht gehalten. Arturo hatte die Finger gespreizt, um es ganz mit der Hand zu umschließen, jenes Gesicht: Augen, Nase, Mund,

und sie hatte die Lippen an seine Handfläche gedrückt. Aber davon wollte sie nicht sprechen. Nicht, weil sie es verleugnete, oder aus falscher Scham, hatte sie gesagt. Warum dann? Sie hatte die Schultern hochgezogen, schwierig zu beantworten, sie war müde. »Hat Margot es je erfahren?« hatte sie gefragt, ohne ihn anzusehen. »Nein, nie. Bist du zufrieden?«

Ja, sie war zufrieden. Das Gesicht war wieder blaß im Licht der weißen Kugellampen, und die Wangen, auf die sie Rouge getupft hatte vor dem Ausgehen (die Augen nah am Spiegel, um nichts falsch zu machen), hatten jetzt etwas von einem Clown. So viele Dinge sind geschehen seit jenem letzten Mal im Zimmer oben am Ende der Treppe: das Kind, seines und Margots, im Kinderwagen in Providence. Das kleine Haus mit den Birken im Garten und den Schiebefenstern. Der lange, im Morgengrauen fahle Strand und Margot, die stehenbleibt, nicht mehr kann, klein und weit weg, während die Luft, die vom Meer kommt, ihr Gesicht eisig macht. Margot hat nicht verstanden, Margot konnte nicht verstehen, sie hat es versucht, aber ihre Seele hing wie mit Stecknadeln festgesteckt an der Göttlichen Wahrheit, wie akzeptieren, sie zu verändern, ohne zu bluten, sich zu zerfleischen? Isabellas Fingernägel fahren über die Unebenheiten des Tischchens, ihre Pupillen sind wie zwei schwarze kleine Löcher in den wasserhellen Augen, Arturo nimmt ihre Hand, wie so oft zu der Zeit, als sie zu dritt die Straße entlanggingen, sie in der Mitte zwi-

schen Enrico und Arturo, und jeder seine Rolle übernommen hatte, ohne zu wissen, wo dieses Spiel sie
hinführen würde. Was sie erwartete jenseits der Bar-
riere der Tage, die sich ähnelten, als wären sie Strophen eines eintönigen Lieds.

Aber zu jener Zeit hatte ihre Hand sich ver-
schwitzt und weich der seinen überlassen (Isabella
vermerkte diese Begegnungen mit einer winzigen
Sonne in ihrem Taschenkalender), in den Fingern war
damals Mattigkeit und Befriedigung zu spüren gewesen. Jetzt ist es nur eine große weiße Hand, die ihm
entschlüpft, als zöge sie sich in eine Höhle zurück.

*A*rturo hatte ihr nachgesehen, während sie die
Brücke überquerte und die Scheinwerfer der
Autos den Saum ihres Mantels beleuchteten. Auf der
Hälfte hatte sie sich umgedreht, um ihm noch einmal
zu winken, schreib, sagte die Hand, laß uns wissen,
wann du in Haifa ankommst. Und bevor sie sich wieder umwandte, hatte sie ihm zugelächelt, obwohl sie
nicht wußte, ob das Lächeln bis zu ihm durchdringen
oder sich zwischen den Autos und dem Knattern der
Motorroller verlieren würde.

Sie war nach Hause zurückgekehrt, hatte Aldina
geholfen, die Tischdecke auszubreiten, hatte Wasser in
den Krug laufen lassen und die runden Brotscheiben
im Brotkorb aufgereiht. Der Embonpoint, der den

Kollegen ihres Mannes so gut gefällt, wenn sie zusehen, wie sie mit einem leichten Schwung des Rückens aufsteht, hat ihre Hüften wieder gerundet. Marta küßt sie und schmiegt das Gesicht an ihren warmen Hals, der Geruch ihrer Haut, nach Honig und Weißbrot, am liebsten würde sie ihn ablecken.

Lorenza hat eben zu lernen aufgehört, draußen geht in den Läden die Beleuchtung aus, und die Anstrengung scheint sich zwischen den Schulterblättern festzusetzen mit ihrem Tintengeruch. Sie hat Hunger, und als sie die Tür des Zimmers öffnet, klingt ihre Stimme schrill durch den Flur, kreischt wie ein Vogel: »Gibt es denn in diesem Haus nie was zu essen!« Die Finger mit den abgeknabberten Nägeln nehmen im Vorbeigehen eine Scheibe Brot aus dem Körbchen, und die gelesenen, unterstrichenen, wiederholten und wiedergelesenen Wörter scheinen sich wirr auf ihrem Kopf zu bauschen zusammen mit den unzähligen Haaren. Langeweile ist das, was sie am meisten haßt...

Endlich hatte sie einen Cousin bekommen (das wünschte sie sich, seit sie klein war und alle von Cousins und Cousinen redeten, nur sie konnte nie sagen »ich auch«). Er war sehr klein, das ist wahr, sah kaum aus dem Strampelanzug heraus in dem Kinderwagen in Providence. Aber dennoch wäre es schön gewesen, mit ihm zu spielen, ihn zu behandeln wie eine Puppe. Statt dessen ist er gestorben, ohne daß sie ihn je in den Arm genommen hatten, was für eine gemeine

Welt!... Sie hat sich in den Liegestuhl des Vaters neben dem Radio fallen lassen, diesen Liegestuhl, der ihm gleicht, so sehr hat der geblümte Brokatsamt den Abdruck seines Körpers, den Tabakgeruch, seine Magerkeit angenommen. »Hör auf, so viel Brot zu essen, geh lieber Papa rufen, das Essen ist fertig.« Kleine Fettaugen schwimmen auf der Brühe in den dampfenden Suppentellern. Im Haus gegenüber wird ein Zimmer dunkel, in einem anderen wird es hell, Schattenfiguren bewegen sich im Gegenlicht. Sie hat sich murrend erhoben, die Kniestrümpfe ringeln sich um die Fesseln. Der Vater ist in seinem Arbeitszimmer und ordnet seine Notizen, morgen hat er Unterricht, und dieses Jahr sind die Studenten noch größere Esel als in den vergangenen Jahren, sagt er immer, dabei waren die auch nicht zu verachten, was die Eselei betrifft. »Papa, komm zu Tisch«, bläulicher Nebel ballt sich um die Lampe aus patiniertem Kupfer, der Geschmack des kalten Zigarettenrauchs mischt sich im Mund mit dem des Brotes, »los, komm, sonst essen wir ja nie...«, die Stimme ist klagend geworden, sanft, sie betrachtet das blasse Profil mit den schweren Lidern, die Lederknöpfe der Strickjacke, die aussehen wie kleine Fußbälle: Wie soll man ihn nicht lieben, ja anbeten? Enrico hat die Bücher zugeklappt, die Finger bewegen sich langsam auf dem Schreibtisch, gelbe Nikotinflecken an den Fingernägeln. »Ist Mama denn zurück?« – »Ja, ja, sie ist zurück...«

Als Mädchen hatte Isabella Mamigna einmal zusammen mit Margot in St. Moritz zum Bahnhof begleitet. Damals hatten sie noch keinen Bentley, sondern ein italienisches Auto, einen dunkelblauen Astura mit weißen Zierleisten, den ein Chauffeur in sommerlichem Staubmantel fuhr. Es kam nicht oft vor, daß Frau Arnitz die Töchter mitnahm, wenn sie Freunde am Bahnhof abholte, aber diesmal war ein kleiner Gast dabei, der die Ferien in Chesa Silvascina verbringen sollte. Es regnete, und als der Zug rot und glänzend in den Bahnhof einfuhr, war Frau Arnitz sofort mit hoch erhobenem Schirm den Bahnsteig entlanggegangen. Als erster war ein Herr im gestreiften Zweireiher ausgestiegen, gefolgt von einem kleinen Jungen mit einem albernen Tirolerhut und hohen dunklen Stiefelchen, und hinter ihm, mit ihrem ganzen Gewicht auf dem Trittbrett lastend, war eine Frau erschienen, die vermutlich seine Kinderfrau war. Zuletzt war noch ein großer Koffer aus schwarzem Wachstuch mit Lederecken heruntergelassen worden; und unter den anderen Reisenden, die Pullover oder Sportjacken und Pudelmützen trugen, fiel das Trio sofort auf: ein wenig lächerlich. Frau Arnitz stand hochaufgerichtet auf ihren Absätzen, als wollte sie ihren kleinen, rundlichen Körper zur Geltung bringen, der noch sehr anziehend war, jedenfalls glaubte sie das

bestimmt, und sie spitzte schon die Lippen zum Be-
grüßungskuß, während eine lange Kette auf ihren üppigen Busen herabhing. Der Herr ergriff ihre Hand
und hielt sie in der seinen, bevor er sie an die Lippen
führte, während sie den Oberkörper vorbeugte, bis
die Kette fast den gestreiften Zweireiher berührte.
»Ah, ich vergaß... Isabella!« hatte sie dann gerufen,
als hätte sie sich erst in diesem Augenblick an die
Töchter erinnert, die unter dem tropfenden Vordach
stehengeblieben waren.

Isabella und Margot waren nähergekommen, und
der feine Regen fiel auf Isabellas Haare, auf das Baumwollkleid und die leichte Strickjacke. Der Herr betrachtete sie, und zusammen mit einer angenehmen
Überraschung zeigte er wie unwillkürlich angezogen
seine Bewunderung. Er hatte ihre Hand in die seinen
genommen, und ganz anders als vorher bei Frau Arnitz, liebevoll und wie zum Spaß, hatte er ihre Finger
geküßt. Der kleine Junge stand abseits, als wäre er
nicht vorhanden.

Danach waren sie mit dem Astura bis zum Café
Hanselmann hinaufgefahren, um eine heiße Schokolade zu trinken, und die vermutliche Kinderfrau und
der Chauffeur waren zusammen mit dem großen
schwarzen Wachstuchkoffer im Auto geblieben. Jetzt,
nachdem der Herr den Hut abgenommen hatte, sah
man, daß er fast kahl war, wenige dunkle, gelockte
Haare, mit dem Kamm sorgfältig hinter die Ohren ge-
strichen. Er hatte lange, schmale blaue Augen, und

ohne ersichtlichen Grund war sein Gesicht trotz der Kahlheit und dem zu langen Kinn schön. Das Gesicht eines mittelalterlichen Kriegers und zugleich eines Verführers. Die Kellnerin hatte eine Platte mit mehreren Stücken Torte gebracht, und sogleich hatte der kleine Junge begonnen, sie nacheinander mit dem Finger anzubohren, der Finger versank in Schlagsahne und Marmelade, und nachher leckte er ihn sorgfältig ab. Niemand sagte etwas zu ihm, nur Margot, die wohlerzogen vor ihrer Tasse Schokolade saß, zeigte ihm ihre ganze Verachtung. Frau Arnitz war in die Betrachtung des Mannes versunken, der neben ihr saß, und mit der Aufregung, die sie überkam, wenn etwas Besonderes geschah, sprach sie bald von diesem, bald von jenem, während die Hand mit der Kette schaukelte. Doch ihre Worte schienen in dem Gesprächspartner genausowenig Interesse zu wecken wie der Finger seines Sohnes, der nach und nach alle Tortenstücke ruinierte, seine ganze Aufmerksamkeit galt Isabella. Es schien ihm zu schmeicheln, daß sie an seinem Tisch saß, und mit instinktiver, unschuldiger Koketterie spielte Isabella das Spiel mit, ihr Blick richtete sich auf den Hals in dem engen steifen Kragen, auf die nervösen Handgelenke, die aus den Hemdsärmeln hervorsahen, wanderte dann kurz hinauf zu den fest auf sie gerichteten Augen, um sich gleich wieder abzuwenden. Wieso, warum so viel Interesse? Sie knabberte an ihrer Torte und zeigte sich verwundert, ohne sich wirklich zu wundern.

Er, der kleine Junge, hatte einen Augenblick seine Grabungsarbeiten an den Tortenstücken unterbrochen, um durch das Fenster den grauen und im Regen schattenlosen See zu betrachten. Er wollte wissen, wie groß er war und was all die Kutschen dort sollten und warum es keine Schiffe gab und warum niemand angelte. Er hatte eine sonderbare Art, die Nase zu krausen, komisch und pathetisch zugleich. Und während Isabella ihm erklärte, daß die Kutschen an schönen Tagen die Touristen spazierenfuhren und die Schiffe auf den Wind warteten, verteilte er unter dem Tisch Tritte und fragte immer weiter. Isabella hatte sich auf einmal leicht gefühlt, fröhlich. Sie hatte gelacht; sie sehe den See nur als undeutliche Masse, hatte sie gesagt, Mamigna wolle nicht, daß sie ihre Brille aufsetze, sie solle sich daran gewöhnen, ohne auszukommen, sonst würde sie zuletzt noch aussehen wie eine Gouvernante!... Sie scherzte jetzt mit dem Jungen, und der Junge lachte, Margot beteiligte sich ein bißchen, dann runzelte sie wieder die Augenbrauen, wehrte sich mit ihren harten Schuhen gegen die Stiefelchen, die sich ununterbrochen unter dem Tisch bewegten. Zwei Damen am Nachbartisch beobachteten sie: »Vraiment une belle famille!« hatte die ältere plötzlich gesagt. »Malheureusement, les deux filles ne sont pas à moi«, hatte der Herr geantwortet, ihnen artig den Oberkörper zuwendend, »mais on ne sait jamais... la paternité c'est toujours une question de foi!«, und er hatte ein Röschen aus der kleinen

Kristallvase auf dem Tisch genommen und es Isabella überreicht.

An dieser Stelle hatte der kleine Junge seine Schokolade umgeworfen, es mußte ja so kommen, hatte Frau Arnitz gesagt, er saß ja keinen Augenblick still... Die Schokolade war über sein Hemd geflossen, über seine Hose, und er sah sie erschrocken an. Jetzt, hatte der Vater gesagt, bleibe ihm nichts übrig, als zu Jeannette und dem Chauffeur ins Auto zu gehen. Aber der Junge hatte Isabella an der Hand genommen und flehte sie mit den Augen an. Es war ein dicker, lockiger Junge mit sahneverschmiertem Gesicht, und unter dem Tisch hingen seine Beine jetzt trostlos herab, eingezwängt in die zu enge Hose. Ende der Idylle, der Schokolade, Ende der *belle famille*.

Aber es war vor dem Spiegel in der Toilette gewesen. Der mit dunklem Holz getäfelten Toilette des Café Hanselmann, wo die Seife in der Porzellanmuschel so gut nach Mandeln roch. Es war gewesen, nachdem Isabella ihm mit einem angefeuchteten Handtuch das Hemd und die Hose gesäubert hatte und dann noch das Gesicht, als der Junge sie umarmen wollte, das noch feuchte Gesicht an das ihre gedrückt. Margot hatte sich dazwischengedrängt, eifersüchtig, daß Isabella ihn nicht nur gesäubert, sondern auch noch in den Arm genommen hatte. Gewaltsam hatte sie sich zwischen das Waschbecken und den Körper der Schwester geschoben, ihr Kopf mit der Schleife erschien jetzt im unteren Teil des Spiegels: Über ihr spiegelten sich Wange an Wange die beiden anderen. Das runde Gesicht des kleinen Jungen und das schmalere, eben der Pubertät entwachsene der Schwester. So ähnlich in ihrer Verschiedenheit. Ähnlich im Lachen, während der Junge sie umarmte und immer noch versuchte, sie zu küssen, und Isabella lachte, weil er sie kitzelte. Weil diese plötzliche Leidenschaft sie amüsierte. Die gleiche leicht gewölbte Stirn, die gleichen kleinen, regelmäßigen Zähne und die Farbe der Haut, die so leicht errötete. Der gleiche Schnitt der Augen (nur schielte der Junge ein wenig).

Inhalt